螞蟻

Bernard Werber

貝納・維貝 ——— 尉遲秀 譯

〈序〉——偶然與想像

周仁宇（人類學博士）

這是一本奇妙的書，充滿了大量紀錄片般的昆蟲學知識，同時又源源不絕地湧現足以被稱為科幻小說的奇想，遊走在科學與幻想的邊界。讀者在受到懸疑情節吸引，迫不及待想趕快往下看的同時，又會不由自主停下來，思索這些情節所啟發的對生命的提問。因此，閱讀本書的經驗既興奮又沉靜。

故事在兩種地道裡展開：巴黎舊屋裡的神祕地窖與蟻穴通道裡的日常生活。這兩條故事線從頭到尾以相當快的速度輪流出場、彼此暗示、互相襯托。每當故事由其中一條換到另一條時，都會造成一種情節上的暫時懸置。這弔詭地在刺激讀者情感投注的同時，也拉長了讀者與故事內容之間的理智距離。慢慢地，在換場所造成的斷裂當中，浮現出一種讓兩條故事線逐漸相互滲透的連續感，彷彿人類和螞蟻的生命在彼此的故事當中延續。

如此，在衝動與節制、思考與幻想、斷裂與延續之間，作者成功地創造出一個過渡空間（或說是遊戲場），讓置身其中的讀者能以超越世俗框架的方式反思生命。

在地球的所有動物裡，螞蟻的腦部／身體比例最高，而人類則擁有最大的大腦化商數。換句話說，比起其他物種，螞蟻和人類擁有相對其身體大小而言最大的腦容量，同時也是社會化程度最高的動物。

不過，人類個體的情感、理智與行動受到至少三個因素的指引：演化、制約、假設。漫長的天擇演化出精密複雜且龐大的腦部，使人類不只能從制約中學習，還可提出假設並以實驗驗證。因此，人類可以用思考取代行動，讓假設代替我們死去，就像戰爭前的兵棋推演移動棋子而非千軍萬馬那樣。思考是最省力的預演。

螞蟻卻做不到這些，只能依循演化所賦予的本能來行動。螞蟻的腦／身體比例雖然極高，但其小小的腦部神經元的數目約略只有人類的數十萬分之一。因此，螞蟻的〈制約〉與〈思考〉必須藉由數十萬螞蟻來達成。要完成一個使命，或許得要經歷各種嘗試的無數犧牲，才能找到真正可行的方法。螞蟻看似殘酷的生存法則，其實是藉著舊生命的盡情揮霍以及新生命的快速加入，來完成人類藉由腦部突觸不斷消長所達成的事。

這種藉由化學訊號達成的聚落，在很多方面超過人類個體之所能。透過極端徹底而綿密的分工，螞蟻聚落成為擁有數十萬支天線的超級生物。在集體行動下，消化、排泄、免疫、循環、防衛、攻擊、探險、生殖、思考、溝通、創作等等，都被帶到不同的層次，超越了個體大小的限制。

這是本書如此好看的原因：螞蟻聚落以集體邏輯運作著人類個體的各種功能，而這許多功能中的每一個都值得我們仔細玩味。作者讓我們不僅認識了螞蟻，也從螞蟻看見自己。並且，這個類比並未停在個體的層次。我們不只看見自己，還看見身處於人類社會中的自己。

人類的社會與螞蟻的社會也有許多相似之處。人類比螞蟻大上許多的腦部，在演化上終究還是遇到了各種物理學上的限制（散熱、耗能、材料、配線、漏電等）而無法變得更大。於是，如同螞蟻那樣，人類的演化也走了集體智能的路線：強調溝通與合作而非個別表現。

但人類的溝通終究因為巨大的腦而比螞蟻更為複雜：除了化學訊號之外，還具有一套表徵系統。透過這個表徵系統，人們可以想像別人內在的感覺、意圖或信念，並且根據這個想像來理解別人外在的行為。人類因此得以超越沉重的身體，輕盈地進行心靈溝通，就像一臺臺的電腦連上了雲端。

身為集體之一份子的人類，與螞蟻一樣，仰賴集體想像的指引。這個想像是人類整體在過去漫長歲月當中透過演化、制約、思考的成果總和。這個集體想像就像一份我們每個人都在使用的地圖。然而，人世的無常迫使人們在每次使用時不得不根據當時的偶然情境修正想像。而既然大家都連上了雲端，集體的想像便不斷地，一點一點地，被無數個別的偶然所修正。人類的文化便在不斷向前推進的偶然與想像當中開展。

這整本小說最吸引我的，是作者筆下主角們對未知的態度。當面對原本的地圖難以解釋的現象時，有的人（和蟻）探索，有的逃避；有的橫衝直撞，有的冷靜思考。作者沒有給出正確答案，他只是不斷地增加我們思考的向度。例如，岩香兵蟻可以是免疫系統裡的白血球，可以是心智對新知的阻抗，也可以是整體社會對外邦的敵意。至於白血球、阻抗、對外邦的敵意是好是壞，實在是件很難說的事。

藉由以上所述的種種類比以及好聽的故事，作者在讀者心裡打造了許多互相連通的地道，讓各種想法得以在其中孕育、誕生、成長。我相信他成功了。我彷彿感覺到，人類累世堆疊而成的龐大集體想像，被這本偶然的創作輕輕搖晃了一下。

獻給我的父母

也獻給曾將他們的樹枝貢獻給這座建築的所有朋友和所有研究者

在您閱讀以下兩行字所需的幾秒鐘時間裡
——地球上有四十個人和七億隻螞蟻正在出生。
——地球上有三十個人和五億隻螞蟻正在死去。

人類：哺乳類動物。身長：一至二公尺。體重：三十至一百公斤。雌性妊娠期：九個月。食性：雜食。估計人口數：超過五十億。

螞蟻：昆蟲。身長：零點零零一至三厘米。體重：一至一百五十毫克。產卵量：隨心所欲，依精子數量而定。食性：雜食。可能數量：超過百萬兆。

艾德蒙．威爾斯
《相對知識與絕對知識百科全書》

Premier Chapitre

甦醒

L'ÉVEILLEUR

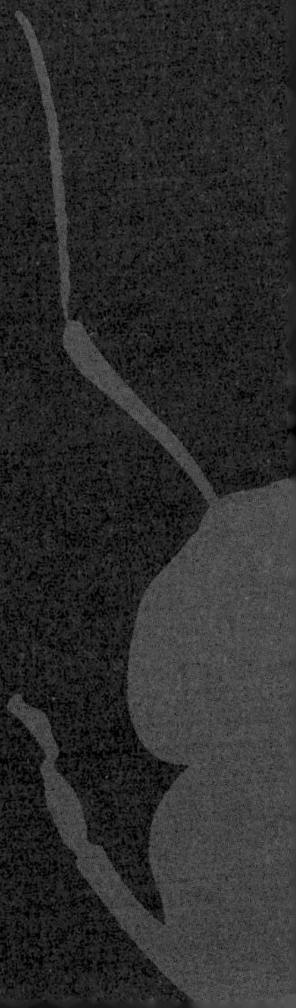

你會發現，事情完全不是你以為的那樣。

公證人解釋，這棟樓被登錄為歷史建物，文藝復興時期有幾位年老的智者曾經住在這裡，但他想不起他們的名字了。

走下樓梯，來到一處陰暗的走廊，公證人摸索半天，終於摸到一個開關，按下去沒有反應，又鬆開手：

「哎！真糟！壞了。」

他們沒入黑暗之中，摸著牆壁前進，發出很大的聲響。等公證人終於找到了門，把門打開，摁下電燈開關——這次燈亮了——他看到他的客戶整張臉都扭曲了。

「是不是哪裡不舒服，威爾斯先生？」

「某種恐懼症，沒事。」

「您怕黑嗎？」

「是這個毛病。不過我現在好多了。」

他們一起查看了這個房產——兩百平方米的地下室，雖然連通到外界的開口只有那麼幾個又窄又小、緊貼著天花板的氣窗，但是喬納東喜歡這個地下公寓。所有牆壁都是毫無變化的灰色壁紙，到處布滿了灰塵……但他不會挑三揀四。

他現在住的公寓，面積是這裡的五分之一。最重要的是他已經付不出房租了；他原本工作的門鎖公司沒多久前才決定不再雇用他。

艾德蒙舅舅的遺產在這時候出現，真是天上掉下來的禮物。

兩天之後，他和妻子露西、兒子尼古拉，還有結紮過的迷你貴賓犬瓦爾扎扎特[1]，一起搬進錫巴里斯人街[2]三號。

「我是不介意那些灰色的牆啦。」露西撥了一下濃密的紅髮說：「反正我們愛怎麼布置就怎麼布置。這裡等著要做的事可多了，根本是要把一座監獄變成一間旅館。」

「我的臥室在哪？」尼古拉問道。

「走到裡面往右。」

「汪，汪。」狗兒說。牠開始咬露西的小腿肚，完全無視她手裡捧的是結婚禮物許願清單上的漂亮瓷盤。

結果瓦爾扎扎特被關進了廁所；上鎖，因為牠不只可以跳到門把那麼高，還知道怎麼把門打開。

「你跟他很親嗎，你這位慷慨的舅舅？」露西說。

「艾德蒙舅舅？其實我只記得小時候他常常讓我玩『坐飛機』，有一次我玩到嚇壞了，還尿在他頭上。」

兩人都笑了起來。

＊本書的注解都是譯注。

1 瓦爾扎扎特（Ouarzazate）：北非國家摩洛哥的城市名，被威爾斯一家拿來當狗的名字。

2 錫巴里斯人（Sybarites）：錫巴里斯是義大利南部重要商港，自古因通商積累巨大財富，居民以享樂主義聞名，「錫巴里斯人」因而成為驕奢淫逸之人的同義詞。

「那時候你就已經很膽小了吧？」露西調侃他。
喬納東假裝什麼也沒聽到。
「他沒怪我，只是對我媽說：『嗯，這樣我們就知道了，他以後不會去當飛行員……』後來我媽告訴我，他一直很關心我在做什麼，但我再也沒見過他了。」
「他是做哪一行的？」
「他是學者。生物學家，應該是。」
喬納東陷入沉思。說起來，他其實一點也不了解這位舅舅。

距離此地六公里：
貝－洛－崗，
一米高。
地下五十層。
地上五十層。
該地區最大城邦。
估計蟻口：一千八百萬居民。

年產量：
－蚜蟲蜜露五十公升。
－介殼蟲蜜露十公升。

—傘菌四公斤。
—排出砂礫：一公噸。
—可行廊道長度：一百二十公里。
—地表面積：二平方米。

一道光灑下。一條腿剛剛動了。自從進入冬眠之後，這是三個月以來的第一個動作。另一條腿緩緩向前伸引，動作在兩根慢慢撐開的細爪之中結束。第三條腿也鬆開了。然後是胸廓。然後是一整個生命體。然後是十二個生命體。

她們[3]在顫動，藉此幫助透明的血液在她們的動脈網裡流動。血液從糊狀變成凝態，然後變為液態。漸漸地，心臟泵浦再次啟動，將生命汁液推送到肢體的末梢。生物機械正在加熱，超複雜關節正在轉動，只見帶有保護板的髕骨往四面八方絞動，測試著扭轉的極限。

她們站了起來，身體重新找回呼吸，踩著宛如分解動作的舞步，形成某種慢動作的舞蹈。她們微微晃動著身體，哼著鼻息，前腿交疊在嘴前，像在祈禱，但卻不是，她們是在潤濕自己的細爪，好把觸角擦亮。

甦醒的十二個生命體互相摩擦，接著嘗試喚醒其他同伴。但她們的力氣只夠勉強移動自己的身體，沒有多餘的能量。她們放棄了。

3　螞蟻以雌性為絕大多數，只有在指稱對象全部都是雄蟻時，複數代名詞才會使用「他們」、「你們」（這樣的情況極少）；其他情況的複數代名詞都用「她們」、「妳們」。

於是，在姊妹們僵硬的身體之間，她們艱難地行走，朝著「大外界」前行。她們冷血的機體需要汲取白晝星體的熱能。

她們前行，步步維艱，筋疲力盡。她們多麼渴望再度躺下，像數百萬同胞一樣安詳平靜！但卻不能，她們是第一批醒來的，現在她們必須讓整個城邦恢復生氣。

她們穿越城市的表皮。陽光令她們目盲，但是可以接觸到純淨的能量，這太令人振奮了。

陽光進入我們空心的骨架，
翻動我們疼痛的肌肉，
聯合我們分裂的思想。

這是一首褐螞蟻的古老晨光曲，最初傳唱的年代是第一百個千禧年。早在那個年代，褐螞蟻就會在第一次熱接觸的時刻渴望在腦海裡吟唱。

她們一到外面就開始清洗自己，有條不紊地分泌出一種白色唾液，塗在大顎和腿上。

她們刷洗自己的身體。這是永恆不變的儀式。首先是眼睛。構成每顆眼球的一千三百個小舷窗都經過除塵、潤濕、乾燥。她們對觸角、後肢、中肢、前肢進行同樣的步驟。最後，她們擦亮美麗的紅褐色甲殼，直到如星火般閃亮。

在這十二隻甦醒的螞蟻當中，有一隻雄性生殖蟻，他的體型比貝—洛—崗居民的平均體型略小，大顎很窄，而且被設定活不過幾個月，但他也具有其他螞蟻所沒有的種種優點。

雄蟻階級的第一個優勢：身為生殖蟻，他有五隻眼睛。兩隻鼓突的大眼給了他一百八十度的寬闊視野。再加上三顆小單眼，三角排列在前額。這幾隻額外的眼睛其實是紅外線感測器，即便在最徹底的黑暗之中，不論是什麼樣的熱源，他都可以藉這三顆小單眼偵測出來。

這樣的特質彌足珍貴，因為在這些擁有億萬年歷史的大城邦裡，大多數居民都因為終生在地底度過而退化成全盲。

但雄蟻不僅具有如此的特殊性，他還有翅膀（像雌蟻一樣），有朝一日他會為了做愛而飛翔。

他的胸廓有一塊特別的保護盾板：胸盾。

他的觸角比其他居民的觸角更長、更靈敏。

這隻年輕雄蟻在穹頂待了很久，盡情享用陽光，等身體熱了才回到城裡。他暫時隸屬於「熱能使者」這個階級。

他行走在地下三層的廊道裡。大家都還在沉睡，冰冷的身體依然僵凍，觸角垂倒在地。所有的螞蟻都還在夢中。

年輕雄蟻將前腿伸向一隻工蟻，他想用自己身體的熱將她喚醒。溫暖的接觸引發一次愜意的放電。

第二聲門鈴響後，緊接著是一陣老鼠般的腳步聲。門開了，中途停頓了一下，奧古斯塔外婆取下門鎖的安全鏈。

自從兩個孩子過世之後，她就一直隱居在這三十平方米的小小公寓裡，重溫昔日的記憶。這樣的生活對她並沒有好處，但她的親切絲毫沒有因此減損。

「我知道這很可笑，不過你要踩著踏腳布，我給地板打過蠟了。」

喬納東聽命行事。外婆在他面前踩起小碎步，帶他走進擺了一堆家具的客廳，所有家具都套著塑膠布套。喬納東坐在大沙發的邊上，他一點也不想讓塑膠布發出聲音，但終究還是失敗了。

「我很高興你來了……你可能不相信，但我這幾天剛好想打電話給你。」

「是喔？」

「你知道嗎，艾德蒙有個東西要我交給你。是一封信。他告訴我：『要是我死了，妳無論如何都得把這封信交給喬納東。』」

「一封信？」

「一封信，是的，是一封信……嗯，我已經不知道收哪兒去了。等等……他把信給了我，我告訴他我要把信收起來，然後我把它放在一個盒子裡。啊！一定是在大壁櫥裡的那些白鐵盒裡。」

她開始踩著踏腳布滑了起來，卻在第三個滑步就停下來。

「哎哎，我真是昏了頭！也沒問你要不要喝東西！來一點馬鞭草茶好嗎？」

「好啊。」

她走進廚房，翻動了幾個鍋子。

「最近怎麼樣啊，喬納東？」她說。

「呃，不怎麼樣，我失業了。」

外婆把她的白老鼠頭從門裡探出來，然後整個人又出現了。她裹著一條藍色的長圍裙，神情嚴肅。

「他們把你開除了？」

「嗯。」

「為什麼？」

「妳知道，鎖匠這一行很特別。我們公司『SOS鎖匠工坊』提供的是巴黎全區二十四小時隨叫隨到的服務。可是自從我有個同事被人攻擊以後，我就拒絕晚上去那些可疑的街區，結果他們就叫我走路了。」

「你做得很好。寧可失業，也要把身體顧好。反過來的事你不要去做。」

「其實我跟我老闆也不太合啦。」

「那你那些烏托邦社區的實驗呢？我們以前都是說New Age（新時代）。」（她在偷笑，她的發音是「牛愛雞」。）

「庇里牛斯山的農場失敗以後，我就放棄了。露西受夠了，她得幫所有人煮飯洗碗。我們裡頭有幾個寄生蟲。我們後來很生氣。現在我只跟露西和尼古拉住……妳呢，外婆，妳最近好嗎？」

「我？我還活著。這已經是時時刻刻都要費心的事了。」

「妳是幸運兒呀！妳經歷了千禧年的交替……」

「噢！你知道我印象最深的是，竟然什麼都沒變。從前，我還很年輕的時候，大家總是以為新舊千禧年交替之後會發生什麼了不起的事。結果你看，什麼都沒變。還是有老人活在孤獨裡，還是有人失業，還是有汽車在冒煙。就連觀念也沒改變。你看，去年我們重新發現了超現實主義，前年是搖滾樂，而且報紙已經宣布今年夏天迷你裙會捲土重來。照這樣下去，我們很快就會重新推出上世紀初的舊思想了：共產主義、精神分析和相對論……」

喬納東露出微笑。

「說是這麼說，進步還是有的：像是人類的平均壽命增加了，還有離婚的人數也是，還有空氣污染的程度、地鐵路線的長度……」

「真了不起，我還以為我們所有人都會擁有私人飛機，可以從陽臺起飛……你知道，我年輕的時候，大家都很恐懼核子戰爭。這種恐懼真是太棒了，可以活到一百歲，然後死在巨大的核爆蕈狀雲的火場裡，跟地球同歸於盡……看上去還挺美的呀。如果不是這樣，我就會像一顆爛掉的老馬鈴薯，死了也不會有人當一回事。」

「不會的，外婆，不會的。」

她抹了抹額頭。

「而且天氣好熱，還越來越熱。我們從前可沒這麼熱。我們有真正的冬天和真正的夏天。現在熱浪從三月就開始了。」

她又跑進了廚房，身手靈巧，完全不同於一般老人。她在廚房裡蹦過來跳過去，抓起所有必備的用具，準備烹煮一壺真正香醇的馬鞭草茶。她備妥一切，劃了一根火柴——廚房傳出古董瓦斯爐嘴「嘶嘶」的聲音——走回客廳時，她的神情看起來輕鬆多了。

「對了，你一定是有什麼事才會來吧。這年頭，大家沒事是不會跑來探望老人的。」

「外婆，妳不要這麼憤世嫉俗嘛。」

「我不是憤世嫉俗，我知道我活在什麼樣的世界，事情就是這樣。好了，裝模作樣夠了，告訴我是什麼風把你吹來的。」

「我想聽妳說說關於『他』的事。他把公寓留給我，我卻對他一無所知……」

「艾德蒙？你不記得艾德蒙了嗎？你小時候他可是很喜歡帶你坐飛機呢，我還記得有一次……」

「對，這個我也記得，但是除了這件事之外，一片空白。」

她小心翼翼地坐上一張大沙發，深怕把塑膠布套弄皺。

「艾德蒙，他呀，嗯，他確實是號人物。你舅舅還很小的時候，就讓我很頭痛了。當他的母親可真不是閒差事。哼，像是呢，他一天到晚把所有玩具都拆開，可是很少把它們組合回去。如果只是破壞玩具就算了！他是把所有的東西都扒開：時鐘、電唱機、電動牙刷。有一次甚至連冰箱也拆了。」

客廳裡的古董擺鐘突然發出淒涼的聲響，像是要附和她說的話。確實，古董擺鐘也是，它跟外婆一樣，都經歷過小艾德蒙帶來的種種磨難。

「而且他還有個癖好：巢穴。他可以為了做那些藏身的地方，把家裡弄得天翻地覆。他在閣樓上用幾條毯子和幾把雨傘做了一個巢穴，用幾張椅子和幾件毛皮大衣在他房間裡又做了另一個。他喜歡那樣待在裡頭，縮在他收集的所有寶物裡。有一次，我看了一眼，裡頭塞滿了抱枕和他拆下來的一堆亂七八糟的機械零件。不過看起來其實滿舒服的。」

「每個小孩都會做這種事。」

「也許吧，可是他做這種事的程度很嚇人。他不再睡自己的床，只願意睡在其中一個窩裡。有時候他會在裡頭待上好幾天都不動，像在冬眠一樣。你媽說他上輩子一定是松鼠。」

喬納東露出微笑，鼓勵她繼續說下去。

「有一次，他想在客廳的桌子底下做他的小窩。那是壓垮駱駝的最後一根稻草。你外公平常不會這樣的，但他那天大發飆，打了他的屁股，毀了他所有的巢穴，規定他睡回自己的床上。」

外婆嘆了口氣。

「從那天開始，他就徹底逃離了我們。那就好像臍帶被扯掉了，我們不再是他世界的一部分。但我相信這場磨難是必要的，他得要知道，世界不會永遠讓他這麼任性，想怎樣就怎樣。後來，他慢慢長大，問題就來了。他受不了小學了。你一定會說：『每個小孩都是這樣』。但他的情況更嚴重。你有聽過很多小孩會因為被老師罵了一頓就用皮帶在廁所裡上吊嗎？他七歲的時候上吊自殺，是清潔工幫他鬆開了皮帶。」

「也許是他太敏感了……」

「敏感？才怪！一年以後，他試過要用剪刀把一個老師刺死。他瞄準的是心臟。還好，他只毀了他的菸盒。」

她抬眼望著天花板。散亂的記憶如雪花飄落，落回到她的思緒裡。

「後來情況有點好轉，因為有些老師激發了他的興趣。他感興趣的科目就拿滿分，其他都零分。他永遠都這樣，不是零分就是滿分。」

「媽媽都說他很棒。」

「他讓你媽很著迷，因為他跟你媽說，他要取得『絕對知識』。你媽從十歲開始就相信前世今生，她認為你舅舅是愛因斯坦或達文西轉世。」

「然後他上輩子也是松鼠？」

「不行嗎？『動物要經過好幾世才會有靈魂。』佛陀是這麼說的。」

「舅舅測過智商嗎？」

「測過，結果很糟。滿分一百八，他才二十三，相當於輕度智障。教育局那邊認為他瘋了，應該送去特殊的輔導中心。不過，我知道他沒有瘋。他只是在恍神。我記得有一次，噢！那時候他應該才十一歲，他考我，要我用六根火柴做出四個等邊三角形。這並不容易，你試試看就知道了……」

她走進廚房，看了水壺一眼，然後帶了六根火柴回來。喬納東猶豫了一下。這看起來是辦得到的。他試著用各種不同方式排列六根小木棍，但是研究了幾分鐘之後，他不得不放棄。

「答案是什麼？」

奧古斯塔外婆聚精會神想了一下。

「嗯，其實他從來沒給過我答案。我只記得他丟給我的那句話，說是可以幫我找到答案。他說：『妳必須用不同的方式思考，如果妳用習慣的方式思考，妳會永遠想不出來。』你可以想像嗎，一個十一歲的小毛頭說出這種話！啊！我想我聽到水壺的汽笛聲了。水應該夠熱了。」

她端著兩個盛滿淡黃色液體的杯子回來，香氣四溢。

「你知道，你對你舅舅的事情感興趣，我很高興。這年頭，人一死啊，大家就連他出生過都忘了。」

喬納東放下火柴棒，輕輕啜飲幾口馬鞭草茶。

「後來呢，還發生過什麼事？」

「我不記得了，從他上大學去讀科學之後，我們就沒他的消息了。我從你媽那裡聽到的都是模模糊糊的，總之他成績優秀，完成了博士學位，然後在一家食品公司工作，後來離開公司去了非洲，再從非洲回來住在錫巴里斯人街，從此再也沒人聽到他的消息，直到他過世。」

「他是怎麼死的？」

「啊！你不知道嗎？簡直是不可思議的故事。那時候所有的報紙都在講這件事。你可以想像嗎，他是被黃蜂殺死的。」

「黃蜂？怎麼會這樣？」

「他自己一個人在森林到處逛。應該是不小心撞上了一群黃蜂。牠們全都朝他飛過去。法醫說他從沒看過一個人被螫得這麼慘！他死的時候，每一千c.c.的血液裡，毒液的含量是零點三克。前所未見。」

「他有墳墓嗎？」

「沒有。他說過要埋在森林的松樹下。」

「妳有他的照片嗎？」

「喏，你看那邊，牆上，五斗櫃上面。右邊是蘇西，你母親（你看過她這麼年輕的樣子嗎？），左邊是艾德蒙。」

他的額頭很高，尖尖的小鬍子，卡夫卡式的耳朵，沒有耳垂，耳尖比眉毛還高。他露出狡黠的微笑。一個真正的小惡魔。

在他旁邊，穿著白色連身裙的蘇西，十分耀眼。幾年以後，她結婚了，但她堅持保留「威爾斯」作為唯一的姓氏，彷彿不想讓她伴侶的名字在威爾斯家族的後代留下痕跡。

靠近一點看，喬納東發現艾德蒙在他妹妹的頭上豎起兩根手指。

「他很調皮，對吧？」

奧古斯塔沒有回答。看到女兒熠熠閃亮的臉龐，她的視線就蒙上了一層悲傷的薄紗。蘇西在六年前去世了。一輛十五噸的大卡車，司機酒醉駕駛，把蘇西的小車推下了溪谷。她在病床上掙扎了兩天，呼喚著艾德蒙的名字，但是艾德蒙始終沒有出現。這一次也一樣，他又去了遠方……

「妳知道還有誰可以告訴我關於艾德蒙的事嗎？」

「嗯……他小時候有個玩伴，他們連上大學的時候都在一起。傑森．布哈捷。我應該還有他的電話。」

奧古斯塔很快查了電腦，把這個朋友的地址告訴喬納東。她深情地望著她的孫子。他是威爾斯家族僅存的後代了。他是個好男孩。

「來，把你的飲料喝掉，再不喝就涼了。我還有瑪德蓮小蛋糕，要不要來一點，我是用鵪鶉蛋自己做的。」

「不了，謝謝，我得走了。哪天來我們的新公寓看看我們，我們已經搬好家了。」

「好啊，可是你先別走，那封信還沒拿呢。」

她在大壁櫥和那些白鐵盒裡到處翻，終於翻出一只白色的信封，上頭的字跡看起來十分激昂：「致喬納東．威爾斯。」封口處貼了好幾層膠帶，避免讓人無意間拆開。他小心翼翼地撕開。一張皺巴巴的紙（像小學生作業簿的那種）從信封裡掉出來。他讀了上頭寫的唯一一句話：

「千萬絕對不要去地窖！」

工蟻微微抖動觸角，像一輛被長時間雪封的汽車正在試著要重新發動。雄蟻重覆了幾次同樣的動作——搓揉她，用溫熱的唾液塗抹她。

生命。成功了，引擎重新啟動。一個季節過去了。一切又重新開始，彷彿她從來不曾經歷這

「小小的死亡」[4]。

雄蟻繼續摩擦她，把熱量傳遞給她。工蟻現在感覺很好。雄蟻繼續快速搓揉，工蟻將觸角指向雄蟻的方向。她搔了搔他，想知道他是誰。

她觸摸他從頭部算起的第一節觸角，讀出他的年齡：一百七十三天。摸到第二節，盲眼的工蟻認出他的階級：具有生殖力的雄蟻。第三節，蟻種和城邦：來自母城貝－洛－崗的褐螞蟻。第四節，她發現了作為命名依據的產卵編號：他是初秋以來產下的第三百二十七隻雄蟻。

嗅覺辨讀告一段落，其他幾節觸角不具發訊功能。第五節的作用是接收蹤跡氣味分子。第六節用在簡單對話。第七節用在性方面的複雜對話。第八節用在與城邦之母對話。最後三節呢，其實算是微型的狼牙棒。

就這樣，她在十一節觸角的下半段繞了一圈。但她並沒有任何話要對雄蟻說。於是她走開，換她去城邦的穹頂取暖了。

雄蟻也離開了。執行完熱能使者的工作，他要開始執行修繕活動了！

到了上面，三二七號雄蟻開始查看受損狀況。城邦之所以建造成一個圓錐體，為的是讓惡劣氣候的影響降至最低。可是冬季的破壞力依然相當可觀，風雪和冰雹掀掉了最外面的樹枝層，鳥糞堵住了幾處出入口，必須盡快動手修理。三二七號衝向一大片黃漬，用他的大顎猛嗑那些堅硬惡臭的物質。這時，近乎透明的穹頂也透出另一隻螞蟻從裡往外挖的身形。

門上的窺視孔變暗了。有人隔著門在看他。

「請問是誰？」

「古涅先生……做裝訂的。」

門微微打開。叫做古涅的這個人低頭看著一個約莫十歲的金髮男孩，然後，目光繼續往下，古涅看見一隻迷你犬從男孩的兩腿之間露出牠的頭，發出低聲的吼叫。

「我爸不在！」

「您確定嗎？威爾斯教授應該來找我，而……」

「威爾斯教授是我爸爸的舅舅。可是他已經死了。」

尼古拉想把門關上，但對方把腳往前伸，堅持不肯走。

「請接受我誠摯的哀悼。可是您確定他沒有留下什麼像是裝滿文件的大資料夾嗎？我是做裝訂的，他先付了一筆錢給我，讓我用皮革封面幫他把研究筆記裝訂起來。他想要做成一本百科全書，我想是這樣的。他應該要來找我的，我已經很久都沒有他的消息了……」

「我跟您說了，他死了。」

男人的腳伸得更進去了，他用膝蓋頂住門，彷彿要把男孩推開，硬擠進去。迷你的小狗開始憤怒地狂叫。男人停住不動了。

「請您理解我，如果承諾沒有履行，就算對方過世了，我也會非常不安。拜託您，去檢查一下，一定有個紅色的大資料夾放在什麼地方。」

「您說是……百科全書？」

4　原文 petite mort 在法文裡的意思是「性高潮」。

「是的，他自己把那一整套資料命名為：《相對知識與絕對知識百科全書》，不過書名應該不會寫在資料夾的封面，有的話就太奇怪了……」

「如果家裡有這本書的話，我們早就發現了。」

「請原諒我再說一次，可是……」

迷你貴賓犬又開始狂吠。男人退了一小步，剛好夠讓男孩當著他的面把門砰地關上。

整座邦城現在都甦醒了。廊道上到處都是擔任熱能使者的螞蟻，忙著為蟻邦取暖。然而，在某些路口，還是會看到一些邦民動也不動。熱能使者們搖晃她們，踢她們，但是徒勞無功，她們依舊不動。

她們不會再動了。她們死了。對她們來說，冬眠是致命的。連續三個月幾乎沒有心跳，不可能沒有風險。她們沒有痛苦。一陣突如其來的氣流包圍城邦，她們就從睡眠進入了永恆的長眠。她們的屍體被清運出去，扔到垃圾場。每天早上，邦城都會清除它死去的細胞和其他垃圾。

動脈裡的雜質一旦清除，昆蟲之城就開始脈動，到處擠滿了昆蟲的腿。大顎挖掘著。觸角顫動著，傳送訊息。一切恢復如昔，一如令人麻木的冬季來臨之前。

三二七號雄蟻正在搬運一截重達自身重量六十倍的小樹枝，一隻年紀超過五百天的兵蟻正在向他靠近。兵蟻用她像狼牙棒的那幾節輕輕拍打雄蟻的頭，吸引他的注意。他抬起頭。兵蟻將整對觸角靠在雄蟻的觸角上。

她想讓雄蟻放下穹頂的修繕工作，和一群螞蟻一起組成……狩獵遠征隊。

雄蟻觸碰她的嘴巴和眼睛。

什麼樣的狩獵遠征隊？

兵蟻讓他聞了聞她藏在胸廓關節皺褶裡的一小塊碎肉乾。

據說是在冬天來臨之前找到的，在跟正午的太陽呈二十三度角的西部地區。

雄蟻嚐了一下味道。很顯然是鞘翅目昆蟲。說得精確些，是金花蟲科。怪事。正常情況下，鞘翅目昆蟲都還在冬眠。眾所周知，褐螞蟻在氣溫十二度的時候甦醒，白蟻是十三度，蒼蠅十四度，鞘翅目昆蟲則是十五度。

老兵蟻沒有因為雄蟻的論點而退縮。她向雄蟻解釋，這塊碎肉來自一個奇特的地區，由地下水源加熱。那裡沒有冬季，自成一個微氣候，特殊的動植物生態已經發展起來。

而且，螞蟻城邦甦醒時總是十分飢餓，需要快速補充蛋白質才能重回正軌。光靠熱能並不夠。

他同意了。

探險隊由二十八隻兵蟻階級的螞蟻組成，大多數成員都像提議的那位一樣，是年老的非生殖蟻。三二七號雄蟻是唯一的生殖蟻，他透過篩網般的眼睛從遠處打量他的同伴。

他的眼睛有幾千個平面，但他看到的不是重複幾千次的圖像，而是一個個小格子拼貼的圖像。螞蟻很難辨認細微的東西，可是無論多麼細小的動作，他都感知得到。

這趟遠征的探險隊員似乎都習於長途跋涉。她們沉甸甸的肚子裡裝滿蟻酸，頭上裝備著最強大的武器。她們的甲殼在過往的戰鬥中被敵人的大顎劃滿一道道傷痕。

她們往前直走了幾個小時，越過建築在天際或樹下的幾個隸屬於聯邦的城市。這些歸順霓朝的女兒城包括：尤都－盧－白崗（最大的穀倉）；姬烏－藜－艾崗（此城的殺手軍團在兩年前擊敗了一個南方的白蟻丘聯盟）；澤第－貝－納崗（以生產高濃度戰鬥蟻酸的化學實驗室而聞名）；藜－維悠－崗（這裡出產的介殼蟲酒有香醇的樹脂味，極受歡迎）。

因為褐螞蟻不只會組成城邦，城邦之間還會再組成聯盟。團結就是力量。在侏羅山區[5]，我們甚至可以看到一些褐螞蟻的聯邦，由一萬五千個蟻丘組成，占地八十公頃，蟻口數超過兩億。

貝－洛－崗的規模還沒到那裡。這是個年輕的聯邦，最初的王朝是在五千年前建立的。根據當地神話，有個少女因為一場駭人的風暴而迷失路途，落腳於此地。少女一直無法回到自己的聯邦，最後創建了貝－洛－崗，而從貝－洛－崗又誕生出聯邦以及統領聯邦的數百代霓朝女王。

貝洛－裘－裘霓是這位第一代蟻后的名字，意思是「迷途的螞蟻」。可是所有入住中央御所的蟻后都沿用了她的名字。

目前，貝－洛－崗僅由一個大型的中央邦城和散布在外圍的六十四個女兒城所組成，但是在楓丹白露森林的這塊地上，貝－洛－崗已經成為最強大的政治力量。

一旦越過這些結盟的邦城，特別是拉－秀拉－崗（貝－洛－崗最西邊的邦城），這些探險隊員就會看到一些小土丘出現在眼前，這叫做「夏巢」或「前哨站」。此刻這些小土丘還是空的，但是三二七號知道，很快，只要狩獵或戰爭一來，這些小土丘就會擠滿士兵。

她們繼續直線前進。她們的隊伍向下衝，越過一片遼闊青綠的草原和一座長滿各種薊草的山丘。她們離開了狩獵場的區域。遠處，往北方望去，已經看得見敵人的邦城施－蓋－埔。不過這個時候，城裡的居民應該都在睡覺。

她們繼續前進。在她們的周圍，多數昆蟲都還在冬眠，幾隻早醒的從洞穴裡探頭張望，一看到紅褐色的盔甲就嚇得躲回去。螞蟻並不以熱愛社交而聞名，特別是當她們用這種方式行進——從細爪到觸角，全副武裝。

現在探險隊員已經來到已知土地的邊界。這裡完全看不到女兒城了，地平線上沒有任何前哨站的蹤影，低頭也看不到任何尖爪挖掘的小徑。只有某個久遠的氣味蹤跡還留下隱隱約約的痕跡，顯示貝－洛－崗的邦民從前曾經經過這裡。

她們猶豫不前。矗立在眼前的這些葉叢不曾登錄在任何嗅覺地圖上，它們形成一座幽暗的屋頂，光線不再穿透。這一大片植物裡，零星散布著動物的存在，似乎想要惡狠狠地咬住她們。

要怎麼警告他們不要下去？

他放下外套，親吻了家人。

「你們把所有箱子都拆開了嗎？」

「都拆開了，爸爸。」

「好，順便問一下，你們去看過廚房了嗎？最裡面有一扇門。」

「我正想跟你說呢，」露西說：「那裡頭應該是有個地窖。我試過要打開，可是門鎖死了。門縫很大，你過去看一眼就知道，後面看起來很深耶。你得去把鎖打開。有個鎖匠丈夫還是有點用的。」

---

5 侏羅山區（Le Jura）：位於法國東部，與德國、瑞士交界的山區。

她笑了笑，縮進喬納東的懷裡。露西和喬納東已經一起生活了十三年，他們是在地鐵上認識的。有一天，一個混混純粹因為無事可做，把一枚催淚彈扔進地鐵的車廂。所有乘客立刻趴倒在地，淚流不止，咳到快要斷氣。露西和喬納東倒地時疊在一起，他們抽搐嗆咳，他們淚眼滂沱，等他們稍稍恢復，喬納東提議要送她回去。後來，喬納東邀她造訪他最早期的一個烏托邦社區：那是他們自行占用的廢棄空屋，在巴黎北站附近。三個月後，他們決定結婚了。

「不行。」

「不行？為什麼？」

「不行，我們不能把鎖撬壞，我們也不會去用這個地窖。不要再說了，任何人都不准再靠近那裡，更別想要把門打開。」

「你不是在開玩笑吧？你把事情講清楚！」

喬納東沒想過要為地窖的禁令建立邏輯論述，他無意間引發了他想要的相反結果——現在妻子和兒子的好奇心被激發了。怎麼辦？難道要認真告訴他們：慷慨的舅舅身上藏著一個大謎團，他生前警告過大家，去地窖會發生危險？

這根本不是解釋，這頂多只是迷信。人類喜歡邏輯，露西和尼古拉絕對不會輕易相信。

他結結巴巴地說：

「是公證人警告我的。」

「誰警告你什麼？」

「地窖裡到處是老鼠！」

「好噁！老鼠？可是牠們一定會從門縫裡跑過來。」男孩發出異議。

「別擔心，我會把每一道縫都堵起來。」

喬納東對自己的說詞還算滿意，幸好他想到了老鼠。

「好，就這樣囉，大家都不要靠近地窖，知道嗎？」

他往浴室走去，露西立刻跟了過去。

「你早上是去找你外婆嗎？」

「正確百分百。」

「去了一整個早上？」

「正確兩百。」

「你不能再這樣晃下去了。你還記得你在庇里牛斯山農場對大家說的話吧。『遊手好閒是萬惡之母。』你得再去找一份工作。我們的現金越來越少了！」

「我們才在一個森林邊上的有錢社區繼承了兩百平方米的一間公寓，妳竟然跟我談工作！所以妳不知道要珍惜當下？」

他想要摟住露西，露西卻往後退。

「我當然知道，但我也知道要思考未來。我什麼工作都沒有，你又失業了，再過一年，我們要靠什麼過日子？」

「我們還有一些存款。」

「別傻了，我們還夠活幾個月，然後就……」

她挺胸，手臂向下，握緊小拳頭。

「聽我說，喬納東，你晚上不想去危險的街區，所以丟了工作，好，我懂，可是你要能在別的地方找到別的工作呀！」

「當然，我會去找工作，妳讓我把心情放鬆一下就好，我跟妳保證，一個月就好，之後，我就會去看分類廣告了。」

一顆金髮小腦袋出現了，接著是那隻長了腳的絨毛娃娃。尼古拉和瓦爾扎扎特。

「爸爸，剛才有位先生說要來裝訂一本書。」

「一本書？是什麼書？」

「不知道，他說艾德蒙舅公寫了一本大百科全書。」

「啊，怎麼會有這種事……你讓他進來了嗎？你們有找到嗎？」

「沒有，他看起來不太像好人，而且反正家裡也沒有這本書……」

「太好了，兒子，你做得很好。」

這件事讓喬納東感到困惑，繼而好奇心也被激起。他搜遍了寬闊的地下室，什麼也沒找到。然後他在廚房待了好一會兒，仔細檢查那扇通往地窖的門、門上的大鎖和偌大的門縫。這扇門的後面，到底藏著什麼祕密？

必須穿越這座灌木叢林。

最老的一位探險隊員提出建議：轉換成「大頭蛇」隊形，這是穿越艱險地形的最佳前進方式。共識立即達成，她們在同一時刻都有了同樣的想法。

隊伍前方，五名偵察兵以倒三角形構成部隊的眼睛。她們以謹慎的小步探觸地面，嗅聞天空，檢視苔蘚。如果一切正常，她們會發出一條嗅覺訊息，意思是：「前方無事！」然後她們會去排在隊伍的後方，讓「新的」兵蟻上前接替她們。這種輪替系統將這個群體變成一種長型動物，它的「鼻子」始終維持超級敏感的特性。

「前方無事！」清晰地迴盪了二十次之後，第二十一次被一個難聞又不和諧的訊息打斷了。一名偵察兵剛剛不小心靠近了一株食蟲植物。一株捕蠅草。醉人的香氣吸引了她，捕蠅草的膠立刻困住了她的腿。

事已至此，無可挽回。刺毛只要輕輕一碰就會觸發生物性的鉸鏈機構，兩片鉸接的大葉子無情地闔攏，長長的流蘇充當牙齒，交叉咬合，變成堅固的柵欄。獵物被徹底壓扁時，這頭植物猛獸會分泌具有強大破壞力的酶，足以消化最頑強的貝殼。

於是螞蟻融化了，整個身體變成泡沫騰騰的汁液，釋放出一股悲痛的水氣。

但是大家已經無能為力了，這是所有遠征探險隊都會遇到的不確定風險，大家能做的，也只剩下在這天然陷阱的周圍釋出「小心危險」的訊號。

她們忘卻意外，繼續走上有氣味的那條路。蹤跡費洛蒙指示她們往那個方向走。越過矮樹叢，她們繼續向西，始終與太陽光維持二十三度角。除非天氣太冷或太熱，她們幾乎不休息。如果不想在返家途中就陷入戰爭，她們必須快速前行。

從前曾經發生過，探險隊員在返回時發現她們的城邦已被敵軍團團包圍。而突破封鎖從來就不是容易的事。

成了，她們剛剛找到洞穴入口的蹤跡費洛蒙。一股熱氣從地面冒上來，她們鑽進礪石地的深處。

越往下走，流水咕嚕咕嚕的低聲呼喚就越清晰。那是溫泉的源頭。泉水蒸騰，散發出濃烈的硫礦味。

螞蟻解渴了。

不久，她們發現一個奇怪的生物，看起來像一顆球長了腳。其實，那是一隻糞金龜正推著糞和沙滾成的一顆球，牠把卵都塞在裡頭，像希臘神話裡的天神阿特拉斯那樣，扛起「世界」。坡度有利的時候，圓球自己會滾，糞金龜跟著跑。反之，牠就氣喘吁吁，經常滑了腳還得下到坡底去找球。在這種地方發現甲蟲很令人驚訝，畢竟糞金龜算是溫熱地區的生物。

貝－洛－崗的螞蟻讓牠通過。反正糞金龜的肉也不是特別鮮美，而且甲殼太重也不好搬運。

一個黑色的身影從她們左側飛快閃過，躲進岩石凹洞。那是一隻蠼螋。這傢伙就很美味了。最老的探險隊員動作最快，她的腹錘在頸下晃動，擺定射擊姿勢，用後腿維持平衡，憑直覺瞄準，長距離發射一滴蟻酸。濃度高達百分之四十的腐蝕劑劃破長空。

命中。

蠼螋在衝刺途中遭遇砲擊。百分之四十的酸液可不是乳清，濃度百分之四的話只會刺痛，到了百分之四十的時候，這會要命的！蠼螋倒地，所有螞蟻一湧而上，吞食牠被燒焦的肉。秋天到訪此地的探險隊員留下了很正面的費洛蒙訊息，這一帶獵物應該很多，狩獵成果會很豐碩。

她們繼續往下走，來到自流含水層。她們嚇壞了各式各樣還不為人知的地底物種。有一隻蝙蝠企圖結束她們的到訪，但她們讓牠陷入蟻酸雲霧之中，逼得牠落荒而逃。

接下來的幾天，她們繼續在溫熱的洞穴裡搜刮，將白色小蟲的遺骸和淡綠色蘑菇的碎片堆積起來。她們用肛門腺體留下新的蹤跡費洛蒙，這應該能讓姊妹們順利來到這裡狩獵，毫無困難。

任務圓滿達成。蟻邦的版圖已經擴展至此地，越過了西部的灌木叢。她們背起沉甸甸的食物，準備踏上歸途，她們釋放了聯邦的化學旗幟，旗子的香氛拍打著空氣，昭告天下：「貝－洛－崗！」

「您可以再說一次嗎？」

「威爾斯，我是艾德蒙．威爾斯的外甥。」

開門的是一個身高將近兩米的高個兒男人。

「您是傑森．布哈捷先生嗎？……很抱歉來打擾您，我想跟您談一談我舅舅。我對他的事一無所知，我外婆跟我說，您是他生前最好的朋友。」

「請進……您想知道關於艾德蒙的什麼事？」

「全部。我完全不認識他，我覺得很遺憾……」

「嗯。我懂。不管怎麼說，艾德蒙這種人根本是活生生的謎。」

「您很了解他嗎？」

「誰能說誰真的了解誰呢？我也只能說，我們兩個人經常肩並肩，一起走，而他和我不覺得這有什麼不好。」

「你們是怎麼認識的呢？」

「在生物學院。我呢，我研究植物，他研究細菌。」

「又是兩個『肩並肩一起走』的平行世界。」

「是的，只不過我的世界更野蠻。」傑森．布哈捷指著入侵他家餐廳的一堆綠色植物，修正了喬納東的說法：「您看到這些植物了嗎？它們都在競爭，隨時可以為了一絲光線或一滴水而互相殘殺。只要葉子落在陰影裡，植物就會放棄它，而附近的葉子就會更茂盛。植物，真的是一個冷酷無情的世界……」

「那艾德蒙的細菌呢？」

「他自己是說，他只是在研究他的祖先。可以說，他把他的家譜回溯到比正常值再遠一點的地方……」

「為什麼是細菌？為什麼不是猴子或魚？」

「他想要了解處於最原初階段的細胞。對他來說，由於人只是細胞群聚的集合體，所以必須徹底理解細胞的『心理』，才能推論出整體如何運作。『一個大而複雜的問題，其實只是一些小而簡單的問題的集合。』他完全從字面去詮釋這句格言。」

「他只研究細菌？」

「不，不只，他也是某種神祕主義者，一個真正的通才，他想要知道所有的事。不過他也有他怪異的想法……像是，想要控制自己的心跳。」

「這怎麼可能！」

「好像有一些印度和西藏的瑜伽行者完成了這種修煉。」

「這到底有什麼用？」

「我不知道……他想要擁有這樣的能力，這樣他就可以依照自己的意志停止心跳來自殺，他想要可以隨時退出遊戲。」

「這樣有什麼好處？」

「也許他害怕年老的痛苦。」

「嗯……他拿到生物學博士學位之後，做了什麼？」

「他去了一個私人機構工作，他們專門生產製造優酪乳用的活菌。這個私人機構叫做『甜奶集團』。這工作很適合他。他發現了一種細菌，不只會產生味道，還會產生香氣！他也因此得到一九六三年的最佳發明獎……」

「然後呢？」

「然後他跟一個華人結婚。凌蜜，一個甜美、愛笑的女孩。這個愛抱怨的傢伙，一下子變得溫柔了。他非常愛她。從那時候開始，我就很少見到他了。這種事，從古至今都是這樣的。」

「聽說他去了非洲。」

「對，不過他是後來才去的。」

「什麼後來？」

「在悲劇發生以後。凌蜜患了白血病，也就是血癌，那是無藥可醫的。三個月後，她就離開人世了。可憐的艾德蒙……他一向都說細胞最值得關注，人類是無關緊要的……這樣的一堂課實在太殘酷了。他什麼事都做不了。在這個悲劇發生的同一時期，他也跟『甜奶集團』的同事起了爭執。他辭去工作，意氣消沉，待在他的公寓裡。凌蜜曾經讓他重拾對人的信心，凌蜜的死又讓他再一次墜入深淵，他變得比以前更厭惡人了。」

「他去非洲是為了忘記凌蜜嗎？」

「或許是吧。反正他就是不顧一切投入了生物學家的研究工作，想要藉此讓傷口癒合。他應該是找到了另一個令人興奮的研究主題——我不知道到底是什麼，但總之不是細菌了。他在非洲住下來，應該就是因為這個研究主題在那裡比較容易處理。他寄過一張明信片給我，只是為了告訴我，他跟國家科學研究中心的一個團隊在一起，跟一個叫做侯松費爾的教授一起工作。這位先生我不認識。」

「您後來有再見到艾德蒙嗎？」

「有，很偶然的一次，在香榭麗舍大道。我們聊了一下。顯然他又找回了生命的樂趣。但他說起話來還是讓人無法捉摸，只要提到跟專業有點相關的問題，他都不正面回應。」

「他好像也在寫一本百科全書。」

「那是更早以前的事了。這是他的大事業，要把他所有的知識集合在一本書裡。」

「您看過嗎？」

「沒看過。而且我認為，他從來沒拿給任何人看過。艾德蒙這傢伙，他一定會把書藏在阿拉斯加的荒野，而且還會派一隻噴火龍在那裡守護著。他有這種『大巫師』的特質。」

喬納東起身準備告辭。

「對了！再請教您一個問題：您知道怎麼用六根火柴做出四個等邊三角形嗎？」

「當然。這是他最喜歡的智力測驗。」

「那答案是什麼？」

傑森哈哈大笑。

「這個呢，我絕對不會告訴您！就像艾德蒙說的：『每個人都得獨自找到自己的路。』您會看到，發現的滿足感比聽別人說的要多上十倍。」

背上扛著這麼多肉，回程的路途似乎比去程漫長。部隊正在快步行進，以免遭遇夜晚的嚴苛考驗。

螞蟻可以不眠不休，從三月工作到十一月；可是每一次氣溫驟降都會讓她們進入睡眠狀態。這是為什麼很少看到探險隊離開超過一天的原因。

長久以來，褐螞蟻的城邦為這問題一直很傷腦筋。她們知道拓展狩獵的地盤和認識遠方的國度非常重要，因為那是其他植物生長的地方，是其他動物生活的地方，那裡有不同的風俗。

在第八百五十個千禧年，葛朝的蟻后碧－絲丹－葛懷抱瘋狂的野心，想要認識世界的「盡頭」。（葛朝是褐螞蟻的東方王朝，已經滅亡了十萬年。）碧－絲丹－葛蟻后曾派遣數百支遠征隊向東南西北四大基點出發。可是沒見到任何一支遠征隊回來。

現在的蟻后貝洛－裘－裘霓可沒那麼貪心。遠征隊不過是找到一些寶石般的金色小甲蟲（在南方荒野發現的），她的好奇心就滿足了，或者有時候，遠征隊帶回來幾株連根拔起的食蟲植物給她，她的好奇心會轉而陷入沉思，希望有朝一日可以馴服這些活生生的植物。

貝洛－裘－裘霓知道，認識新地盤的最好方法就是繼續擴大聯邦的規模。要不斷派出更多遠征隊，要不斷跟更多的女兒城結盟，要不斷設立更多的前哨站，而且要對所有企圖阻止這種進步的勢力發動戰爭。

當然，征服世界的盡頭需要很長的時間，但這種頑強小碎步的政策跟螞蟻普遍的哲學信念完全一致：「慢慢走，但永遠向前。」

今日的貝－洛－崗聯邦有六十四個女兒城。六十四個女兒城集結在同樣的氣味旗幟下。六十四個城邦通過路徑網絡相連，一共有一百二十五公里的挖掘路徑，還有七百八十公里的氣味路徑。六十四個城邦團結一致，無畏大小戰役，也不害怕饑饉。

城邦的聯邦概念讓一些城邦變得專業化。貝洛－裘－裘霓甚至夢想有一天可以看到一個城邦只處理穀物，另一個城邦專責肉類，再另一個只管戰爭。

不過她的夢想尚未實現。

但是無論如何，這概念十分符合螞蟻整體哲學思想的另一項原則：「未來是屬於專家的。」——探險家們離前哨站還很遠。她們加快了腳步。再次經過食肉植物附近時，一隻兵蟻提議將它連根拔起，帶回去給蟻后貝洛－裘－裘霓。

觸角廣場會議召開了。她們討論的方式是透過發射和接收微小的揮發性氣味分子——費洛蒙——其實就是從她們身體裡分泌出來的荷爾蒙。我們可以把這些分子想像成一缸魚，魚缸裡的每條魚都是一個字。

多虧有了費洛蒙，螞蟻才能進行對話，而且有無窮無盡的細緻變化。看到觸角焦躁地運動，辯論似乎非常熱烈。

這太笨重了。

城邦之母還不認識這種植物。

這有可能造成傷亡，這麼一來，就少了一些搬運戰利品的手臂。

如果我們馴服了食蟲植物，它等於就變成了武器，我們只要種一排就可以確保我們的前線。

大家都累了，夜晚即將來臨。

她們決定放棄，繞過那株植物，繼續趕路。隊伍經過一叢開花的矮樹時，後方的三二七號雄蟻發現一朵紅色的小雛菊。他在邦城裡從未見過這樣的標本。這沒什麼好猶豫了。

我們沒拔走捕蠅草，可是我們要把這個帶走。

他離開了隊伍一下，小心翼翼地截斷花莖。嗤哩喀！然後將他的發現夾緊，開始奔跑，他要追上他的同伴。

只是，他已經沒有同伴了。新年度的第一支遠征隊確實在他眼前，但她們的狀態……情緒衝擊。壓力。三二七號的腿開始顫抖。所有同伴都已死去，倒臥在路上。

究竟出了什麼事？這場襲擊肯定是在電光石火之間發生的。她們甚至來不及轉換成戰鬥隊形，還以「大頭蛇」隊形在行進。

他檢視屍體。沒有任何蟻酸發射的痕跡。褐螞蟻甚至也沒有時間釋放警戒費洛蒙。

三二七號雄蟻展開了調查。

他翻動姊妹的屍體的觸角。氣味接觸。沒有記錄到任何化學影像。她們正在走路，然後突然之間：斷片。

要弄清楚，要弄清楚。事情一定會有個解釋。首先，清潔感官工具。靠著前腿的兩支彎爪刮擦前額的觸角，清除壓力初期產生的酸性泡沫。他把觸角折回嘴邊，舔舐起來。他用大自然巧妙地在他第三肘上方安放的脛節距輕輕刷著觸角。

然後他將乾淨的觸角放低，垂到眼睛的高度，再以每秒三百次的頻率輕輕振動它們。什麼訊號都接收不到。他把動作加快：每秒振動五百次、一千次、兩千次、五千次、八千次。他已經用上接收功率的三分之二了。

這一瞬間，他收集了漂浮在附近的最細微的氣味：露水的水氣、花粉、孢子，還有一股淡淡的氣味——他曾經聞到過，但已經無法辨識了。

他繼續加速。最大功率：每秒振動一萬兩千次。他旋轉時，觸角會產生一股小小的吸入氣流，將所有塵埃都捲進來。

成功了：他辨認出這淡淡的氣味。是那些罪犯的氣味。沒錯，不是別人了，就是北方那些冷酷無情的鄰居，去年就已經引起好多麻煩了。

就是她們：施－蓋－埔的侏儒蟻……

所以她們也已經甦醒了。她們一定是設下了陷阱，而且使用一種新型的雷霆武器。

一秒都不能浪費，必須向整個聯邦發出警報。

「是一種振動頻率非常高的雷射光把他們通通殺死的，首領。」

「雷射光？」

「是的，不管我們的船有多大，這種新型武器都可以遠距離把船融化。首領……」

「您認為他們是……」

「沒錯，首領，這種事只有金星人才幹得出來。一看就知道。」

「這樣的話，報復行動一定要很猛烈。我們還有多少戰鬥火箭駐紮在獵戶座的腰帶上？」

「四架，首領。」

「這絕對不夠，我們必須請求支援……」

「你還要再來一點湯嗎？」

「謝了，不要。」尼古拉完全被畫面催眠了。

「好囉，看一下你在吃的東西，不然我就把電視關掉！」

「哦！媽媽，拜託不要……」

「這些小綠人還有那些拿洗衣粉牌子當名字的行星，這種故事你還看不膩嗎？」喬納東問道。

「我很喜歡啊。我確定有一天我們會遇到外星人。」

「這個……我們已經講了幾百年了！」

「他們向距離最近的恆星發送了一個叫做『馬可波羅』的探測器，我們應該很快就會知道我們的鄰居是誰了。」

「『馬可波羅』會失敗的，就像所有其他發射出去污染太空的探測器一樣。我告訴你，宇宙太遠了。」

「也許吧，可是誰告訴你外星人不會跑來找我們？畢竟不是所有關於幽浮的見證都有把事情說清楚。」

「就算這樣，遇到其他有智慧的民族有什麼用？總有一天，戰爭還不是一樣無可避免，你不覺得我們地球人之間的問題已經夠多了嗎？」

「這樣很有異國情調耶，說不定有新的地方可以去度假。」

「這樣會有新的麻煩。」

他用雙手托著尼古拉的下巴。

「好了，孩子，等你大一點就會知道，你會跟我有一樣的想法：唯一真正讓人產生熱情的動物，唯一心智與我們真正不同的動物，就是……女人！」

露西照例假裝抗議。他們笑成一團。尼古拉皺起眉頭。那應該就是大人的幽默吧……他的手伸出去找可以讓他心情平靜的狗毛。

桌子底下什麼也沒有。

「瓦爾扎扎特到哪裡去了？」

牠不在餐廳。

「瓦爾扎扎特！瓦爾扎扎特！」

尼古拉用手指吹起口哨。通常會有立即的反應：先聽到一陣狗吠，然後是狗爪的聲音。他又吹了一次口哨。沒有回應。他找遍公寓的所有房間。他的爸媽也來幫忙。狗不見了。門上了鎖，狗不可能自己出去，牠還不知道怎麼用鑰匙。

大家都不自覺地往廚房走去，更準確地說，是走向地窖的門。門縫一直沒封起來，瓦爾扎扎特這種大小的動物要鑽過去，門縫剛好夠寬。

「牠在裡面，我確定牠在裡面！」尼古拉像在呻吟：「我們得去找牠。」

彷彿為了回應這個請求，地窖裡傳來一陣斷斷續續的狂吠，但又似乎是從非常遙遠的地方傳來的。

大家都靠近了禁忌之門。喬納東出聲了。

「爸爸說過：不可以去地窖！」

「可是親愛的，」露西說：「你還是得去找牠。說不定牠被老鼠攻擊了。你不是說過有老鼠……」

喬納東的臉沉了下來。

「只能跟狗狗說抱歉了。我們明天再去買另一隻。」

小男孩大驚失色。

「可是爸爸，我不想要『另一隻』。瓦爾扎扎特是我的好朋友，你不能讓牠就這樣死掉。」

「你是怎麼回事，」露西接了話：「你怕的話就讓我來！」

「爸爸，你會怕嗎，你是膽小鬼嗎？」

喬納東受不了了，嘴裡咕噥著「好，我去看看」，然後跑去找來一把手電筒。他往門縫照進去，裡頭黑黑的，徹底的漆黑，黑到可以把一切都吸進去的那種黑。

他在發抖。他很想逃跑，妻子和兒子卻推著他往深淵進逼。一陣心酸淹沒他的思緒，黑暗帶來的恐懼已經占了上風。

尼古拉開始啜泣。

「牠死了！一定是死了！都是你的錯。」

「牠可能是受傷了。」露西安慰他：「我們得去看看才行。」

喬納東想起艾德蒙留下的訊息，斬釘截鐵的語氣。可是能怎麼辦呢？總有一天，事情一定會發生，他們其中一個會忍不住跑去看。他得正面迎戰。要嘛是現在，不然就永遠不要。他的手拂過汗濕的前額。

不會的，事情不會那麼糟。他終於有機會正面迎擊自己的恐懼，可以不顧一切，面對危險了。黑暗想吞噬他嗎？來呀！他已經準備好要衝到底了。反正他也沒什麼可以失去的了。

「我去！」

他去拿了工具，把鎖打開。

「不管發生什麼事，你們都待在這裡不要動，千萬不要下來找我或是報警。在這裡等我！」

「幹嘛講話奇奇怪怪的。也不過就是個地窖，跟其他房子的地窖沒什麼兩樣啊。」

「我可沒那麼確定……」

第一支春季狩獵遠征隊的最後一名生還者——三二七號雄蟻——在一顆橢圓橙色夕陽的照耀下，孤獨地奔跑。孤獨得難以承受。

他的腳踩進水坑，踏過泥濘，越過發霉的樹葉，這樣的路途走了好久。風吹乾他的嘴唇，塵土為他的身體覆上一層琥珀色的斗篷，他已經感覺不到自己的肌肉，細爪也斷了好幾根。

但他受到一條嗅覺通道的吸引，他知道很快就會在通道末端看見目的地。在那些隸屬貝－洛－崗聯邦的土丘當中，有個巨大的形影隨著他的每一個步伐越變越大，那是母城，那是巨大的貝－洛－崗金字塔——一座氣味燈塔，吸引著他，將他吸了過去。

三二七號終於來到這座氣勢磅礴的蟻丘底下，抬頭仰望，他的母城又變大了。穹頂的新保護層已經開工，小樹枝砌造的山尖像在逗弄月亮。

年輕的雄蟻找了好一會兒，才在地面找到一個還沒關閉的入口，他衝了進去。

他來得是時候。所有在外界工作的工蟻和兵蟻都回來了。守衛們正要封閉出入口，以維持蟻丘內部的熱量。實際情況是，他才跨過門檻，泥水匠們就動了起來——他身後的洞就封上了，幾乎就在喀喀一聲的瞬間。

到了這裡，我們再也看不到任何外面冷酷野蠻的世界。三二七號雄蟻再次沉浸在文明之中。從現在起，他可以融入讓人心情平靜的蟻邦。他不再孤獨，他屬於群體。

幾隻哨兵靠近了，她們認不出灰塵薄膜下的他。他迅速散發出識別氣味，於是其他螞蟻都放心了。

一隻工蟻留意到他的疲憊氣味，問他要不要交哺，這是來自身體的贈與儀式。

每隻螞蟻的腹部都有一個囊袋，實際上是一個不會消化食物的嗉囊——公共胃——她可以把食物貯存在那裡，食物可以無限期地保持新鮮原貌。之後她可以將食物反芻到她「正常消化」的胃裡，或者將食物回吐出來，提供給其他螞蟻。

贈與的儀式動作永遠一樣。提供食物的螞蟻會靠近她的交哺欲望對象，輕拍對方的頭殼。如果對方接受了這樣的試探，就會放低她的觸角。倘若對方將觸角高舉，那就是拒絕的訊號，表示真的不餓。

三二七號雄蟻毫不猶豫。他的能量儲備這麼低，導致他已經處於僵直症的邊緣。他們嘴對嘴接合在一起。食物湧上來了。供食者先回吐出唾液，然後吐出蜜露和穀物泥。美味，營養，而且非常提神。

贈與儀式結束，雄蟻立刻掙脫。所有記憶都回來了。死者。伏擊。此刻不能再浪費任何一點時間了。他抬起觸角，往四周噴灑細小的信息水滴。

警戒。戰爭爆發。侏儒蟻消滅了我們的第一支遠征隊。她們擁有一種具毀滅效果的新武器。戰鬥準備。宣戰。

哨兵出現了，這些警戒的氣味刺激了她的大腦。蟻群已經聚集在三二七號雄蟻的周圍。

怎麼了？

發生什麼事？

他說宣戰了。

他有證據嗎？

螞蟻從四面八方蜂擁而至。

他說有一種新型武器還有一支遠征隊被消滅了。

事態嚴重。

他有證據嗎？

一群螞蟻擠得水泄不通，雄蟻現在位在蟻群中央。

警戒，警戒，宣戰，戰鬥準備！

他有證據嗎？

這個氣味語句被眾螞蟻不斷重述。

沒有，他沒有證據。當下他太震撼，沒想到要把證據帶回來。觸角晃動。搖頭晃腦，半信半疑。

這件事發生在哪裡？

在拉－秀拉－崗以西，在偵察兵發現的新狩獵點和我們的邦城之間。侏儒蟻經常在那個區域巡邏。

不可能，我們的間諜都回來了。她們說得很清楚：侏儒蟻還沒甦醒！

無名的觸角發出了最後這個費洛蒙語句。蟻群散去。大家都相信她說的。大家都不相信雄蟻說的。雄蟻的語氣聽起來是真話，但他說的事情實在太離奇。春季戰爭從來不曾這麼早就爆發。如果侏儒蟻還沒全部甦醒就發動攻擊，根本是瘋狂之舉。於是所有螞蟻都各自回去做工，沒把三二七號雄蟻發送的信息當一回事。

第一支狩獵遠征隊的唯一生還者太震驚了。可惡！那些死者不是他編造出來的！她們最後會發現，有個階級編制的蟻數不足。

他的觸角兀自垂落在前額。他感受到自己的存在已經毫無用處，他覺得可恥，彷彿自己不再為其他螞蟻而活，而是只為了自己。

想到這裡，他嚇得渾身發顫。他俯身向前，拔腿狂奔，他要去找那些工蟻來當他起誓的見證人。當他一句句讀誦眾所周知的格言時，大家甚至猶豫是否要將手邊的工作停下：

身為探險隊員，我是腿；
到了現場，我是眼睛；
歸途，我是神經刺激素。

結果沒有一隻螞蟻在乎。大家都聽而不聞，然後不慌不忙地走開。所以，請他停止刺激大家吧！

喬納東下去四個小時了。他的妻子和兒子心急如焚。

「我們報警吧，媽媽？」

「還不必。」

她走近地窖的門。

「爸爸死了嗎？告訴我，媽媽，爸爸跟瓦爾扎扎特一樣死了嗎？」

「才沒有，親愛的，你胡說八道什麼！」

露西被不安吞噬。她俯身查看門縫。她用剛買的大功率鹵素燈照進去，似乎看到稍遠處有一座……螺旋樓梯。

她坐在地上。尼古拉也來到她身邊。她親了親他。

「爸爸會回來的，你要有耐心。他要我們等他，我們就再等一下。」

「如果他不回來了怎麼辦？」

三二七號累了。這感覺像在水裡掙扎。水在攪動，可是他卻沒有前進。

他決定當面跟貝洛－裘－裘霓談一談。城邦之母的年齡是十四冬，她擁有無與倫比的生命經驗，那些占蟻口絕大多數的非生殖蟻最多只能活三年。只有她能幫他想出辦法，將訊息傳送出去。

年輕的雄蟻走上通往城邦中心的快速道路。幾千隻工蟻扛著蟻卵，快步穿過這條寬敞的長廊。她們扛著蟻卵，從地下四十層一路爬到地上三十五層的日光浴嬰室。白色的小卵如潮水般湧現，工蟻們用腿的末端傳接這些小白卵，從下到上，由右至左。

三二七號必須逆向而行。不容易。他推開了幾隻負責餵飼幼蟻的工蟻，她們立即哭喊：有破壞者。三二七號被衝撞、踩踏、推擠、抓傷。幸好廊道的空間並未完全飽和，他還可以在擁擠的蟻群中開出一條路。

接著他走入小隧道，這條路比較長，但比較不費力。他快步疾行。從城邦的動脈進入小動脈，從小動脈進入靜脈和小靜脈。他這樣跑了好幾公里，走過橋樑，穿過拱門，越過空曠或擠滿螞蟻的廣場。

多虧他有三顆紅外線單眼，可以在黑暗中來去自如。隨著皇城越來越近，蟻后的香甜氣息越來越濃，負責守衛的螞蟻也越來越多。

那裡的兵蟻分屬不同的附屬階級，配備的武器形形色色、尺寸不一：有的兵蟻個頭瘦小，卻有長長的鋸齒大顎，有的身型壯碩，胸盾如木頭般堅硬，有的矮矮胖胖，觸角也短，還有幾名砲兵，細長的腹錘裝滿痙攣性的毒液。

三二七號雄蟻佩戴有效的氣味通行證，一路通行無阻，順利通過所有檢查哨。士兵們都很平靜，大家都還沒嗅到領土大戰已經爆發的氣味。

現在他離目的地非常近了，他向看門的螞蟻出示身分證明，然後走入通往城邦御所的最後一條廊道。

他在御所入口停下腳步，這個舉世無雙的御所散發著一種美，震懾了他。巨大的圓形殿堂依據非常精準的幾何與建築準則建造——歷代蟻后以觸角貼著女兒的觸角，將這些知識傳承下來。

主拱頂高十二顱，直徑三十六顱（顱是聯邦的度量單位；一顱相當於人類通用度量單位的三毫米）。幾個罕見的水泥壁柱撐起這座昆蟲殿堂，底部是凹面，旨在使所有個體傳送的氣味分子在其中盡可能長時間地反彈，而不會滲入牆壁。這是一座非凡的嗅覺圓形劇場。

正中央是一位肥碩的貴婦。她俯臥著，腹部貼地，時不時將她的腿踢向一朵黃花。這朵花有時會硬生生地閉合。但蟻后的腿已經抽回去了。

這位貴婦就是貝洛—裘—裘霓。

貝洛—裘—裘霓，中央城邦現任的褐螞蟻蟻后。

貝洛—裘—裘霓，獨一無二的產卵者，所有身體和所有心靈的發生器。

貝洛—裘—裘霓，在她掌權期間，經歷了對抗蜜蜂的大戰，征服南方的白蟻丘聯盟，平定蜘蛛領地的亂事，度過了橡樹胡蜂發動的恐怖消耗戰，而從去年起，她更整合各邦之力，阻擋了侏儒蟻在北方疆界的進逼。

貝洛－裘－裘霓，她打破了蟻界的長壽紀錄。

貝洛－裘－裘霓，她是三二七號雄蟻的母后。

這座活生生的紀念碑就在眼前，近在咫尺，一如往昔。不同的只是她被二十幾隻年輕的婢女工蟻濡濕著，輕撫著，而從前，是他——三二七號——用他當時還很笨拙的小短腿服侍她。

年輕食蟲植物的上下顎緊緊咬合，城邦之母發出輕輕的一息抱怨氣味。沒有人知道她對植物猛獸的熱情從何而來。

三二七號走上前。近看，城邦之母不是很美。她的頭顱向前伸展，兩隻巨大的凸眼彷彿可以同時張望四面八方。她的紅外線單眼緊緊擠在額頭中央，觸角卻很誇張地分據兩端。觸角很長，很輕，蟻后可以完美掌握觸角的急促振動。

貝洛－裘－裘霓脫離漫長的沉睡已經好幾天了，從此，她不停地產卵。她的腹部比一般螞蟻大十倍，經歷著持續性的痙攣。就在這個瞬間，她產下八顆瘦小的卵，淺灰色，帶著珠光。這是新生代的貝－洛－崗邦民。圓滾滾、黏糊糊的未來從她的肚腹滑溜出來，在房間裡滾來滾去，然後就立刻被保姆們帶走了。

年輕的雄蟻認得這些卵的氣味。這些卵是雄蟻和不育的兵蟻。天還很冷，生育「女兒」的腺體還沒啟動。只要天氣允許，城邦之母就會依據城邦的確切需求，產下各個階級所需的卵。工蟻們會來告訴她：「還缺一些碾碎穀物的工蟻或擔任砲兵的兵蟻」，她再依照需求供應。貝洛－裘－裘霓也會離開御所，到廊道上去聞一聞。她的觸角夠細，可以探測到特定階級裡最細微的短缺。她會立刻將員額補足城邦之母又產下五顆瘦弱的卵，然後轉向她的訪客。她碰觸他，並且舔他。接觸皇室唾液一向是奇特的時刻。這種唾液不僅是萬能的消毒劑，而且是貨真價實的萬靈丹，可以癒合所有的傷口，只有頭顱裡的傷口是例外。

雖說貝洛－裘－裘霓無法逐一辨認她無數的孩子，但是透過這種唾液運動，她表明自己鑑定了年輕雄蟻的氣味——是她的小孩。

觸角對話可以開始了。

歡迎來到蟻邦的性器。你離開了我，可是又不得不歸返。

母親對孩子說的儀式性語句。傳遞之後，蟻后用一種黏液塗在年輕的三二七號身上，她嗅了嗅這十一節的費洛蒙……她已經明白三二七號來訪的原因……第一支派往西方的遠征隊被徹底殲滅。災禍現場附近有侏儒蟻的氣味。遠征隊應該是發現了祕密武器。

身為探險隊員，我是腿；

到了現場，我是眼睛；

歸途，我是神經刺激素。

確實是。只是，問題在於他沒辦法刺激蟻邦。他的氣息說服不了任何螞蟻。他認為只有她，只有貝洛－裘－裘霓知道如何傳達信息並且發出警訊。

蟻后以加倍的專注嗅聞。她捕獲了三二七號的關節和腿發散到空氣裡的揮發性分子。是的，有死亡痕跡，有神祕痕跡。有可能是戰爭……也很有可能不是。

她告訴三二七號，總之，她沒有政治權力。在蟻邦裡，決策是經由持續不斷的協商形成的，透過以自由選擇項目為主軸的工作群體來運作。如果三二七號無法產生出一個這樣的神經主軸，簡而言之，如果他無法組成一個群體，他的經驗就派不上任何用場。

就連蟻后也幫不了他。

三二七號雄蟻不死心。他終於有了一個對話者，而且似乎願意從頭到尾仔細聆聽，於是他傾全力釋放最吸引人的分子。在他看來，這場災禍應該是優先關注的事，應該立刻派一些間諜去試著了解這種祕密武器究竟為何物。

貝洛－裘－裘霓回答說，蟻邦快要被「優先關注」壓垮了。不僅春季甦醒還沒徹底完成，城邦的保護層也還在施工，而只要最後一層細枝沒有鋪設完成，出征就是非常冒險的事。除此之外，蟻邦還缺少蛋白質和糖。最後，我們也該為「重生節」做準備了。這一切都需要每個邦民投注強烈的能量。就連間諜兵蟻也被過度運用了。這也可以解釋，為什麼三二七號的恐慌信息沒辦法讓其他螞蟻聽進去。

這一瞬間，只聽見工蟻的唇肌在城邦之母的甲殼上舔舐的聲音，而蟻后又自顧自地逗弄起食蟲植物了。她不停地扭動，直到將腹部固定在胸廓下，兩條前腿懸垂著。當食蟲植物的上下顎重新合上的時候，她迅速將腿縮回，然後要三二七號當見證，看看這可以是多棒的武器。

我們可以種出一整片食蟲植物牆來保衛整個西北疆界。唯一的問題是，此刻這些小怪獸還分不清城邦居民和異邦生物……

三二七號回到讓他滿腦子愁雲慘霧的主題。貝洛－裘－裘霓問他，有多少邦民在「事故」中喪生。二十八個。全部都隸屬探險隊兵蟻這個附屬階級嗎？肯定是，他是這次遠征隊裡唯一的雄蟻。

蟻后於是集中精神，連續產下二十八顆珍珠，和被消滅的姊妹一樣多。

二十八隻螞蟻死了，這二十八顆卵會取代她們。

決定性的一天：有一天，決定性的一天，手指會停留在這些頁面，眼睛會輕輕掠過這些字，大腦會詮釋它們的意義。

我不希望這一刻來得太早。這些後果可能會非常可怕。我寫下這些句子的時候，仍然奮力在保守我的祕密。

然而，總有一天得要有人知道發生了什麼事。即便是埋藏最深的祕密，最終也將浮上湖面。時間是祕密最大的敵人。

不管您是誰，我首先向您致意。當您讀到這裡，我可能已經死了十年甚至百年。至少我希望如此。

有時我會後悔我獲取了這些知識。但我是人類，儘管我們的種族凝聚力此刻正處於最低點，可是我深知一旦我在你們之間——在這個宇宙的人類之間——出生，這唯一的事實所賦予我的一切責任。

我必須將我的故事傳下去。

只要靠近一點看，所有故事都是相似的。故事開頭，有個「演變中」的主角在沉睡。他遇上一個危機。這場危機迫使他做出反應。而隨著他的行為，他會死亡或者有所改變。

我要告訴您的第一個故事是關於我們宇宙的故事。因為我們住在裡面，因為一切事物，不論大小，都遵循相同的法則，面對相同的相互依存關係。

譬如，您正在翻過這一頁，您的食指在某一點上摩擦紙張的纖維素。由於這個接觸，發生了一次微不足道的發熱。然而，這發熱非常真實。這種被鑲嵌在無限小之中的發熱會引發一個電子跳動，離開它的原子，繼而撞擊另一個粒子。

可是事實上，這個電子「相對」於被撞擊的粒子，是巨大的。電子的衝擊對它來說是一場實實在在的大動盪。這個粒子原本是惰性的，空的，冷的，因為您翻頁，讓它陷入了危機。巨大的火花在這個粒子上劃出斑紋。就這麼一個動作，您引發了某件事，而您永遠不會知道這件事的所有後果。有些世界或許誕生了，上面有人，這些人會發現冶金、普羅旺斯料理和星際旅行。他們甚至有可能比我們聰明。如果您的手裡沒有拿著這本書，您的手指也沒有引起一次發熱，這些世界就永遠不會存在——恰恰就在紙上的這個地方。

同樣的，我們的宇宙一定也可以在書頁的一角，在鞋底，或在其他巨型文明的一杯啤酒的泡沫上找到自己的位置。

我們這一代人或許永遠沒有辦法驗證這一點。但我們知道，很久很久以前，我們的宇宙（或者說，包含我們的宇宙的那個粒子）是空的、冷的、黑的、靜止不動的。然後某人或某物引發了危機。有人翻了一頁，有人踩到一塊石頭，有人刮掉一杯啤酒上的泡沫。總之，有過一次創傷。我們的粒子甦醒了。在我們這裡，大家都知道，那是一次巨大的爆炸。我們將其命名為「大霹靂」。

在每一秒的時間裡，在無限大、無限小、無限遠之中，或許都有一個宇宙誕生，就像一百五十億年前，我們的宇宙誕生了。我們不認識其他的宇宙，但是我們的宇宙，我們知道它始於最「小」、最「簡單」的原子——氫——的爆炸。

想像一下，這片寂靜遼闊的空間突然被一陣巨大的爆燃驚醒。為什麼上頭有人把頁面翻了過去？為什麼有人把啤酒上的泡沫刮掉？說這些都沒用了。總之，氫氣會燃、會爆、會燒。一片無垠的光劃過原本純白無暇的空間。危機。靜止不動的事物開始有了動作。冷的東西開始升溫。無聲的事物開始嗡嗡作響。

在最初的烈焰中，氫變成了氦，氦的原子只比氫稍微複雜一點。可是，我們已經可以從這種轉變中推演出我們宇宙最重要的第一條遊戲規則：**永遠越來越複雜**。

這規則似乎不證自明。但沒有任何證據顯示，在鄰近的宇宙裡，這規則是永恆不變的定律。在別的地方，事物有可能永遠越來越熱，或者**永遠越來越艱難**，或者**永遠越來越奇怪**。

在我們這裡，事物也會變得越來越熱，或者越來越艱難，或是越來越奇怪，但這不是最初的法則。這些只是副作用。我們的根本法則——即所有其他法則都以它為中心而成立的這個法則——就是：**永遠越來越複雜**。

艾德蒙．威爾斯

《相對知識與絕對知識百科全書》

三二七號雄蟻在城南的廊道晃蕩。他的心情還沒恢復平靜。他反覆思索這幾句著名的格言：

身為探險隊員，我是腿；

到了現場，我是眼睛；

歸途，我是神經刺激素。

為什麼這次行不通？是哪裡出了錯？這個沒能好好處理的訊息在他的身體裡沸騰。在他的認知裡，蟻邦受傷了，而蟻邦甚至沒有察覺。可是痛苦的刺激素就是他，所以他必須讓城邦做出反應。

噢，持有一個痛苦的訊息，將它保存在身上，卻找不到任何觸角想要接收訊息，這是多麼艱難的事啊！他很想要卸下這一切的重擔，跟其他螞蟻分享這可怕的知識。

一隻熱能使者螞蟻經過他身旁，感覺到他的沮喪。熱能使者以為他甦醒得不夠好，於是為他提供一些陽光卡路里。這給了他一股力量，他立刻試著用這股力量來說服熱能使者。

警戒，一支遠征隊遭遇伏擊，被侏儒蟻殲滅，警戒！

但他的訊息甚至不再有最初的口氣，嗅起來根本不像真話。熱能使者離去了，彷彿什麼事也沒發生。三二七號不放棄。他在廊道裡奔跑，投放他的警戒訊息。

時不時有幾隻兵蟻停下來聽他說什麼，甚至和他對話，可是他那毀滅性武器的故事實在太不可信，所以沒有形成任何足以承擔軍事任務的群體。

他繼續行走，垂頭喪氣。

突然，在地下四層的位置，就在他穿過一條荒涼的隧道時，他偵測到身後有個聲音。有螞蟻在跟蹤他。

三二七號雄蟻轉過身來。他用三顆紅外線單眼檢查廊道。紅色和黑色的斑點。沒有螞蟻。怪事。一定是哪裡出錯了。可是腳步聲再次在他身後響起。嗤……嘶，嗤……嘶。這傢伙，六條腿瘸了兩條，正在慢慢接近。

為了搞清楚這件怪事，他遇到十字路口就拐彎，然後稍作停留。那個聲音也停了。他一離開，嗤……嘶，嗤……嘶，嗤……嘶，那個聲音就又出現了。
　　毫無疑問，有螞蟻在跟蹤他。
　　他一轉身，對方就躲起來。詭異的行為，前所未聞。為什麼一個蟻邦的細胞會跟蹤另一個細胞而不讓對方認識自己？在這裡，每隻螞蟻都和所有螞蟻同在，沒有什麼事需要對任何螞蟻隱瞞。
　　那個「存在」依然緊追不捨。一直保持著距離，一直隱藏著身影。嗤……嘶，嗤……嘶。該如何反應？在他還是幼蟲的時候，保姆就教他要永遠正面迎向危險。他停下來假裝要清洗身體。那個「存在」已經不很遠了，他幾乎可以感覺到他。他一邊做出清理的動作，一邊晃動觸角。太好了，他感知到追蹤者的氣味分子——是一隻一歲的小兵蟻。她散發出一種獨特的氣味，覆蓋了她目前的身分。那氣味不容易辨認，有可能是岩石的氣味。
　　小兵蟻不再躲藏。嗤……嘶，嗤……嘶……三二七號現在用紅外線看到她了。她確實少了兩條腿。岩石的氣味更濃烈了。
　　他發出訊息。
　　來者是誰？
　　沒有回應。
　　為何尾隨我？
　　沒有回應。
　　他想要忘記這件事，繼續上路，但他立刻偵測到有第二個「存在」迎面而來。這次是隻肥壯的兵蟻。廊道很窄，他過不去。
　　掉頭？這樣他會碰上那隻瘸腿的兵蟻，她也朝著他加快了腳步。

他被困住了。

現在他感覺到：是兩隻兵蟻，她們倆都帶著岩石的氣息。大的那隻打開她長長的大剪。

是陷阱！

城邦裡的一隻螞蟻想要殺死另一隻螞蟻，這種事簡直無法想像。難道是蟻邦的免疫系統失調了？她們沒有認出他的氣味嗎？她們以為他是一具來自異邦的身體嗎？這根本是精神失常了，就好像他的胃決定要謀殺他的腸子……

三二七號雄蟻提高了訊息傳送強度：

我和妳們一樣，是蟻邦的一個細胞。我們來自同一個機體。

她們是年輕的士兵，她們應該是搞錯了。但他傳送的訊息完全沒讓眼前的對手平靜下來。瘸腿的兵蟻跳到他背上，抓住他的翅膀，肥壯的那隻則用大顎夾住他的頭。她們用這種方式制住他，把他拖往垃圾場。

三二七號雄蟻奮力掙扎。他用進行性愛對話的那節觸角發送出五花八門的各種情緒，這些沒有生殖能力的兵蟻根本聞所未聞。訊息的情緒範圍從不解到恐慌，什麼都有。

為了不被這些「抽象」的想法污染，瘸腿的兵蟻緊緊貼住雄蟻的胸盾，用大顎去刮他的觸角。她用這種動作除去他所有的費洛蒙，特別是他的氣味通行證。反正在他要去的地方，這些費洛蒙對他也派不上什麼用場……

在蟻跡罕至的廊道上，這個不祥的三蟻組合很費勁地緩緩前進。瘸腿的兵蟻有條不紊，繼續她的清理工作，看起來像是不想讓那顆腦袋留下任何訊息。雄蟻不再掙扎。他死心了，打算以放慢心跳的方式讓自己死去。

「為什麼有這麼多的暴力，為什麼有這麼多的仇恨？我的弟兄們，為什麼？一體，我們只能是一體，所有人，我們都是大地與上帝的孩子。

讓我們在這裡結束徒勞無益的爭論。二十二世紀將是屬靈的世紀，也或許不是。讓我們放棄古老的爭吵，那些傲慢與雙重標準的爭吵。

個人主義才是我們真正的敵人！一個弟兄有需要，而您卻讓他餓死，您就不再有資格作為世界這個大社區的一分子。一個迷途的人，他尋求您的幫忙和協助，而您卻對他關上了門。您就不是我們的一分子。

我認識你們，你們的良心安穩地躺在絲綢裡！你們只考慮個人的舒適，你們只渴望個人的榮耀。幸福，是的，但你們只想到自己和親近的家人。

我認識你們，我告訴你們。你，你，你，還有你！不要在你們的螢幕前面微笑，我在跟你們談嚴肅的事情，我在跟你們談人類的未來。這樣的情況不能再繼續下去，這樣的生活方式沒有意義。我們浪費一切，我們摧毀一切。森林被大量砍伐，製成拋棄式的紙巾。一切都變成拋棄式的：餐具、鋼筆、衣服、相機、汽車，不知不覺地，您也正在變成拋棄式的。放棄這種膚淺的生命形式吧。在明天被迫放棄之前，您必須在今天就放棄。

來到我們中間，加入我們忠誠的大軍吧。我們都是上帝的戰士，我的弟兄們。」

畫面切回播報員。「以上福音節目由『第四十五天復臨新教會』的麥當勞神父與『甜奶』冷凍食品公司所提供，透過衛星在全球電視衛星轉播網上播出。現在，在播出科幻影集《來自外星，我驕傲》之前，我們先進一段廣告。」

露西沒辦法跟尼古拉一樣，可以在看電視的時候徹底停止思考。喬納東已經下去八小時了，還是什麼消息也沒有！

她的手靠近了電話。喬納東說過要她什麼都別做，可是萬一他死了，或是被什麼塌下來的東西壓住了怎麼辦？

她還沒有下去的勇氣。她的手拿起話筒，撥了報警電話。

「喂，警察局嗎？」

「我不是叫妳不要打電話嗎？」廚房傳來一個模糊微弱的聲音。

「爸爸！爸爸！」

露西掛上話筒的時候，電話裡繼續傳出：「喂，喂，請說話，請給我一個地址。」

喀喀！

「沒錯，是我，當然是我，不必擔心。我不是跟你們說過安安心心等我回來嗎？」

不必擔心？這是在說笑吧！

喬納東懷裡抱的是瓦爾扎扎特的殘骸，而所謂的殘骸只不過是一團血淋淋的肉，而且喬納東自己也面目全非了。他好像沒被嚇壞，也不像是痛苦不堪，他的臉上甚至還帶著點微笑。不是，事情不是這樣的。該怎麼說呢？他讓人覺得……老了，或者說，病了。他的眼神焦躁不安，臉色蒼白，不停地顫抖，像是快要喘不過氣。

尼古拉看到他的小狗受盡苦刑的身體，嚎啕大哭。這隻可憐的貴賓犬簡直像被剃刀劃了幾百下，割得血肉模糊。

牠被放在一張攤開的報紙上。

尼古拉因為失去玩伴而傷心不已。一切都結束了。當他說出「貓」這個字的時候，他再也看不到瓦爾扎扎特往牆上跳的模樣了。他再也不會看到瓦爾扎扎特開心地一跳，就壓下門把，把門給打開了。他再也不會從那些同性戀德國大狼犬那裡把他救回來了。

瓦爾扎扎特已經不在了。

「明天我們會帶牠去拉雪茲神父墓園。」喬納東沒別招了：「我們會花四千五百法郎給他買一座墳墓，你知道的，就是可以放牠照片的那種墳墓。」

「噢，對呀！噢，對呀！」尼古拉在兩聲抽泣之間說：「牠至少應該要有這種墳墓。」

「然後我們會去動物保護協會，你可以選另一隻動物。這次你可以養養看馬爾濟斯啊，這種狗也很可愛。」

露西一直沒回過神。她不知道該從何問起。為什麼喬納東去了這麼久？那隻狗到底發生了什麼事？喬納東自己又發生了什麼事？他想吃點東西嗎？他有沒有想過家人有多著急？

「底下到底有什麼？」她終於用平淡的聲音說道。

「沒有，什麼都沒有。」

「可是你有沒有看到，你自己回來的時候是什麼樣子？還有狗……牠看起來簡直像掉進了電動絞肉機。牠到底遇到了什麼事？」

喬納東用一隻髒手摸了摸自己的額頭。

「公證人說的是真的，底下全是老鼠。瓦爾扎扎特被憤怒的老鼠咬碎了。」

「那你呢？」

喬納東傻笑。

「我這頭野獸比較肥壯，牠們看到我會怕。」
「神經病！你在底下待了八小時，到底在做什麼？這個該死的地窖，裡頭到底有什麼東西？」
露西氣炸了。
「我不知道裡頭有什麼，我沒有走到盡頭。」
「你沒有走到盡頭！」
「對，地窖很深很深。」
「你搞了八小時還沒走到我們的地窖……的盡頭！」
「對，我看到狗就停下來了，那裡到處都是血。妳知道的，瓦爾扎扎特的抵抗很激烈。這麼小的狗竟然可以撐這麼久，真是不可思議。」
「可是你停下來是停在哪裡？半路嗎？」
「我怎麼知道？反正我是走不下去了。我也很害怕。妳知道我無法忍受黑暗和暴力。不管是誰，遇到這種情況都會停下來。沒有人可以在完全未知的情況下沒完沒了地走下去。然後我想到妳，想到你們。妳不會明白那是什麼樣的感覺……那太黑暗了……那根本是死亡。」
說完這句話的同時，他的左嘴角彷彿抽搐了一下。露西從來沒見過他這樣，她知道自己不應該再逼他了。她攬住他的腰，親吻他冰冷的嘴唇。
「你冷靜一點，一切都結束了。我們會把那扇門封起來，不會再提這件事了。」
他的身體往後縮了一下。
「還沒，事情還沒結束。在那裡，我被那個紅色區域擋下來了。每個人都會停下來。所有人都害怕暴力，即使這暴力是用來對付動物的。可是我不能到此為止，說不定目標已經很近了……」

「你不會告訴我你想回去吧！」
「沒錯。艾德蒙舅舅去過，我也會去。」
「你的舅舅艾德蒙？」
「他在底下做了一些事，我想知道是什麼事。」
露西發出一聲低沉的呻吟。
「拜託！為了你對我和尼古拉的愛，拜託你不要再下去了。」
「我別無選擇。」
他的嘴角又抽動了一下。
「我永遠都是半途而廢。每次只要理智告訴我危險近了，我就會停下來。妳看看我變成什麼了。我這個人確實沒遭遇過危險，卻也是一輩子一事無成。因為半途而廢，我從來沒有把一件事徹底做好。我應該繼續當鎖匠，讓自己被人襲擊，鼻青臉腫就算了。那會是一場洗禮，我會認識暴力並且學會處理暴力。而我卻沒有這麼做，反而一直在逃避麻煩，像個不經世事的嬰兒。」
「你在胡說什麼！」
「沒有，我沒有胡說。人不能永遠活在繭裡。因為這個地窖，我得到這個絕無僅有的機會，踏出我的腳步。如果我不這麼做，我就再也不敢照鏡子了，我只會在鏡子裡看到一個懦夫。再說，當初一直要我下去的人是妳，妳還記得吧。」
他脫下滿是血漬的襯衫。
「妳別再說了，我的決定不會改了。」
「好，那我跟你一起去！」她說著，抓起了手電筒。

「不行，妳留在這裡！」
他牢牢握住她的手腕。
「放開我，你到底在想什麼？」
「對不起，可是妳要明白，這個地窖只跟我有關。這是我要潛的水，這是我要走的路。沒有人可以介入，妳聽到了嗎？」
在他們後面，尼古拉還在為瓦爾扎扎特的遺骸哭泣。喬納東放開露西的手，走到兒子身邊。
「好了，打起精神來，孩子！」
「我受夠了，瓦爾扎扎特死了，你們卻只顧著吵架。」
喬納東想分散他的注意力。他拿起一盒火柴，拿出六根火柴棒，放在桌上。
「嘿，你看，我要讓你看一道謎題。你有可能用這六根火柴棒排出四個等邊三角形嗎？試試看，你應該可以找出方法。」
小男孩一臉驚訝，擦乾眼淚，把鼻涕吸了回去，立刻開始用各種方法排列火柴棒。
「對了，我還要給你一個建議：要找出解決的辦法，你必須用不同的方式思考，如果你用習慣的方式思考，你會永遠想不出來。」
尼古拉拼出了三個三角形。不是四個。他抬起藍色的大眼睛，眨了眨眼皮。
「爸爸，你有找出解決的辦法嗎？」
「沒有，還沒有，不過我已經很久沒想了。」
喬納東讓他的兒子暫時平靜下來，但他的妻子沒有。露西用憤怒的眼神瞪著他。到了晚上，他們吵得更兇了，但喬納東還是不願說出任何關於地窖的祕密。

第二天，喬納東一早起床，花了一整個上午在地窖入口裝上一扇鐵門，附上一副大掛鎖。他把唯一的鑰匙掛上自己的脖子。

救命的關鍵是意想不到的一種地震。

先是廊道的邊牆受到一陣猛烈的橫向衝擊，沙子開始從上方傾瀉而下，而幾乎就在同時，第二次衝擊已經來了，接著是第三次、第四次……無聲的衝擊一次接著一次，越來越快，離那個奇特的三蟻組合也越來越近。沒完沒了的轟隆巨響，整個世界都在震動。

年輕的雄蟻因為巨大的震動而振奮起來。他的心跳重新加速，大顎猛嗑了兩下，兩名劊子手嚇了一跳，雄蟻趁機逃進剛才震得開腸剖肚的隧道裡，鼓動尚未發育成熟的翅膀，延長他在瓦礫上每一次跳躍凌空的時間，加速逃逸。

衝擊越來越猛烈，雄蟻不得不停下腳步，緊貼地面，等待沙崩結束。廊道的邊牆整片整片地倒在其他廊道中央，橋樑、拱門、地下通道都坍塌了。在崩塌之中，只見數百萬驚愕的身影。

優先警戒氣味釋放了，隨即擴散出去。一級警戒，激發性費洛蒙籠罩上層的廊道。所有聞到這種氣味的螞蟻都會立刻顫抖起來，到處亂跑，並且產生更刺鼻的費洛蒙。恐慌於是如雪球般越滾越大。

警戒雲霧擴散開來，滑行城邦痛苦區域的所有動脈，直達主動脈。異域物體入侵蟻邦的身體，導致蟻邦生產出年輕雄蟻想要啟動卻徒勞無功的物質——痛苦毒素。此刻，貝-洛-崗邦民形成的黑色血液湧動得更快了。一般民眾在災區附近疏散蟻卵，士兵們集結成戰鬥部隊。

正當三二七號雄蟻來到一個快被沙子和蟻群堵死的大型十字路口，震動停止了。隨之而來的是令人恐慌的靜默，所有螞蟻都動也不動，憂心著這樁怪事的後續。直挺挺的觸角微微顫抖。等待。

突然間，原本一陣陣追魂般的篤篤聲被某種低沉的咆哮所取代。所有螞蟻都覺得，城邦的樹枝外層被打穿了。有個巨大無比的東西從穹頂進來，搗碎了外牆，穿過那些樹枝滑了進來。

一條細細的粉紅色舌頭從十字路口的正中央冒出來，在空中甩動，然後飛快掠過地面，極盡所能地席捲最大數量的邦民。兵蟻們撲向牠，試圖用大顎咬牠，霎時，牠的末端捲起黑壓壓的一大串。菜餚收集夠了，舌頭向上一溜就消失了，牠把蟻群倒入喉嚨，然後又再伸出去，越伸越長，比前一次更貪婪、更嚇人。

這時二級警戒啟動了。工蟻們用腹錘尾端敲打地面，要將底下那些樓層還沒有察覺這場悲劇的兵蟻動員起來。

原始的鼓聲在整座城裡迴盪，彷彿「城邦機體」正在喘息：噠，噠，噠！而異域物體的回應則是：篤……篤……篤，牠又開始敲擊穹頂了，想要鑽進更深的地方。每隻螞蟻都緊貼著牆，想要逃離這條在廊道裡搜刮的狂暴紅蛇。如果舔一下的結果太寒酸，這條舌頭就會繼續伸展——竟然是一個鳥喙，接著是一顆巨大的頭顱。

啄木鳥！春季恐怖……這些貪吃的食蟲鳥從螞蟻城邦的頂層挖掘深達六十公分的圓筒坑，吃起螞蟻大餐。

是時候該發出三級警戒了。有些工蟻過度亢奮卻又無法訴諸肢體表達，陷入半瘋狂狀態，跳起恐懼之舞。她們的動作磕磕絆絆，非常不連貫：跳躍，大顎亂嗑，吐口水……有些工蟻則是徹徹底底的歇斯底里，在廊道狂奔，碰到會動的東西就咬上去。這是恐懼的變態效應：城邦若未能摧毀入侵物體，終將自我摧毀。

災害的確定位置在西區地上十五層，但是經過三級的警戒，整個邦城已經陷入戰爭狀態。工蟻們將蟻卵移至最深的地下室避免遭受波及。她們跟列隊匆匆行進的兵蟻們錯身而過，每隻兵蟻都抬起大顎警戒。

城邦的螞蟻歷經無數世代，早已學會如何捍衛城邦，如何應付這種麻煩事。在一片混亂的動作中，砲兵階級的螞蟻組成突擊隊，分配了優先執行的任務。

她們包圍啄木鳥最脆弱的區域——脖子——接著轉身，就近距離射擊位置。她們的腹錘指向那隻飛禽。開火！括約肌全力繃緊，噴射出高濃度的蟻酸。

啄木鳥一陣劇痛，像是脖子被裹上一條大頭針編成的圍巾。牠掙扎，想要掙脫，可是頭陷入蟻丘太深，翅膀卡在穹頂的泥土和樹枝裡。牠再次吐出舌頭，盡可能殺死最多的小對手。

第二波兵蟻接手。開火！啄木鳥驚跳了一下。這次，不只是大頭針，而是荊棘。牠嚇壞了，鳥喙焦急地亂敲。開火！蟻酸再次噴射。啄木鳥顫抖著，呼吸開始變得困難。開火！蟻酸侵蝕牠的神經，牠完全動彈不得了。

射擊停止。兵蟻從四面八方湧至，張開威武的大顎，啃噬蟻酸造成的傷口。同時，有一個軍團往外走，在穹頂的殘垣斷壁上發現了飛禽的尾羽。她們開始鑽掘氣味最濃郁的部位：肛門。這些工程兵蟻很快就把肛門口擴大，衝進啄木鳥的肚子裡。

第一支部隊成功刺穿了喉嚨的外皮。第一股紅色的血液流淌下來，警戒費洛蒙就停止釋放了。勝負已定。喉嚨的破洞大開，螞蟻成群結隊奔湧而入。啄木鳥的喉頭還有一些螞蟻倖存，她們得救了。

接著兵蟻們進入頭顱內部，尋找可以讓她們抵達腦部的開口。一隻工蟻找到一條通道：頸動脈。儘管如此，還是必須找到正確的血管：是從心臟流向大腦的那條，而不是反向的。沒錯，就是這條！四隻兵蟻劈開管道，跳進紅色的液體裡。她們被心臟的血液帶著流動，很快就被推送到大腦半球的正中央。她們要在那裡勤奮工作，挖掘大腦皮質。

啄木鳥痛到快要發瘋，東翻西滾，但就是無力抵抗這些從身體裡切牠、割牠的侵略者。一小隊螞蟻進入肺部，在那裡注入蟻酸。啄木鳥咳個不停。

還有一些螞蟻——一整隊武裝的兵蟻——則是攻進食道，與來自肛門的兵蟻在消化系統會師。她們迅速往上來到結腸，沿途破壞了大顎可及範圍的所有器官。她們挖掘活肉就像平時挖土一樣，一路攻陷了肫、肝、心、脾、胰，像是攻下了一個又一個要塞。

有時也會有血液或淋巴液噴湧而出，淹死幾隻螞蟻。不過這種事只會發生在那些笨手笨腳的螞蟻身上，她們不知道該在哪裡、該如何下刀才能切得乾淨俐落。

其他螞蟻則是井然有序地在紅黑交雜的血肉中前進。她們知道如何在被一陣痙攣壓垮之前脫身，她們避開危險的區域，避免接觸到膽汁或消化液。

兩路蟻軍終於在腎臟匯合。啄木鳥一直沒有死透。牠的心臟被螞蟻的大顎嗑得傷痕累累，卻還是繼續將血液輸送到千瘡百孔的管道系統裡。

工蟻們不待被害者嚥下最後一口氣就排成一條條長鏈，將那些還在微微顫動的肉塊從這條腿傳到另一條腿上。這些小小的外科醫師無人能敵。當她們開始鋸開腦髓區時，啄木鳥抽搐了一下，這是最後的抽搐了。

蟻群傾城而出，大家都跑來肢解這頭怪物。廊道裡萬頭攢動，有些扛著整支羽毛，有些拿了羽絨紀念品。

砌築工班已經展開行動，她們即將重建穹頂和所有毀損的隧道。從遠處看，會以為是蟻丘正在吃一隻鳥，吞食之後，進行消化，再將鳥肉和脂肪、羽毛和鳥皮分配到所有對城邦最有用的地點。

創世紀：螞蟻文明是如何建立的？要理解這一點，我們必須上溯數億年，回到地球上開始有生命的時期。

最先降臨地球的生物裡，就有昆蟲。

牠們似乎並不適合活在這個世界。牠們又小又脆弱，是所有掠食者的理想獵物。為了活下去，有些昆蟲，例如蝗蟲，選擇了大量繁殖的方式。牠們生下為數眾多的小蝗蟲，一定會有一些可以倖存。

其他像是黃蜂和蜜蜂，則是選擇了毒液，世世代代配備著有毒的螫針，牠們因此令人懼怕。

其他的，像蟑螂，選擇變得不可食用。一種特殊的腺體讓牠們的肉味變得奇差無比，根本無法下嚥。

其他的，像螳螂或蛾，則是選擇偽裝。牠們或是像草，或是像樹皮，隱身在險惡的大自然裡不被發現。

然而，在這個早期的叢林裡，許多昆蟲並沒有找到生存的「竅門」，牠們似乎注定要消失。最早的這些「弱勢族群」裡，就有白蟻。約莫一億五千萬年前，牠們出現在地殼上，這種啃木頭為生的物種根本沒有任何持續存活的機會。牠們的掠食者太多，可以抵抗掠食者的自然優勢不足……

白蟻的下場會如何？

大量的白蟻喪生，倖存者被逼至絕境，終於及時激發出一套別出新裁的解決之道：「不再單打獨鬥，建立團結的群體。掠食者要對付一同迎戰的二十隻白蟻，比對付試圖逃跑的一隻白蟻困難。」於是，白蟻開闢出一條複雜的康莊大道：發展社會組織。

這些昆蟲開始以小巢的方式生活，最初是家族型態：所有蟻巢聚集在一起，以產卵的蟻后為中心。接著家族變成村落，繼而村落規模擴大，發展成城市。牠們以沙土和水泥建造的邦城很快就在全球的地表上矗立。

白蟻是我們星球最早具有智能的主宰，白蟻也創造出地球上最早期的社會。

艾德蒙．威爾斯

《相對知識與絕對知識百科全書》

三二七號雄蟻已經看不見那兩個帶著岩石香氣的殺手了。他真的把她們甩掉了。搞不好她們已經被坍塌的沙土壓死了……

別做夢，麻煩事不會這麼容易就結束的。他身上已經沒有任何通行證的氣味了。現在，只要有任何一隻兵蟻擦身而過，他就會沒命。他會被姊妹們自動判定是來自異邦的身體，她們甚至不會給他解釋的機會，她們會在沒有任何預警的情況下，發射蟻酸或張開大顎猛嗑。是的，對付那些發不出聯邦通行證氣味的螞蟻，這是為她們保留的待遇。

真是太荒唐了，事情怎麼會變成這樣？這一切都是那兩隻該死的岩香兵蟻的錯。她們到底是怎麼回事？一定是瘋了。雖然這種情況很罕見，但確實發生過——基因編碼錯誤所引發的心理事故；

有點像是三級警戒時，那些歇斯底里的螞蟻開始無差別攻擊所有的螞蟻。

然而，這兩隻兵蟻似乎並未陷入歇斯底里或失去理智，她們似乎還很清楚自己在做什麼。看來……只有在一種情況下，同一機體內的細胞會有意識地去摧毀其他細胞。保姆們稱之為癌症。看來……是罹患了癌症的細胞。

所以，這種岩石香氣是一種疾病的氣味囉……這又是一個必須發出警戒訊號的狀況了。三二七號雄蟻現在有兩個謎團待解了：侏儒蟻的祕密武器和貝－洛－崗的癌細胞。而他不能告訴任何螞蟻。他得好好想一想。很可能他身上擁有某種隱藏的資源……一種解決的辦法。

他開始清洗觸角。濡濕（這種感覺很奇怪，他輕舔觸角卻辨識不到通行證費洛蒙的特殊味道），用肘部的刺毛刷洗，磨光，擦乾。

怎麼辦？真是要命！

首先是要活下去。

只有一隻螞蟻記得他的紅外線影像，無需透過識別氣味來確認——城邦之母。然而，皇城擠滿了兵蟻。沒關係，貝洛－裘－裘霓有句老話不就是這麼說的嗎？危險的中心地帶，經常就是最安全的地方。

「艾德蒙．威爾斯在這裡沒有留下什麼美好的回憶。他要離開的時候，也沒人留他。」

說這話的是個老人，長相很討人喜歡，他是「甜奶集團」的一位協理。

「但是，他似乎發現了一種新的食用細菌，一種可以讓優酪乳散發香氣的細菌……」

「這個嘛，在化學方面，我必須承認他是有一些突然冒出來的天才想法。但並不是經常出現，只是偶爾會有。」
「您跟他有過不愉快嗎？」
「老實說，沒有。其實是他並沒有融入團隊。他自成一派。就算他的細菌為公司帶來數百萬的收益，我想公司裡也沒有人真心感謝他。」
「您可以說得更明白一點嗎？」
「每個團隊都會有幾個領導者。艾德蒙不支持這些領導者，也不支持任何形式的權力關係。他一向看不起那些管理者，他總是說他們除了『為指導而指導，根本不事生產』。可是我們其他人都不得不拍上司的馬屁。其實這也沒有什麼不對，是這個體系讓情況變成如此的。他呢，他就自命不凡。比起那些領導者，這種態度更讓我們這些同輩的不舒服。」
「他是怎麼離職的？」
「那時候，他為了自己參與的一個案子，跟我們公司的一位協理發生爭執，我得說……艾德蒙完全沒有錯。這位協理在他的辦公室裡到處亂翻亂找，艾德蒙大發雷霆。他看到所有人都選擇站在協理的那邊，他知道自己沒辦法不離開了。」
「但您剛剛說他沒有錯……」
「有時候，我們會為了熟人的利益而當個懦夫，就算這人很討厭也沒關係，我們不會為了陌生人的利益而展現勇氣，就算這人很討人喜歡。艾德蒙在這裡沒有朋友。他不跟我們一起吃飯，不跟我們一起喝酒，他好像總是活在自己的世界裡。」
「那您為什麼要向我承認您的『懦弱』？您沒有必要告訴我這一切。」
「嗯，自從他死了以後，我心裡常想，我們的所作所為其實很糟。您是他的外甥，把這些事告訴您，我心裡的負擔也少了些……」

陰暗狹窄的通道盡頭，眼前出現了一座木製堡壘——皇城。

這座建築的主體其實是一棵松樹的樹樁，她們沿著樹樁的周緣建起了穹頂。這截樹樁是貝－洛－崗的心臟和脊柱。心臟，因為它包含了御所和珍貴食物的貯藏室。脊柱，因為它讓邦城可以抵禦暴風和雨水。

貼近一點看，皇城的牆上鑲嵌著錯綜複雜的圖案，像某種野蠻民族書寫的銘文。這是占據這截樹樁的首批居民——白蟻——在當時挖掘的廊道。

五千年前，第一代蟻后貝洛－裘－裘霓踏上這個地區，立刻就和這些白蟻發生了衝突。戰事極為漫長，持續千餘年，最終貝－洛－崗邦民終於獲勝。她們隨即發現了一座「硬牆」城市，裡頭的木製廊道永遠不會倒塌。她們讚歎不已。這截松樹樁為她們開啟了新的城市遠景、新的建築視角。

上面，是加高的平坦桌面；下面，是盤根錯節深入地底的樹根。真是太－理－想－了。然而，這截樹樁很快就不足以容納褐螞蟻不斷成長的蟻口。於是她們順著樹根延伸的方向往地下挖掘；於是，她們在斷頭的樹樁上堆砌了樹枝來拓寬頂部。

現在的皇城空空蕩蕩，除了城邦之母和她的菁英衛隊，所有螞蟻都住在外圍。

三二七號雄蟻以謹慎、不規則的步伐往樹樁靠近。規律的振動會被感知到步行者的存在，而不規則的聲音可能會被當成是微量的土壤崩落。他只能祈禱路上不要遇到任何兵蟻。他開始爬行。距離皇城只有兩百顱了。他開始看到數十個穿透樹樁的入口；說得更準確些，是看到那些「守門蟻」的頭阻斷了去路。

這些螞蟻不知受到哪一組基因突變的影響，頭又大又圓又扁，看起來就像一根根粗鐵釘，尺寸跟她們監控的出入口孔徑恰好相符。

這些活生生的門在過去已經證明了她們的功效。七百八十年前的草莓戰爭期間，城邦遭到黃螞蟻入侵。所有倖存的貝－洛－崗邦民都躲進了皇城，守門蟻倒退著進城，把入口堵死，堵得密不透風。

黃螞蟻花了兩天時間才撬開這些門閂。守門蟻不僅堵住了洞口，還用她們長長的大顎緊緊咬住。一百隻黃螞蟻齊上也對付不了一隻守門蟻。最後她們是挖穿了這些頭顱的甲殼才進得了門。但這些「活生生的門」的犧牲並沒有白費。聯邦的其他城邦因而得以及時馳援，幾小時後，皇城就光復了。

三二七號雄蟻當然不打算單獨跟守門蟻正面對決，他打算利用其中一個門打開的時機——像是讓滿載著蟻卵的保姆出去時——在門關閉之前衝進去。

這時，一顆頭顱移動了，通道打開……出來的是一隻哨兵。不行，他什麼也不能做，哨兵會馬上回頭殺了他。

守門蟻的頭又有了新的動作。雄蟻彎起六條腿，準備躍起。還是不行！是假警報，守門蟻只是換個姿勢而已。一顆頭緊緊箍在木頭頸圈裡，箍久了是會痙攣的。

不管了，他已經沒有耐性了，他直接衝向障礙物。一進入觸角的範圍，守門蟻就發現他沒有通行證費洛蒙。守門蟻往後退，把洞口堵得更緊，然後釋放警戒氣味分子。

皇城出現異邦身體！皇城出現異邦身體！她宛如警鈴反覆發送訊息。

她轉動大顎來恐嚇這位不速之客。她應該上前跟他打鬥，可是命令非常明確：堵塞為先！

動作要快。雄蟻有個優勢：他在黑暗中看得見，而守門蟻是盲眼。雄蟻猛衝過去，避開大顎狂暴的隨機攻擊，然後潛至近身處，攫住大顎的根部，一邊剪完再剪另一邊。透明的血液流淌著。大顎的殘骸繼續晃動，但已經傷不了人了。

然而，三二七號依舊無法通過，對手的屍體堵住了入口。癱瘓的腿甚至反射性地繼續壓在木頭上。怎麼辦？他用腹錘頂住守門蟻的前額，然後發射。屍體震動了一下，甲殼被蟻酸侵蝕，開始融化，冒出一陣灰煙。可是守門蟻的頭很厚，他這麼做了四次，才在扁平的頭顱裡開出一條路。

他可以通過了。在另一頭，他發現了萎縮得小小的胸廓和腹錘。那隻螞蟻不過是一塊門板，真的就只是一塊門板而已。

競爭對手：當第一批螞蟻在五千萬年後出現時，牠們只能互相依靠。作為某種野生而孤獨的黃蜂「鈎土蜂」（tiphiidae）遙遠的後代，牠們沒有強壯的大顎也沒有螫針。牠們又小又瘦弱，但並不愚蠢，牠們很快就意識到，最好是複製白蟻的模式，牠們必須團結起來。

牠們創造了自己的村莊；牠們建造了粗糙的邦城。白蟻沒多久就開始關注這場競爭了。依照牠們的想法，地球上只容得下一個社會性的昆蟲物種。

戰爭從此無可避免，幾乎蔓延到世界各地，白蟻城邦的部隊在島上、樹上和山上跟螞蟻城邦的年輕部隊作戰。

我們從未在動物界見過這種情況。數以百萬計的大顎作為武器，並肩戰鬥，為的是營養以外的目的。「政治」目的！

戰爭初期，經驗豐富的白蟻贏得了所有的戰役。但螞蟻漸漸適應，牠們複製了白蟻的武器，而且還改良發明了新的武器。螞蟻——白蟻世界大戰的戰火蔓延全球，從西元前五千萬年戰到西元前三千萬年。大約就在這個年代，螞蟻發現了蟻酸噴射武器，從此確立了決定性的優勢。

即便到了今天，這兩個敵對物種之間的戰鬥仍在繼續，但是白蟻軍團獲勝的情況已經很少見了。

艾德蒙・威爾斯

《相對知識與絕對知識百科全書》

「您是在非洲認識他的，是嗎？」

「是的。」教授回答：「艾德蒙那時候很痛苦。我想，我記得是他的妻子過世了。他一頭栽進了昆蟲研究的世界。」

「為什麼是昆蟲？」

「那又為什麼不是？對昆蟲的迷戀是代代相傳的。我們最遙遠的祖先已經知道要害怕傳播熱病的蚊子、讓他們發癢的跳蚤、刺痛他們的蜘蛛、吞掉他們糧食的象鼻蟲。這種迷戀是有跡可循的。」

喬納東在位於楓丹白露的國家科學研究中心昆蟲學研究所三二六號實驗室裡，在他身邊的是丹尼爾・侯松費爾教授，這個英俊的老人紮著馬尾，面帶微笑，十分健談。

「昆蟲令人迷惑，牠們比我們更小更脆弱，但是卻嘲弄我們，甚至對我們造成威脅。而且，如果我們認真想，其實大家最後都會進到昆蟲的肚子裡。這些蟲子就是蛆，是蒼蠅的幼蟲，牠們會吃我們的遺骸……」

「我沒想過。」

「昆蟲長期以來被視為邪惡的化身。例如，魔王別西卜以蒼蠅頭作為代表，這並非偶然。」

「螞蟻的名聲比蒼蠅好。」

「這要看情況。每一種文化談論螞蟻的方式都不一樣。在猶太教的經典裡，螞蟻是誠實的象徵。對藏傳佛教來說，螞蟻代表的是對物質主義活動的嘲諷。對象牙海岸的巴烏列人（Baoulés）來說，被螞蟻咬過的孕婦生出來的小孩會有一顆螞蟻頭。還有某些波利尼西亞人認為螞蟻是小小的神靈。」

「艾德蒙本來是研究細菌的，為什麼他會放棄？」

「他對細菌的熱情不及他對昆蟲研究的著迷程度的千分之一——尤其是對螞蟻。我說『他對昆蟲研究的著迷』，那可是奮不顧身的投入。他是反對玩具蟻丘請願的發起人。這種塑膠盒子在大賣場都買得到，裡頭有一隻蟻后和六百隻工蟻。他還努力推動將螞蟻用作『殺蟲劑』。他希望我們在森林裡有系統地安置褐螞蟻的城邦，藉以清除森林裡的寄生蟲。這不是個笨主意，過去已經有人用螞蟻在義大利對付松樹的毛毛蟲害，在波蘭對付雲杉扁葉蜂。這兩種蟲子對樹木的危害非常驚人。」

「這是煽動某種昆蟲去對抗另一種昆蟲嗎？」

「嗯，他把這叫做『干涉他們的外交』。我們在上世紀用化學殺蟲劑做了很多蠢事。我們永遠不應該直接去攻擊昆蟲，而且也不該低估昆蟲，還想要去馴服牠們，就像對待哺乳動物那樣。昆蟲是另一種哲學，另一種時空，另一個維度。譬如，昆蟲有一套方法可以對抗所有的化學毒物：抗藥性。您知道的，我們之所以一直無法防止蝗蟲入侵，那是因為牠們什麼都可以適應。這些好傢伙，人類用殺蟲劑噴牠們，百分之九十九都死了，可是百分之一會活下來，而這百分之一的倖存者不僅自己免疫了，而且生下來的都是『打過預防針』的小蝗蟲，可以百分之百對抗這種殺蟲劑。我們就這樣在兩百年前犯下錯誤，不斷強化各種殺蟲劑的毒性，結果是這些藥劑殺死的人比昆蟲還多，而且我們也創造出一些具有超級抗藥性的始祖，牠們可以服用最可怕的毒藥卻毫髮無傷。」

「您的意思是我們沒有什麼方法可以真正地對抗昆蟲？」

「您自己看吧。到現在都還是有蚊子、蝗蟲、象鼻蟲、嗤嗤蠅和螞蟻。牠們什麼都可以抵抗。一九四五年，人們發現只有螞蟻和蠍子在核爆之後還可以倖存，牠們連這種事情都可以適應！」

三二七號雄蟻讓蟻邦的一個細胞濺血了，他對自己所屬的機體施行了最嚴重的暴力。這個事件給他留下某種苦澀的滋味。可是他有別的選擇嗎？他，他就是訊息費洛蒙，他要活下去完成他的使命。

他殺了對方，這其實沒有問題，因為是別人想要殺他。這種事是連鎖反應，就像癌症，由於蟻邦對他所做的行為反常，他才被迫以相同的方式回應。他必須接受這個想法。

他殺死了一個姊妹細胞。他有可能會再殺死其他姊妹。

「可是他去非洲要做什麼？因為，您自己也說了，什麼地方都有螞蟻。」

「沒錯，但不是相同的螞蟻。我覺得艾德蒙的妻子過世之後，他已經對人生沒什麼眷戀了。事後回想起來，我心裡甚至會想說，他是不是在等著螞蟻幫他『自殺』。」

「什麼？」

「那些螞蟻差點把他吃了，那些該死的！非洲行軍蟻……您沒看過那部叫做《螞蟻雄兵》（*The Naked Jungle*）電影嗎？」

喬納東搖了搖頭。

「這部電影講的是行軍蟻的故事。這種螞蟻在平原上成群行進，牠們會把途中遇到的一切全部摧毀。」

侯松費爾教授站了起來，彷彿迎向一陣無形的浪潮。

「人們先聽到的一大片沙沙作響的聲音，那是所有的叫聲加上嘰嘰喳喳，加上所有想要逃跑的小昆蟲的翅膀和腿一起拍打搏動的聲音混合而成的。在這個階段，還看不到行軍蟻的身影。接下來會有幾隻兵蟻從小山丘後頭出現，在這些偵察兵之後，其他的螞蟻迅速抵達，一列列隊伍向前推進，一望無際。小山丘變成黑壓壓的一片，像熔岩似的，不管什麼東西，全都會被牠們融化。」

教授在實驗室裡來回踱步，不時還比手畫腳，完全沉浸在他講述的主題裡。

「那是非洲的毒血，是活生生的酸性液體。牠們的數量太驚人了。一個蟻丘的行軍蟻平均每天產下五十萬顆卵，那可是幾個桶子也裝不完的……所以，這片黑色的硫酸漫過斜坡和樹木，沒有任何生物可以阻止牠們。鳥類、蜥蜴或食蟲的哺乳類，只要不幸靠近牠們，就會立刻被咬成碎片。完全就是《啟示錄》的景象！行軍蟻不怕任何昆蟲、任何動物。我曾經看到一隻過度好奇的貓，一眨眼就被分解了。牠們甚至用牠們自己的屍體搭造浮橋來穿越溪流！……在象牙海岸，在我們研究這些螞蟻的蘭姆托生態研究中心附近，那個地區的人一直沒有找到防止牠們入侵的方法。所以，只要宣布這些袖珍版的阿提拉[6]要越過村子了，人們就會帶著最珍貴的財產逃走。他們把桌子、椅子的腳浸到醋桶裡，然後向神靈祈禱。回來的時候，一切都被沖洗一空，就像是颱風過境。沒有任何食物或任何有機物質。也沒有半隻害蟲了。結果行軍蟻變成徹底打掃他們房子的最佳方式。

「牠們這麼凶狠，你們要怎麼研究牠們？」

「我們要等到中午。昆蟲沒有我們這種體溫調節系統，氣溫是十八度的時候，牠們的體溫也是十八度，當熱浪來襲的時候，牠們的血液就變得滾燙。這對牠們來說是難以忍受的。還有，從第一道灼熱的光線照射下來，行軍蟻就會開始挖掘宿營用的巢穴，躲進裡頭等待天氣好轉。這就像是一次迷你冬眠，只是牠們是被酷暑困住，而不是寒冬。」

「然後呢？」

喬納東其實拙於對話。他認為討論是為了充當溝通的容器。一邊是知道的那個人，容器是滿的，另一邊是不知道的，容器是空的——通常他是後者。不知道的那個人得張大耳朵，時不時還要重新點燃對話者的熱情，說一句「然後呢？」或是「告訴我這件事」，還要不停地點頭。

就算還有其他的溝通方式，喬納東也不知道。而且，他觀察同代人的心得是，大家都只是在自說自話，每個人都只想把別人當成免費的心理分析師。在這種情況下，他還比較喜歡自己的做法。或許他看起來沒有任何知識，可是至少他不停地在學習。中國不是有句諺語說「問人一時傻，不問一輩子傻」嗎？

「然後？然後我們就去了呀，老天！相信我，那可真是不得了。我們想找到那種該死的蟻后，那個大名鼎鼎的傻肥婆，一天可以產下五十萬顆卵。我們只是想看看她，給她拍個照而已。我們套上了下水道清潔工穿的那種長筒雨靴，不幸的是，艾德蒙的腳是四十三號，可是只剩下一雙四十號的。他只好穿著短靴就去了……事情就好像昨天才發生似的。中午十二點三十分，我們在地面上追蹤到一處形狀像是宿營巢穴的地方，於是我們在周圍挖了一米深的壕溝。到了一點三十分，我們挖到外層的蟻室。一種黑色的、噼啪作響的液體開始流出來。數以千計兵蟻的大顎因為過度激動而不斷開闔，這種螞蟻的大顎就像剃刀一樣鋒利。當我們繼續用鏟子和長鎬往蟻后的育種室開挖時，這些大顎緊緊插進我們的靴子裡。最後，我們終於找到我們的寶物了。蟻后。體積比我們歐洲的蟻后大上十倍。我們拿相機仔仔細細把牠拍了一圈，當時牠一定是用牠的氣味語言吼著、唱著《天佑女王》[7]……很快就產生了效應。兵蟻從四面八方湧上來，一團一團聚集在我們的腳上。有幾隻兵蟻還踩著牠們已經插在我們靴子上的姊妹們再攀爬上去，從靴子上緣穿過褲子，然後是襯衫。我們都變成了格列佛，可是我們的這些小人一心想著要把我們咬爛，把我們撕成一塊塊可以食用的碎片！我們必須非常小心，不要讓牠們進入我們身體的任何天然開口：鼻子、嘴巴、肛門、耳膜。不然就完蛋了，牠們會從裡頭往外挖！」

喬納東驚訝得說不出話。至於教授，他似乎在記憶裡重拾年輕時的力量，重新經歷著這個場景。

「我們用力拍打，想把牠們趕走。牠們呢，牠們是受到我們的氣息跟汗水的引導。於是我們全部做起瑜伽，放慢呼吸，控制我們的恐懼。我們試著讓頭腦放空，忘記這一群又一群想要殺死我們的兵蟻。我們拍了兩卷底片，有些還用了閃光燈。完成之後，我們所有人都跳出了壕溝。除了艾德

6 阿提拉（Atilla，四〇六－四五三）：古代歐亞大陸的匈人（Huns）領袖，多次率大軍入侵東羅馬帝國和西羅馬帝國。

7 《天佑女王》（*God save the Queen*）：英國國歌。

蒙。那些螞蟻已經覆蓋到他的頭頂，就要把他吃掉了！我們很快抓住他的手臂，把他拖出壕溝，脫掉他的衣服，用開山刀把卡在他身上的所有大顎和螞蟻頭通通刮掉。大家都很慘，但是都沒他那麼慘，因為他沒有長筒雨靴。而且，他整個人嚇壞了，散發著恐懼的費洛蒙。」

「真是太可怕了。」

「不，不是可怕，其實他能活著回來真是太棒了。這件事並沒有讓他厭惡螞蟻。相反的，他研究得更兇了。」

「後來呢？」

「後來他就回到巴黎。而我們就再也沒有他的消息了。他甚至沒給他的老夥伴侯松費爾打過一通電話，這傢伙。最後我是在報紙上看到他的死訊。但願他的靈魂得到安息。」

他走過去把窗簾拉開，查看一支老舊的搪瓷溫度計。

「嗯，才四月就三十度了，真是無法想像。每年都越來越熱。這種情況如果繼續下去，再過十年，法國就會變成一個熱帶國家。」

「有這麼嚴重嗎？」

「您感覺不到，因為這是漸進的，但我們這些昆蟲學家呢，我們可是很精準地感受到這些細微的變化：我們在巴黎盆地裡發現了赤道地區的典型昆蟲物種。您從來沒發現嗎？那種閃色的飛蛾變得越來越常見了。」

「確實是，我昨天就發現了一隻，紅色加黑色，螢光的，停在一輛汽車上……」

「那應該是五星斑蛾，是一種有毒的飛蛾，以前只有在馬達加斯加才找得到。如果繼續這樣下去……您能想像行軍蟻出現在巴黎嗎？日安，焦慮[8]。看到的話會很有趣……」

清理好觸角，又吃了幾塊溫熱的「被挖穿的」守門蟻之後，這隻沒有氣味的雄蟻碎步跑過木質的廊道。他聞得出來，蟻后的御所就在附近。幸運的是，現在是二十五度，在這個溫度下，皇城裡的螞蟻不會太多。他應該可以輕鬆地溜進去。

忽然間，他察覺前方傳來的兩隻兵蟻的氣味，一大一小，而且小的那隻瘸了兩條腿……

三隻螞蟻遠遠地嗅著彼此的氣味。

不可思議，是他！

不可思議，是她們！

三二七號雄蟻奮力逃跑，希望可以甩開她們。他在這座立體迷宮裡繞來繞去。他從皇城跑了出來。守門蟻們沒有拖慢他的速度，她們被設定的只有從外往內的篩檢任務。他的腳此刻踏上了鬆軟的泥土。他左彎右拐狂奔而去。

可是那兩隻螞蟻的速度也很快，他拉不開距離。這時，雄蟻撞翻了一隻正在搬運樹枝的工蟻；他不是刻意去撞的，但是散發岩石香氣的殺手因此放慢了速度。

他必須利用這個間隙。動作要快，他躲進了一個凹陷處。瘸腿的兵蟻靠近了。他往藏身處又鑽進去了一點。

8 影射莎岡的小說《日安憂鬱》（*Bonjour Tristesse*）。

「他去哪兒了？」
「他又下去了。」
「什麼叫做『又下去了』？」
露西挽著奧古斯塔的手臂，帶她來到地窖的門口。
「他從昨天晚上就一直待在那裡面。」
「一直沒上來？」
「對，我不知道底下發生了什麼事，但他明明白白跟我說過不准報警……他已經下去好幾次了，都有回來。」
奧古斯塔愣住了。
「但這太荒唐了！而且他舅舅明明白白地跟他說不要……」
「現在他下去了，還帶了一堆工具、一些鋼板、好幾片混凝土板。他到底要去裝修什麼……」
露西兩手抱著頭，她已經心神耗盡，她覺得自己的憂鬱症快要發作了。
「我們不能下去找他嗎？」
「沒辦法，他從裡頭把門鎖上了。」
奧古斯塔坐了下來，像被什麼擊垮似的。
「唉，真是的，誰想得到，跟他講艾德蒙的事會惹出這些麻煩……」

專業者：現代的大型螞蟻城邦中，重複了數百萬年的分工已經產生了基因突變。因此，有些螞蟻生來就有巨大的剪切大顎，為的是擔任士兵，有些螞蟻擁有研磨大顎，可以生產穀粉，有些則配備了極為發達的唾腺，可以濡濕和消毒幼蟲。

這有點像是說，在我們的世界裡，士兵生來就有刀狀的手指，農人生來就有鉗形的腳，可以爬到樹上摘果子，奶媽長著十對乳頭。

但是在所有「專業」的突變當中，最引人注目的是性愛。

其實，為了讓大量認真幹活的工蟻不會為了情色的衝動而分心，她們生來就是沒有生殖能力的。所有的繁殖能量都集中在專業者的身上：雄蟻和雌蟻——這個平行文明的王子和公主。

他們是專為性愛而生、而裝備的。他們擁有多種可以幫助他們達成交配的小裝置—從翅膀到紅外線單眼，還有收發抽象情緒氣味分子的觸角。

艾德蒙．威爾斯

《相對知識與絕對知識百科全書》

他的藏身之處不是一條死巷，它通往一個小洞窟。三二七號雄蟻把自己塞了進去。帶著岩石香氣的兵蟻剛剛經過，沒有偵測到他的存在。只是，洞窟並不是空的。有個溫熱又有氣味的生物在裡頭。那個生物發出了訊息。

你是誰？

嗅覺訊息清晰、準確、必要。由於他有紅外線單眼，所以可以辨認向他提問的大型生物。從視覺上看，對方的重量至少應該是九十粒沙子。然而，對方不是士兵，是他從未感知過，從未見過的。

一隻雌蟻。

什麼樣的雌蟻！他開始檢查她。她的腿纖細，曲線完美，飾著細小的絨毛，上頭美妙地沾黏著性荷爾蒙，粗壯的觸角煥發著濃烈的氣味。她的眼睛映著紅光，像兩顆蔓越莓。她的腹部厚重、光滑、呈錐形。一片大胸甲，頂端是一個可愛的胸盾，表面有顆粒。最後是長長的翅膀，足足有他的兩倍大。

雌蟻抬起她可愛的大顎，然後……跳上他的喉嚨，要將他斬首。

他吞嚥困難，快要窒息。因為他沒有氣味通行證，雌蟻根本沒打算要放鬆她的箝制。這是個必須摧毀的異邦身體。

多虧他的體型小，三二七號雄蟻成功掙脫了。他爬上她的肩膀，箍住她的頭。風水輪流轉。現在換她掙扎了。

雌蟻的力氣漸漸變弱，雄蟻將觸角向前伸出去。他不想殺她，只希望她能聽他說。可是事情沒那麼簡單。他想跟她進行絕溝。是的，一次絕對溝通。

雌蟻將她的觸角展開，避開接觸（他確認了她的產卵編號，她是第五十六號）。然後她立起身來，想擺脫他。可是他依然牢牢卡在她的胸盾上，並且加強了大顎的力道。如果他繼續使力，雌蟻的頭就會像一株野草那樣被拔掉。

她不動了。他也是。

她的單眼覆蓋一百八十度的視域，可以清楚看到攻擊者棲息在她的胸廓。他好小。

那是一隻雄蟻！

她記得保姆的教導：

雄蟻只是「半生物」，他們和城邦裡所有的細胞都不一樣，他們只配備了這個物種的半數染色體，他們是由未受精的蟻卵生成的。所以，他們是露天生活的大型卵子，或者更確切地說，是大型精子。

她的背上有一個精子正要把她勒死。這個想法幾乎把她逗樂了。為什麼有的卵子受精，有的卻沒有？大概是因為天氣吧。低於二十度的話，儲精囊無法被啟動，蟻后就會產下未受精的卵。所以雄蟻是出自寒冷。與死亡同源。

這是她第一次見到有血有肉有甲殼的雄蟻。他來閨女的廂室做什麼？這裡是禁地，專為具有生殖力的雌性細胞保留。如果隨便什麼外來細胞都可以進入她們脆弱的聖殿，這豈不是開門迎接所有的感染了！

三二七號雄蟻再次嘗試以觸角溝通。可是雌蟻不肯就範。他才剛把她的觸角撥開，下一秒她就又立刻將觸角在頭上合攏；如果他輕輕拂過第二節，她就會將觸角往後收。她不願意。

他又加強了大顎的力道，終於讓他的第七節觸角接觸到她的第七節。五十六號雌蟻從來不曾進行過這樣的溝通。她所受的教導是要避免所有的接觸，只在空氣中收發氣息。但她知道，這種微妙的交流方式是會騙人的。城邦之母曾經就這主題發出過訊息費洛蒙：

在兩個大腦之間，總是會有因為多餘的氣味、空氣流動、收發品質不良所產生的種種誤解和種種謊言。

要降低這些困擾，唯一的方法就是：絕對溝通。直接接觸觸角。在一個大腦的神經傳導物質到另一個大腦的神經傳導物質之間，建立暢行無阻的通道。

對雌蟻來說，這就像玷污了她的心靈。總之，是某種艱困又陌生的事。

但她別無選擇，如果雄蟻繼續加壓，她就死定了。她把自己高舉在前額的觸角收回到肩膀上，表示她願意順從。

絕溝可以開始了。兩對觸角實實在在地靠近了。微量放電。這是緊張。慢慢地，然後越來越快，兩隻昆蟲鋸齒狀的第十一節觸角輕輕地互相摩擦。泡沫一點一點地冒出來，裡頭充滿語意不清的片語。這種油性物質潤滑了觸角，同時也加快了摩擦的速度。兩顆頭顱開始振動，不受控制，過了一會兒，兩對觸角停止舞動，從底部到末梢完全黏在一起。現在只剩下一個生物了，有兩個頭、兩個身體和一對觸角。

自然奇蹟完成了。透過觸角上的環節，費洛蒙經由成千上萬的小毛孔和微血管，從一個身體傳送到另一個身體。兩者的想法合而為一，不再需要編碼和解碼。他們的想法被交付給原初的簡單狀態：圖像、音樂、情緒、氣味。

三二七號雄蟻用這種完美即時的語言向五十六號雌蟻講述他所有的冒險經歷：遠征隊遭遇的大屠殺、侏儒蟻的嗅覺痕跡、他與城邦之母的會面、那些螞蟻如何試圖消滅他、他失去氣味通行證、他跟守門蟻的對戰、帶著岩石香氣的兩名殺手還在追殺他。

絕溝完成後，雌蟻將觸角往後收，表示她對雄蟻的善意。雄蟻從她的背上爬下來。現在，他任憑她擺布了，她可以輕易殺死他。她走過去，張開大顎，然後……給了他一些她自己的費洛蒙通行證。有了這個，他暫時可以脫離困境了。她問他要不要交哺，他接受了。之後，她的翅膀嗡嗡作響，揮散了他們交談時散發的所有水氣。

成了，他說服了一隻螞蟻。訊息已經傳送出去，被另一個細胞理解、接受了。

他剛剛創立了他的工作小組。

時間：人類和螞蟻對時間流逝的感知非常不同。對人類來說，時間是絕對的，不論發生什麼事，秒的周期性和時間長度都是相等的。

相反的，對螞蟻來說，時間是相對的。天氣熱的時候，秒很短；天氣冷的時候，秒會扭曲並且無限延長，直到失去意識，進入冬眠。

這種有彈性的時間讓牠們對事物的速度有一種與我們截然不同的感覺。昆蟲在界定某個運動的時候，不僅使用空間和時間，牠們還添加了第三個維度：溫度。

艾德蒙．威爾斯

《相對知識與絕對知識百科全書》

現在有兩隻螞蟻了，她們急著要讓盡可能多的姊妹相信「破壞性祕密武器事件」的嚴重性。事情還不算太晚，但她們必須考慮兩個重點：一方面，她們絕對不可能在「重生節」之前就讓足夠多的工蟻站到她們這邊，因為「重生節」會占用所有的能量，所以她們需要有第三個同謀；另一方面也要考慮那兩隻岩香兵蟻再次出現的可能性，所以她們需要一個藏身之處。

五十六號雌蟻提議她的廂室，她在裡面還挖了一條祕密通道，萬一遇到麻煩，可以從那裡脫逃。三二七號雄蟻聽了並不覺得驚訝，因為挖祕道這種事很流行。風潮始於一百年前，聯邦與吐膠蟻的戰爭期間。這段歷史始於聯邦所屬的某個城邦，那裡的蟻后哈－耶克特－杜霓對安全有一種極為狂熱的興致。她讓工蟻們建造了一座「銅牆鐵壁」的皇城。牆面是大型的卵石，再用白蟻水泥黏接起來！

問題是出口只有一個。因此，當她的邦城被吐膠蟻軍團包圍時，她就被困在自己的宮殿裡了。於是吐膠蟻毫不費力就擒住了蟻后，並且用她們卑鄙的快乾膠將她窒息。後來，哈－耶克特－杜霓蟻后的仇是報了，她的城邦也光復了，但這可怕而愚蠢的結局長期以來一直在貝－洛－崗邦民的腦海裡留下深刻的印象。

有這麼好的機會可以用大顎來修改住所的形式，每隻螞蟻當然都開始鑽自己的祕密通道。一隻螞蟻挖密道，影響還不大，可是如果是一百萬隻螞蟻挖密道，那就是災難了。「官方」廊道因為「私有」廊道不斷開挖而遭致毀損，最後全部倒塌。一般的邦民會先走自己的密道，然後會接上「其他螞蟻的密道」構成的一座貨真價實的迷宮。結果是所有街區都變得脆弱不堪，危及了貝－洛－崗的未來。

城邦之母開口喊停。從此再也沒有螞蟻可以為自己挖密道了。可是要如何控管所有的廂室呢？

五十六號雌蟻推開一顆礫石，露出一個隱晦的洞口。在這裡。三二七號檢視了藏身之處，認為非常完美。剩下就是去找第三名夥伴了。她們走了出來，小心翼翼地蓋上洞口。五十六號雌蟻發出訊息：

第一個遇到的就是我們要找的。讓我來。

她們很快就遇到了一隻螞蟻，一隻身材高大，沒有生殖能力的兵蟻，拖著一塊蝴蝶的身體。雌蟻從遠處向她發送情緒訊息，講述了蟻邦遭遇的巨大威脅。她以精湛的技巧處理情緒語言，雄蟻看得目瞪口呆。至於那隻兵蟻，她立刻放下獵物，走過來進行討論。

對蟻邦構成巨大威脅？何處？何人？如何？為何？

雌蟻簡單扼要地向他解釋了第一支春季遠征隊的災難。她的表達方式散發著美妙的氣息。她已經擁有女王的優雅和領袖的魅力。兵蟻很快就被征服了。

我們什麼時候出發？攻擊侏儒蟻需要多少兵蟻？

她自我介紹。她是夏季產卵的第一〇三六八三號非生殖蟻。大而閃亮的頭顱，長長的大顎，幾乎不存在的眼睛，短腿，她是個重量級的盟友。她也是天生的狂熱者。五十六號雌蟻甚至得設法抑制她的熱情。

雌蟻告訴她蟻邦內部出了奸細，很有可能是一些唯利是圖、投靠侏儒蟻的傭兵，她們要阻止貝－洛－崗邦民解開祕密武器之謎。

我們可以透過特有的岩石香氣辨認她們。我們必須迅速採取行動。

請相信我。

於是他們劃分了工作範圍。三二七號要去設法說服日光浴嬰室的保姆，她們通常都很天真。一〇三六八三號要去試著集合一些兵蟻。如果她可以組成一支軍團，那就太棒了。

我也可以去問那些偵察兵，試著收集關於這種侏儒蟻祕密武器的其他證詞。

至於五十六號，她將造訪蘑菇場和畜牧場，尋求她們的戰略支持。

在二十三度－時間返回此處匯報。

這一次，電視播的是「世界文化」系列，有關日本習俗的報導：

「日本作為一個島國，數世紀以來都習於自給自足。對他們來說，世界一分為二：日本人和其他人，也就是風俗難以理解的外國人、野蠻人——在日本被稱為外人。日本人的民族性一直都對細節非常講究。日本人來到歐洲定居的時候，他就自動被逐出了群體。如果他一年之後回去了，他的父母、他的家人就不再把他視為他們當中的一員。跟外人一起生活，就會吸收『他者』的精神，所以就會成為外人。就連童年的朋友跟他說話也會像在跟觀光客說話一樣。」

螢幕上不斷介紹著各地的神社和神道教的聖地。旁白繼續說了下去：

「他們對生死的看法與我們不同。在這裡，個人的死亡並不重要，引人擔憂的是生產細胞的消失。為了征服死亡，日本人喜歡發展對武術的興趣，他們從小就學習劍道……」

螢幕中央出現了兩名對戰者，身著古代武士的裝束。他們的上身覆蓋著黑色甲片鉸接成的札甲，頭上戴著橢圓形的頭盔，耳朵的位置飾著兩根長羽毛。他們一邊發出戰士的吶喊，一邊衝向對方，然後開始以長劍對決。

新的畫面則是一名男子跪坐在後腳跟上，雙手持短劍指著自己的腹部。

「儀式性的自殺，切腹，這是日本文化的另一個特色。我們當然很難理解這種……」

「電視，一天到晚看電視！看到都變笨了！電視讓每個人的腦子都裝滿同樣的畫面。反正都在胡說八道。你們還看不膩呀？」喬納東大聲叫著，他在幾個小時前回家了。

「你別煩他。電視可以讓他平靜下來。狗死了以後，他的狀況一直不太好……」露西用一種機械性的聲音說。

喬納東輕輕撫摸兒子的下巴。

「你還好嗎，大哥哥？」

「噓，我在聽他講。」

「哇！他現在這樣跟我們說話！」

「他怎麼對你說話了！你搞清楚，是因為你不常見到他。他對你有點冷淡，你沒什麼好驚訝的。」

「喂！尼古拉，你用火柴排出四個三角形了嗎？」

「沒有，你別煩我。我在聽。」

「好吧，如果你覺得煩……」

喬納東開始撥弄桌上的火柴，一副認真思考的模樣。

「可惜啊。這……很有啟發性。」

尼古拉沒聽到，他的大腦直接跟電視連線。喬納東走回他的房間。

「你在幹嘛？」露西問道。

「妳看到了啊，在準備，我要回去了。」

「什麼？噢，不會吧！」

「我別無選擇。」

「喬納東，你現在就告訴我，那底下到底有什麼讓你這麼著迷？我是你的妻子耶！」

喬納東沒有回答，他的眼神飄移，嘴角又出現了令人不舒服的抽搐。露西受夠了，嘆了一口氣：

「你把那些老鼠殺了嗎？」

「我人下去就夠了，牠們都躲得遠遠的。不然我會亮出這把傢伙給牠們瞧瞧。」

他揮動一把他磨了很久的大菜刀，另一手握著鹵素手電筒，往地窖的門走去。他的肩上背著旅行背包，裡頭裝滿豐盛的糧食和他的高效能開鎖工具。他發出幾乎聽不見的道別：

「再見，尼古拉。再見，露西。」

露西不知道該怎麼做，只能緊緊抓住喬納東的手臂。

「你不能就這樣一走了之！沒這麼簡單。你得跟我說清楚！」

「啊！拜託妳別這樣！」

「可是你要我怎樣？自從你下去那個該死的地窖之後，就變了一個人。我們已經沒錢了，你還去買了至少五千法郎的器材和關於螞蟻的書。」

「我對鎖和螞蟻很感興趣。這是我的權利。」

「不是，這不是你的權利。當你有個兒子和妻子要養的時候，這就不是。如果所有的失業補助都拿來買螞蟻的書，我最後會……」

「跟我離婚？妳想說的是這個嗎？」

露西垂頭喪氣，放開了喬納東的手臂。

「不是。」

喬納東摟著露西的肩膀。嘴巴又抽動了。

「妳要對我有信心。我得把事情弄清楚。我沒有發瘋。」

「你沒有發瘋嗎？你看看你自己吧！你臉色慘白，看起來像是一直在發燒。」

「我的身體在變老，我的頭腦在變年輕。」

「喬納東！告訴我下面發生了什麼事！」

「令人興奮的事。我必須再往下走，一直往下走，如果妳想要有一天能夠再上來的話……妳知道，這就像在游泳池裡，妳要觸到底部才能反彈浮出水面。」

然後他爆出一陣精神錯亂的狂笑，陰森的笑聲在半分鐘後依然在螺旋樓梯裡迴盪不去。

地上三十五層。細細的枝枒築成薄薄的外層，產生一種彩繪玻璃的效果。陽光熠熠閃爍著穿過這片篩網，像一陣星雨撒落在地上。這裡是城邦的日光浴嬰室，是產出貝－洛－崗邦民的「工廠」。

這裡一片酷熱。三十八度。正常，為了盡可能長時間從白色星體的熾熱中吸收熱量，日光浴嬰室面向正南。有時在枝枒的催化作用下，溫度會高達五十度！

幾百條腿在晃動。這裡蟻數最多的階級是保姆。她們把城邦之母剛剛產下的卵堆疊起來。二十四堆排成一垛，十二垛再排成一列。一列一列的蟻卵，一望無際。如果有雲經過，帶來陰影，保姆們就會去移動成堆的蟻卵。最年幼的卵必須隨時好好保溫。「濕熱孵卵，燥熱化繭」：這是蟻界的古老傳說，透露著如何製造出漂亮幼蟻的祕訣。

在左邊，可以看到負責熱能的工蟻。她們把一塊塊聚積熱量的黑色木頭和產生熱量的發酵腐殖質堆疊起來。由於這兩種「加熱器」的作用，即使外面只有十五度，日光浴嬰室的溫度也能永遠維持在二十五度和四十度之間。

砲兵蟻四處梭巡。以防啄木鳥進犯……

在右邊，可以看到產下比較久的蟻卵。漫長的變態過程：在保姆和時間的舔舐之下，小小的蟻卵變大又變黃。過了一到七週，這些卵會變成長滿金毛的幼蟲。孵化需要幾週，同樣又是取決於天氣。

保姆們極為專注。她們從不吝惜她們的抗生素唾液，也不吝於付出她們的關注。絕不能讓一丁點髒東西污染幼蟲，她們是如此脆弱。甚至對話的費洛蒙也要減至最低限度。

幫我把這些幼蟲抬到那個角落……小心，妳那堆可能會塌……

一位保姆運送著一隻幼蟲，身長是她的兩倍。這以後肯定是一隻砲兵蟻。她在一個角落把「武器」卸下，開始舔舐。

在這寬敞的孕育廳的中心，一堆一堆的幼蟲，身上十個環節開始變得明顯，她們嚎叫著要求餵食。她們向四面八方搖頭晃腦，伸長脖子，比手畫腳，直到保姆同意給她們一點蜜露或丟一塊昆蟲肉給她們。

三個星期後，當幼蟲「成熟」了，她們就會停止進食也不再活動。這是嗜睡期，要為接下來的努力做準備。她們將能量聚集起來，吐絲，結繭化蛹。

保姆們把這些黃色的大包裹拖到隔壁的大廳，那裡裝滿乾燥的沙，可以吸收空氣中的水分。「濕熱孵卵，燥熱化繭」，這句話怎麼說都不嫌多。

在這座乾燥箱裡，透著藍色微光的白繭變成黃色，然後是灰色，然後是棕色，像一顆倒轉了煉金程序的魔法石。在外殼底下，自然奇蹟完成了。幼蟲的一切都變了。神經系統、呼吸器官和消化器官、各種感官、甲殼……

放入乾燥箱的蟻蛹幾天之後會膨脹。這顆蛋正在慢慢煮熟，重要的時刻即將來臨。所有即將蛻變的蛹都被拖到一邊。保姆小心翼翼地撕開蛹的薄紗，釋放出一根觸角，一條腿，直到釋放出一隻顫顫巍巍、搖搖擺擺的白色螞蟻。她的甲殼還很柔軟，顏色很淡，幾天後就會變成紅褐色，一如所有的貝－洛－崗邦民。

三二七號杵在這陣忙碌的工作漩渦之中，不知道該跟誰開口。他向一位正在幫助新生兒邁出第一步的保姆發出一股淡淡的氣味。

發生了嚴重的事。保姆甚至連頭也沒回，她發出一個幾乎無法察覺的氣味句子：

噓。沒有什麼事會比一個生物的誕生更嚴重。

一隻砲兵蟻推擠他，用她觸角末端的大鎚輕輕打他。嘀，嘀，嘀。

別擋路。讓開。

他的能量水平不足，沒辦法發出令人信服的訊息。啊！如果他有五十六號的溝通天分就好了！但他還是去找了其他保姆進行溝通；她們根本不理他。三二七號開始懷疑他的使命是否真的如他所想像的那麼重要。或許城邦之母是對的，有更優先的事要做。譬如，延續生命，而不是想要引發戰爭。

正當他沉浸在這個奇怪的想法裡，一股蟻酸發射過來，削過他的觸角！向他射擊的是一隻保姆蟻。她丟下自己照顧的蛹，瞄準雄蟻。幸好她瞄得不夠準。

雄蟻衝出去想逮住這個恐怖分子，可是她已經飛速進入第一間育嬰房，撞翻了擋住她去路的一堆卵。卵殼裂開，滲出某種透明液體。

她毀了蟻卵！她是哪裡有問題？一陣恐慌，保姆們東奔西跑，急著要保護正在孕育的這一代。

三二七號雄蟻明白自己無法逮到逃犯，於是將腹錘抬到胸廓下方，瞄準逃犯。但在他開火之前，對方已經被一隻看到她推倒蟻卵的砲兵蟻轟倒在地。

被蟻酸灼燒的身體周圍聚集了一群螞蟻。三二七號將他的觸角伸向屍體。沒錯，有一點怪味。一種岩石的氣味。

社會性：螞蟻和人類一樣，社會性是上帝預先決定的。新生的螞蟻太脆弱，無法自行破壞囚禁牠的繭。人類的嬰兒甚至不能自己行走或自行進食。

螞蟻和人類是兩種生來就要被周圍親友幫助的物種，他們不知道或沒辦法自行學習。

這種對於成年者的依賴當然是一項弱點，但它啟動了另一個程序，就是對於知識的追尋。如果在年幼者無法存活的情況下，成年者卻可以生存，那麼年幼者從一開始就必須向較年長者求取知識。

艾德蒙．威爾斯

《相對知識與絕對知識百科全書》

地下二十層。五十六號雌蟻還沒跟農蟻討論侏儒蟻的祕密武器，眼前所見令她興奮不已，她根本無法釋放任何訊息。

雌蟻是特別珍貴的階級，她們的童年都被關在公主的廂室裡。她們所知的世界常常只有一百條廊道，很少有雌蟻去過地下十層以下和地上十層以上探險……

有一次，五十六號想出去看看她的保姆們跟她說過的「大外界」，可是哨兵們把她擋了下來。氣味或多或少可以偽裝，但她的長翅膀不能。那時守衛警告她，外面有大怪獸，會吃掉那些想在「重生節」之前跑出去的小公主。從此，五十六號的心就在好奇與恐懼之間拉鋸。

下降到地下二十層，她意識到在漫遊野蠻的「大外界」之前，她自己的城邦之中還有許多奇觀有待發掘。在這裡，她初次見到蘑菇場。

在貝－洛－崗的神話裡，據說最早的蘑菇場是在第五萬個千禧年的穀物戰爭期間發現的。一支砲兵突擊隊剛剛入侵一座白蟻的邦城，她們突然發現自己來到一個巨大無比的房間，中間隆起一個巨大的白色糕餅，上百隻白蟻的工蟻正在不停地打磨。

她們嚐了嚐，發現很美味。這……就像一座完全可以食用的村莊！戰俘們招認這是蘑菇。事實上，白蟻只以纖維素為生，但是因為無法消化纖維素，所以會求助於這些蘑菇，讓纖維素變得易於吸收。

至於螞蟻，她們完全可以消化纖維素，根本不需要這種消化劑。儘管如此，他們還是意識到在自己的邦城內擁有作物的好處——可以抵擋圍城和糧荒。

如今，在貝－洛－崗地下二十層的那些大廳裡，都是她們挑選過的菌種。螞蟻不再使用白蟻需要的那種蘑菇，在貝－洛－崗，她們主要種植的是不同的傘菌，她們也因為農業活動而發展出一整套技術。

五十六號雌蟻在這座白色花園的蕈圃之間梭巡。大廳的一角，幾隻工蟻正在準備蘑菇生長的「床」。她們將樹葉切成小方塊，然後刮擦、搗碎、揉壓，直到變成糊狀。這些樹葉糊被鋪在排泄物做成的堆肥上（螞蟻將她們的糞便收集在為此用途而設置的便池裡）。她們會用唾液濡濕堆肥，然後將照顧的工作留給時間，等待蕈圃發芽。

發酵的樹葉糊被一團可以食用的白色細絲包圍。從左邊可以看到，工蟻們正在用消毒唾液噴灑它們，並且把所有突出白色小圓錐的部分都切除。如果任由蘑菇生長，它們很快就會撐破整個大廳。工蟻會用扁平的大顎收割這些細絲，製成美味又營養的麵粉。

這時，工蟻的專注力再次被推至極限。絕不容許任何雜草、任何寄生蕈菇混進來享用她們的照顧。

在這種情況下——其實並不是很有利——五十六號試著跟一名正在細心修剪其中一株小圓錐的園丁建立起觸角的溝通。

嚴重的危險狀況威脅著城邦。我們需要幫助。妳想加入我們的工作小組嗎？

什麼危險？

侏儒蟻發現一種毀滅性的祕密武器，我們必須盡快做出反應。

園丁氣定神閒地問她覺得蘑菇怎麼樣——那是一種美麗的傘菌。五十六號發出了讚美。園丁問她要不要嚐嚐看。雌蟻在白色的糊狀物上咬了一口，頓時感到食道裡一陣生猛的熱流。有毒！傘菌已經浸漬了一種蟻酸，那是一種猝死性的強酸，通常是在稀釋之後用作除草劑。五十六號用力咳，及時吐出有毒的食物。園丁放下蘑菇，跳上五十六號的胸口，整個大顎都張開了。

她們在堆肥裡翻滾，用她們觸角的大鎚俐落地攻擊對方的頭顱。喳喀！喳喀！喳喀！她們的攻擊帶著堅定的意圖，要置對方於死地。幾隻農蟻過來將她們分開。

妳們兩個怎麼回事？

園丁趁隙逃脫。五十六號展開翅膀，做出驚人的飛躍，將她壓制在地上。就在這時候，她聞到一絲微弱的岩石香氣。毫無疑問，輪到她碰上這個令人難以置信的殺手幫的成員了。

她掐住她的觸角。

妳是誰？為什麼想要殺我？這岩石的氣味是什麼？

緘默不語。雌蟻扭絞對方的觸角。非常痛苦，對方用力踹了幾腳但沒有回答。五十六號不是那種會傷害姊妹細胞的人，但她扭絞得更用力了。

園丁不再動了，進入強制自主昏厥狀態，心臟幾乎不再搏動，再過不久就會死去。五十六號因為氣惱，切斷了園丁的兩根觸角，但她痛下殺手的對象其實只是一具屍體。

農蟻再次將她團團圍住。

出了什麼事？妳把她怎麼了？

五十六號認為此刻不是為自己辯解的時候，她還是先走為妙，於是她用力揮動了翅膀。三二七號是對的。令人驚愕的事情正在發生，蟻邦裡有些細胞發瘋了。

Deuxième
Chapitre

一直往下走

Toujours plus bas

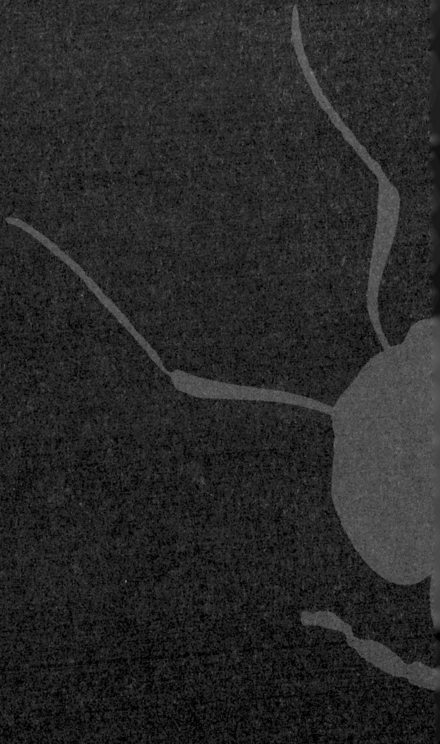

地下四十五層：一〇三六八三號非生殖蟻進入了格鬥廳，那是一些低頂壁的空間，兵蟻在這裡做訓練，為春季戰爭預作準備。

到處都是捉對廝殺的兵蟻。對戰雙方先是互相觸摸，評估彼此的肩寬和腿的尺寸。她們繞來繞去，試探對方的側腹，拉扯對方的刺毛，散發挑釁的氣味，用觸角末端的大鎚輕輕搔著對方。最後她們終於衝向對方，甲殼互相碰撞，雙方都奮力要扯住對方的胸廓關節。如果一隻成功了，另一隻就會試著去咬對方的膝蓋。她們的動作一顛一跳，並不連貫。她們以兩條後腿站立，時而倒下，翻滾，憤怒。

通常對戰雙方會停在著力點上靜止不動，然後突然襲擊對方。請注意，這只是訓練，不會破壞任何東西，不會流血。一旦有一隻螞蟻被掀翻，四腳朝天，戰鬥就結束了。這時戰敗的一方會將觸角往後拉，作為放棄的信號。雖然是練習，但對戰還是很有真實感。細爪為了找到著力點，很容易卡進對手的眼睛裡。大顎則是在空中發出喳喀喳喀的聲響。

不遠處，砲兵蟻端坐在那裡，腹錘著地，對準放置在五百顱外的礫石開火。蟻酸噴射擊中靶心是家常便飯。

一隻老兵蟻在教導一名新兵：勝負在接觸之前早已決定。大顎或蟻酸噴射只是用來確認交戰雙方已經認定的優勢地位。在混戰之前，一定有一方已經決定戰勝，有一方同意戰敗。這只是角色分配的問題。一旦雙方選定了自己的角色，戰勝者就可以不瞄準就發射蟻酸，而且百發百中；戰敗者可以給予最猛烈的大顎攻擊，但是根本無法傷害到對手。唯一的建議：妳必須接受勝利。一切都在腦中。妳必須接受勝利，妳完全無法抗拒。

兩名對戰者推擠到了一〇三六八三號兵蟻，她用力推開她們，繼續上路。她在尋找設置在競技廳下方的傭兵區。通道就在這裡。

她們的大廳比一般部隊的大廳還要大。確實，傭兵永遠住在訓練的地方，她們完全是為了戰爭而存在。這個區域不論是結盟部落或歸降部落，所有部落都比鄰而居：黃螞蟻、紅螞蟻、黑螞蟻、吐膠蟻、毒針原始蟻，就連侏儒蟻也不例外。

豢養異邦軍團的想法同樣又是源自於白蟻——在外敵入侵時，可以多些幫手並肩作戰。

至於螞蟻城邦，也曾因為瞬息萬變的外交情勢，而與白蟻結盟，對抗其他螞蟻。

這個作法引發了強烈的反思：為什麼不乾脆就招募一些螞蟻軍團永久留在白蟻丘呢？這是個充滿革命性的想法。而當螞蟻大軍不得不面對那些為白蟻作戰的同種姊妹時，驚訝的程度就更大了。雖然螞蟻文明的適應能力非常迅速，但這次是有點力不從心了。

螞蟻其實很樂意效仿她們的敵人，僱傭一些白蟻軍團來跟白蟻作戰。但是有個重大的障礙讓她們放棄了這項計畫：白蟻是絕對的保皇黨。她們的忠誠堅定不移，她們沒辦法跟自己人戰鬥。只有螞蟻，她們的政治體制和生理機能一樣多變，才能接受伴隨傭兵制度而來的一切違反常情的問題。

沒關係！褐螞蟻大聯邦只要以眾多異邦螞蟻軍團來強化她們的軍隊就行，所有部隊都集結在同一面貝－洛－崗的氣味旗幟之下。

一〇三六八三號正在接近侏儒蟻傭兵。她問她們是否聽說過施－蓋－埔那邊開發了一種祕密武器，可以在電光石火之間消滅一整個遠征隊的二十八隻褐螞蟻。她們的回答是：從未見過也沒聽說過這麼厲害的東西。

一〇三六八三號詢問其他傭兵。一隻黃蟻聲稱曾經親眼目睹這樣的奇蹟。但那不是來自侏儒蟻的攻擊……是出乎意料從樹上掉下來的一顆爛梨子。所有螞蟻都發出了閃閃發亮的笑聲費洛蒙。這是黃蟻式的幽默。

一〇三六八三號回到同袍們訓練的大廳，這裡的每隻螞蟻她都認識。大家都專心聽她說話，大家都信任她。「追查侏儒蟻祕密武器」小組很快就招募了三十多名意志堅定的兵蟻。啊！如果三二七號可以看到就好了！

小心，一幫有組織的傢伙試圖消滅那些想知道真相的螞蟻。肯定是為侏儒蟻工作的褐螞蟻傭兵。我們可以辨識出來，她們聞起來都有岩石氣味。

為了安全起見，她們決定在城邦的最深處，在地下五十層最低的一間大廳舉行他們的第一次會議。從來沒有螞蟻下去過那裡。她們應該可以安安靜靜地在那裡策畫她們的攻擊行動。

但是一〇三六八三號的身體向她發出了時間猝然加速的信號。二十三度了。她向大夥告辭，趕赴她與三二七號和五十六號之約。

美感：還有什麼比螞蟻更美的呢？牠們的線條弧度優雅，是完美的流線型。整個外殼都是精心設計，好讓牠們的六肢完美嵌入專門為此提供的凹口。每個關節都是機械構造的奇蹟。這些甲片彼此鑲嵌，彷彿是設計師在電腦輔助下構思而成的。這構造從不嘎吱作響，從不發生摩擦。三角形的頭部破風前進，修長而彎曲的腿將身體舒適地懸撐在地上。簡直就像一輛義大利跑車。

細爪讓牠們可以在天花板上倒懸行走，眼睛有一百八十度的全景視野，觸角可以捕捉成千上萬我們看不見的訊息，末端可以當作鎚子，腹部裝滿囊袋、篩網和格子，可以貯存化學物質，大顎可以切、夾、抓，體內美妙的管線網絡讓牠們可以釋放各種氣味訊息。

艾德蒙．威爾斯
《相對知識與絕對知識百科全書》

尼古拉不想睡，他還在電視機前面。新聞報導剛結束，最後一則宣布了馬可波羅探測器返航。結論：太陽系的這些鄰近星系沒有任何生命跡象，探測器造訪的所有行星所呈現的畫面都是岩石荒漠或是液態氨的表面。沒有任何苔蘚，沒有任何變形蟲，沒有任何微生物。

「會不會爸爸是對的？」尼古拉心想。「會不會我們真的是整個宇宙裡唯一有智慧的生命形態？……」這種事當然令人失望，但有可能是真的。

新聞過後，接著播放的是「世界文化」系列的特別報導，今天談的是印度的種姓問題[1]。

「印度教徒終其一生都屬於他們出身的種姓。每個種姓都按照自己的一套規則運作，這是一套嚴格的規約，任何人都不得違反，否則會被他的原生種姓以及所有其他種姓放逐。要理解這種行為，我們必須想到……」

「凌晨一點了。」露西說話了。

尼古拉腦子裡填滿太多畫面。自從地窖出事之後，他每天都要好好看上四個小時的電視，這是他停止思考和停止做自己的方式。母親的聲音把他拉回令人痛苦的現實。

「好了，你不累嗎？」

1 「種姓」和前文螞蟻城邦的「階級」在法文原文裡用的是同一個字：caste。

「爸爸在哪裡？」

「他還在地窖裡。現在該睡了。」

「我睡不著。」

「要我說故事給你聽嗎？」

「要！說故事！說故事！好聽的故事！」

露西陪他進了房間，坐在床邊，鬆開她夾起的紅色長髮。她選了一則古老的希伯來童話。

「從前從前，有一個石匠，他受不了在烈日下挖山，挖得筋疲力盡。石匠心想：『我受夠這種生活了。整天敲啊敲的，切石頭的工作真的太累了……還有這個太陽，他永遠都在那裡！啊！我好想待在他的位子，我在那裡就可以無所不能，無所不熱，用我的光芒淹沒世界。』結果，奇蹟發生了，他的願望被聽見了。石匠立刻變成了太陽。他很高興看到自己的願望實現了。可是，當他心滿意足地把光芒發射到各地時，他發現他的光芒被雲層擋住了。『如果雲就可以阻擋我的光芒，那我做太陽有什麼用？』他大聲喊著：『如果雲比太陽更強，那我寧可做一朵雲。』於是他變成了一朵雲。他在世界之上飛翔，奔跑，灑下雨水，但是突然間，風颳了起來，把這朵雲吹散了。『啊，風可以把雲吹散，所以風才是最強的，我想要成為風。』他下了決心。」

「所以，他就變成了風？」

「是的，他吹遍世界各地，製造了豪雨、暴風雨、颱風。但是突然間，他發現有一堵牆擋住了他的去路。一堵又高又硬的牆。那是一座山。他說：『如果一座山就能擋住我，那我做風有什麼用？山才是最強的！』」

「所以，他就變成了山！」

「沒錯。而就在這時候，他感覺有什麼東西在敲打他，一個比他更強大的東西，從裡面在挖他。那是……一個小石匠……」

「啊——！」

「你喜歡這個故事嗎？」

「嗯，媽媽，我喜歡！」

「你確定？你在電視上沒看過比這更好看的故事嗎？」

「噢，媽媽，沒有。」

露西笑著把他抱進懷裡。

「媽媽，妳覺得爸爸會不會也在挖？」

「也許吧，誰知道呢？反正他好像以為他一直下去那裡就會變成別的東西。」

「在這裡不好嗎？」

「不是，乖兒子，他覺得失業很可恥。他相信當太陽最好。他要當地下的太陽。」

「爸爸自認為是螞蟻國王。」

露西露出微笑。

「這些事會過去的。你知道，你爸爸也是個孩子，而孩子們總是對蟻丘很著迷。你從來沒跟螞蟻玩過嗎？」

「噢，媽媽，有啦！」。

露西幫他理一理枕頭，吻了他。

「現在你該睡覺了。晚安囉。」

「媽媽晚安。」

露西看到床頭櫃上放著火柴。尼古拉一定又在想如何排出四個三角形。她回到客廳，拿起她看到一半的建築書，講的是那棟房屋的歷史。

許多科學家曾經住在這裡，尤其是新教徒，像是，米格爾．塞爾維特（Michael Servet）就在那裡住了幾年。

其中一段對她特別有吸引力。根據這本書的說法，在宗教戰爭期間，有人在這裡挖了一條地道，好讓新教徒逃到城外。地道的深度和長度都相當罕見……

三隻螞蟻圍成三角形，進行絕對溝通，這樣就不需要敘述她們的冒險經歷了，她們會立刻知道大家各自發生了什麼事，就好像她們是同一個身體，只是為了讓調查更順利才一分為三。

她們將觸角連結。思想開始循環、融合。這是個轉動的過程。每個腦都像一個電晶體，一邊傳導著收到的電子訊息，同時也豐富了自己的訊息量。三隻螞蟻的心靈以這種方式聚集在一起，超越了他們個別的天賦總和。

但是突然間，魔力中斷了。一〇三六八三號發現一股干擾的氣味。牆上有觸角。更準確地說，是從五十六號的廂室入口突出了兩根觸角。有人在偷聽……

午夜。喬納東已經兩天沒上來了。露西焦躁不安，在客廳裡踱來踱去。她去看了一下尼古拉，他睡得正沉，突然有個東西吸引了她的目光——火柴棒。這一刻，她有一種直覺，火柴棒的謎題裡可能藏著開啟地窖之謎的金鑰。用六根火柴棒排出四個等邊三角形……

「你必須用不同的方式思考，如果你用習慣的方式思考，你會永遠想不出來。」喬納東總是一說再說。她拿起火柴棒回到客廳，在那裡玩了很久。最後，她因為焦慮而筋疲力盡，只好上床睡覺。

這天晚上，她做了奇怪的夢。她一開始就看到了艾德蒙舅舅（或者至少是一個符合她丈夫描述的人物）。他在一條長長的隊伍裡，像在排隊買電影票，隊伍綿延在一片荒漠之中，四周都是石礫。兩旁都是墨西哥士兵，他們緊盯著隊伍裡的一舉一動，確保「一切順利」。遠處看得到有十座絞刑架，有人在那裡被絞死。等人死透了，全身僵硬了，就會被解下，然後再換上其他人。隊伍繼續往前進……

艾德蒙的身後站著喬納東、她，然後是一位戴著很小的眼鏡的胖先生。所有的死刑犯平心靜氣地說著話，彷彿什麼事都沒發生。

等到絞索終於套上他們的脖子，四人並排吊著，他們什麼也沒做，只是愣愣地等著。艾德蒙舅舅決定第一個開口，他的聲音沙啞——當然是這樣：

「我們在這裡幹嘛？」

「我不知道……我們活著。我們被生下來，所以我們活得越久越好。可是現在，我想，我們的生命快要抵達終點了。」喬納東回答。

「我親愛的外甥，你太悲觀了。我們確實是被墨西哥士兵絞死而且被包圍。但這只是生命的一個隨機事件，不是終點，只是一個隨機事件而已。而且，這種情形一定會有解決的辦法。你們都被綁住了嗎？綁在背後嗎？」

他們在綑綁中掙扎。

「噢，不會吧，」胖先生說：「我可以解開繩索了！」

他做到了。

「那也幫我們解開吧。」

「所以要怎麼弄呢？」

「你們要一直晃，晃到可以碰到我的手。」

他開始扭動身體，終於把自己盪成一個活鐘擺。他解開艾德蒙的繩索之後，其他人也如法泡製，然後一個接一個被他解開了。

然後艾德蒙舅舅說：「跟著我做！」他拉著小繩圈，從一條繩索到另一條繩索，朝最後一個絞刑架前進。其他人也模仿他。

「我們沒辦法再繼續了！那根橫樑再過去就沒有任何東西了，他們會發現我們的。」

「你們看，橫樑上有一個小洞。我們進去吧。」

艾德蒙於是往橫樑跳過去，他變得很小很小，然後消失在橫樑裡。喬納東——然後是胖先生——也做了同樣的動作。露西心想，她絕對不會成功的，但她還是往那根木頭跳過去，消失在洞裡！

裡頭有一座螺旋梯，他們一步跨上好幾階，全速往上爬。這時他們已經聽到後頭傳來叫喊聲，有幾個軍人發現他們逃跑了。那些外國佬，那些外國佬，快追！軍靴跺地、槍響……那些軍人緊追在後。

螺旋梯通往一個現代化酒店的海景套房，他們跑進去，把門關上。**8**號房。門「砰」的一聲關上，垂直的**8**變成了水平的**8**——象徵無限的符號。房間很豪華，到了這裡，大家都覺得終於躲開那些粗鄙的軍人了。

正當大家鬆了口氣，露西卻突然撲向她的丈夫，掐住他的喉嚨。「你要想想尼古拉啊！」她哭吼著：「你要想想尼古拉啊！」她用一只古董花瓶重擊他，花瓶上是年幼的大力士海克力斯（Hercule）勒住蛇的畫面。喬納東倒在地毯上，變成一隻……剝了殼的蝦子，滑稽地扭動著。

艾德蒙舅舅走上前來。

「你們後悔了，是嗎？」

「我不明白。」

「妳會明白的，」他笑著說。「跟我來。」

艾德蒙舅舅帶露西來到面朝大海的陽臺，他打了個響指，六根點燃的火柴立刻從雲端降下，在他的手掌上一字排開。

「請仔細聽清楚，」他一字一句地說：「人們想事情的方法都一樣。大家都用同樣平庸的方式在理解這個世界，這就像只用廣角鏡頭拍照一樣。這是觀看現實的一種方法，但不是唯一的。必須……用……不同的方式……思考！請看。」

火柴在空中旋轉了一會兒，然後重新集合在地面上。火柴棒在地上爬行，彷彿有生命似的，排成了……

第二天，露西還是有點發燒，她去買了一把乙炔切割器，終於解決了鎖的問題。正要跨過地窖門檻的時候，半睡半醒的尼古拉突然出現在廚房裡。

「媽媽！妳要去哪裡？」

「我要去找你爸。他以為自己是一朵可以翻山越嶺的雲，我去看看他是不是有點誇張。到時候我再告訴你……」

「不要，媽媽，妳別走，妳別走……家裡只有我一個人。」

「別擔心，尼古拉，我會上來的，不會很久的，你等我。」

她照亮地窖入口。這個黑暗的地方，這麼黑……

來者是誰？

兩根觸角往前移，露出一顆頭顱，然後是胸廓和腹錘。是那個散發岩石氣味的小瘸子。

她們想要撲向她，但她身後隱約可見上百隻全副武裝的兵蟻，每一隻都張開大顎，每一隻都散發著岩石的氣味。

我們從祕密通道逃脫！五十六號雌蟻發出訊息。

她將礫石移開，露出地道，接著鼓動翅膀，向上升起，直到貼近頂壁。她從那裡向第一批不速之客發射蟻酸。她的兩名同黨逃脫了，就在此時，岩香兵蟻的隊伍裡爆出一聲野蠻的提議。

殺了她們！

五十六號雌蟻也鑽進了洞裡，蟻酸噴射跟她擦身而過。快！抓住她們！幾百條腿在她身後狂衝猛追。這些間諜的數量還真不少！她們鬧哄哄地在密道裡緊緊追趕三蟻小組。

雄蟻、雌蟻、兵蟻的腹部貼地，觸角收在背後，迅速衝入不再隱密的密道。她們因此離開了公主廂室的那一區，下降到更低的樓層。狹窄的廊道很快就接上一條岔路，從此十字路口的數量倍增，幸好三二七號認得路，可以帶著患難夥伴們一起逃。

突然，在一條隧道的轉角處，她們遇到一隊行色匆匆的兵蟻迎面而來。難以置信的是，那個瘸子已經在隊伍裡了。這隻不擇手段的狡猾蟲，一定對所有的捷徑瞭若指掌！

三個逃逸者轉身就跑，當他們終於可以喘口氣的時候，一〇三六八三號建議，最好不要在別人的地盤上戰鬥，那些傢伙可以在這團錯綜複雜的廊道裡來去自如。

當敵人比妳強大時，妳的行動要跳脫他們的理解模式。第一任城邦之母的古老格言完全適用於此刻的情況。五十六號有個主意，她提議進行偽裝，躲進牆壁裡！

在那些散發岩石氣味的兵蟻趕上來之前，她們使盡全力往廊道的側壁挖，她們抬起大顎敲擊泥土，掀開泥土，挖得眼睛、觸角上全是泥土，有時為了加快挖掘速度，還會大口吞下油膩膩的泥土。等牆上的洞挖得夠深，她們就蜷起身體躲進去，然後重建牆壁，並且等待。追兵湧現，疾馳而過，但是很快又跑回來，這次的腳步慢得多。那些兵蟻就在薄薄的牆板外頭，到處搜索……

沒有，兵蟻們什麼都沒看到。可是此地不宜久留。那些兵蟻最後還是會偵測到一些氣味分子。於是她們又開始挖。一〇三六八三號的巨型大顎往前猛挖，像是揮動著十字鎬，兩隻生殖蟻負責用這些泥沙堵住後路。

殺手們想通了逃逸者的把戲。她們探勘牆壁，發現了一些痕跡，開始瘋狂搜索。三隻螞蟻急轉向下。反正在這團黑黝黝的污泥裡，不管要追蹤誰都不是容易的事。每秒鐘都有三條廊道誕生，兩條廊道堵塞。在這種條件之下，根本沒人可以畫得出可靠的城邦地圖！僅有的固定地標是穹頂和樹樁。

三隻螞蟻慢慢深入城邦的軀體。她們有時會碰上一條長長的藤蔓——其實是農蟻種植的常春藤，好讓城邦不致在雨中坍塌。有時地面會變硬，她們的大顎會碰上石頭，這時就得繞道而行了。

兩隻生殖蟻沒再感覺到那些追捕者的振動；三隻螞蟻決定先停下來。此刻他們在貝－洛－崗中心的一個廢棄的氣囊裡。那是一顆防水、無味、無人知曉的藥丸。一座空心的荒島。誰會來這個袖珍洞穴裡找她們？她們在這裡的感覺，就像在蟻后腹部的黑暗橢圓裡。

五十六號用觸角末梢在她對面螞蟻的頭上打鼓，這是交哺的呼喚。三二七號雄蟻折疊觸角表示接受，然後將嘴貼到雌蟻的嘴上。他反吐出一些第一個守衛給他的蚜蟲蜜露。五十六號立刻覺得精神振奮。再來輪到一〇三六八三號敲打雌蟻的頭顱了。她們緊緊吸住對方的嘴唇，五十六號讓她剛剛進倉的食物湧上來。接下來，三隻螞蟻互相輕撫，互相摩擦。啊！對螞蟻來說，給予是多麼愉快的事……

雖然元氣恢復了，但她們知道那裡不能久留。因為氧氣會耗盡，而就算螞蟻可以在沒有食物、沒有水、沒空氣也沒熱量的情況下存活相當長的時間，但是缺少這些生命要素，最終也會導致她們陷入致命的睡眠。

觸角接觸。

現在我們要做什麼？

同意加入我們計畫的那群三十隻兵蟻，在地下五十層的一個大廳等我們。

我們走吧。

她們重新展開挖掘坑道的工作，她們的器官對地磁場無比敏感，可以清楚辨認正確方位。就正常的邏輯來說，她們認為此處位在地下十八層穀倉和地下二十層蘑菇場之間。可是，越往下走就會越冷。夜幕降臨，冰霜鑽進了深層的土壤，她們的動作放緩了，最終靜止於挖掘的姿勢。她們沉沉睡去，等待氣溫回升。

「喬納東，喬納東，是我，露西！」

隨著她越深入這黑暗的宇宙，恐懼感也越深入她心裡。沿著樓梯的螺旋永無休止地下降，她終於陷入出神狀態，宛如墜入自己內在的深淵，越陷越深。她現在感到腹部的疼痛開始蔓延，先是喉嚨突如其來的一陣乾渴，接著是腹腔神經叢一陣令人恐慌的絞痛，接著是胃部劇烈的刺痛。

她的膝蓋、她的腳繼續自動運作；等一下它們會失控嗎？她的膝蓋和腳也會開始痛嗎？她會停下腳步，不再往下走嗎？

童年的畫面重新浮現。她專制的母親，永遠都在怪她，為她的寶貝兒子們偏心了幾千幾百次……還有她的父親，一個了無生氣的傢伙，看到妻子就發抖，所有的時間都耗在逃避那些小到不能再小的爭吵，母后隨時開口提出任何微不足道的願望，他都會乖乖說「阿們」。他的父親，懦弱的傢伙……

痛苦模糊的回憶被一種感覺取代了——她對喬納東並不公平。事實上，凡是讓她想起父親的事，她都可以拿來責備喬納東，也正是因為她用沒完沒了的責備轟炸他，才會壓抑他，毀了他，害喬納東一點一點越來越像她父親。就這樣，惡性循環又開始了。在毫無自覺的情況下，她複製了自己最痛恨的那種跟自己父母一樣的夫妻關係。

這個循環必須打破。她怪自己對丈夫叱責痛罵。他們的關係必須修復。

她繼續迴旋，繼續下降。認清自己的罪疚已經讓她的身體擺脫恐懼與暴虐的疼痛。她一直迴旋，一直下降，差點撞上一扇門。那是一扇很普通的門，門上有個地方刻著銘文，但她沒花時間去讀。上頭有個門把，連吱嘎一聲也沒有，門就打開了。

過了這扇門，依舊是樓梯。唯一明顯的不同，是石頭中間出現了鐵質的紋路。鐵質遇到滲水

（很有可能來自地下水流），漸漸呈現出赭紅色。

不過她感覺自己似乎進入了一個新的階段。突然間，手電筒照到她腳邊有斑斑血跡。一定是瓦爾扎扎特的。所以這隻英勇的迷你貴賓犬一直走到了這裡……到處都是泥漿，實在很難分辨牆上是血跡還是鏽痕。

突然，她似乎聽到一陣聲響。噼噼啪啪。好像是有什麼生物往她的方向走來。牠們的腳步聽來有些緊張，彷彿很害羞，彷彿不敢靠近。她停下來，用手電筒在黑暗中搜尋。當她看到聲響的來源時，她發出一聲慘無人道的尖叫。可是她所在之處，沒有人可以聽到她的叫聲。

黎明為地球的萬物降臨。她們繼續往下走。地下三十六層。一〇三六八三號非常熟悉這個地區，她認為出去沒有危險。那些岩香兵蟻不可能追到這裡。

她們來到眼前荒涼空蕩的低矮廊道。有的地方——或許在左側，或許在右側——看得到從前用作穀倉的幾個洞穴，被棄置在那裡至少有十個冬眠期了。土壤很黏。應該是有濕氣滲入。這就是為什麼這個地區被認為衛生狀況堪慮，在貝－洛－崗惡名昭彰。

這裡很臭。

雄蟻和雌蟻都不太放心，她們察覺到一些敵意的存在，有一些觸角正在偵伺她們。這一帶應該都是一些寄生或占用空室的昆蟲。

她們張開大顎，繼續前進，穿過淒涼的大廳和隧道。突然傳來一陣尖銳的怪聲嚇了她們一跳。呼吁，呼吁，呼吁……這些聲音的調性一成不變，組合成一節催眠的單調旋律，迴盪在泥洞裡。

依照兵蟻的看法，是蟋蟀。這是牠們的情歌。兩隻生殖蟻的心還是懸在半空。蟋蟀可以出現在城邦內部，完全不把聯邦軍隊放在眼裡，這種事還是令人難以置信！

一〇三六八三號倒是不驚訝。前任城邦之母有句格言不就是這麼說的嗎：與其想要掌控一切，不如鞏固強項？結果就是這樣……

不同的聲響。似乎有誰挖掘得非常快。是岩香兵蟻找到她們了嗎？不是……有兩隻手從她們眼前冒了出來。兩隻手刀宛如耙子，攫住泥土，再把泥土往後扔，一個巨大黝黑的身體在後頭推著。

可別是鼴鼠才好！

她們三個張開大顎，全都愣住了。

真的是鼴鼠。

泥沙漩渦。黑毛球和白爪子。這隻動物在沉積層之間泅泳，輕鬆得像一隻湖中的青蛙。她們被甩耳光、攪拌、黏在一片片黏土餅上，但她們隨即脫險，而且毫髮無傷。挖土機衝過去了——鼴鼠只是要找那些蠕蟲，牠最大的樂趣是在牠們的神經節上咬一口，將牠們麻痺，然後把牠們活生生的貯存在牠的地洞裡。

三隻螞蟻有條不紊地清洗了一遍身體，除去污垢，再次上路。

現在她們走進一條非常窄、非常高的通道。帶路的兵蟻發出警戒氣味，同時指著頂壁。確實，上頭滿滿的全是帶有黑色斑點的紅色臭蟲。這些不請自來的惡魔！

這些昆蟲身長三顱（九毫米），背上的圖案看起來像是憤怒的眼神。牠們通常吃的是死去的昆蟲濕潤的肉，有時候也會吃活生生的昆蟲。

一個不請自來的惡魔立刻以自由落體的方式向三隻螞蟻墜落。在牠到達地面之前，一〇三六八三號已經將腹錘抬到胸廓下方，並且噴射一發蟻酸。不請自來的惡魔著陸時，已經化成一坨熱果醬。

她們匆匆忙忙地吃掉牠，然後在另一頭怪獸俯衝之前穿過房間。

智力：我開始進行這些實驗的時間，準確地說，是一九五八年一月。第一個主題：智力。螞蟻有智力嗎？

為了找出答案，我找了一隻中等大小、沒有生殖能力的紅褐山蟻（formica rufa），讓牠面對下述問題。

在一個洞的最裡面，我放了一塊硬化的蜂蜜。但是這個洞被一根小樹枝擋住了，樹枝不是很重，但是很長，而且插得頗深。正常情況下，螞蟻會為了通過而將洞擴大，可是在這個實驗裡，洞是用硬塑膠做的，螞蟻鑽不動。

第一天：螞蟻斷斷續續地拉動樹枝，稍微抬起，然後鬆開，然後再次抬起。

第二天：螞蟻還是做同樣的事。牠也試圖從底部切斷樹枝。沒有成功。

第三天：同上。螞蟻似乎陷入錯誤的推理模式並且堅持下去，因為牠無法想像另一種模式。這可能是牠不具智力的一項證據。

第四天：同上。

第五天：同上。

第六天：今早醒來，發現那根小樹枝被移出洞外了。這應該是在夜裡發生的事。

《相對知識與絕對知識百科全書》

艾德蒙·威爾斯

接下來的廊道多半是半阻塞的狀態。廊道上方的泥土被凍得雪白的根部支撐著，又乾又冷，結成簇狀。有時會有碎片崩落，邦民稱之為「室內冰雹」。唯一已知的自保方法就是提高警覺，而且只要聞到一絲碎石的氣味就馬上跳開。

三隻螞蟻向前行，腹部貼地，觸角往後平貼，六條腿大開。一〇三六八三號看來信心滿滿，她很清楚要帶大家往哪裡去。地面再次變得潮濕。一股令人作嘔的氣味在那裡蔓延。那是一種生命的氣味。一種野獸的氣味。

三二七號雄蟻停下腳步，他不是百分百確定，但他覺得似乎有一堵牆偷偷動了。他往可疑的區域靠近，牆壁再次顫動。那裡似乎出現了一個開口。雄蟻往後退。這次的規模太小了，不可能是鼬鼠。開口變成一個螺旋，中央突然隆起，然後有個東西冒出來撲向他。

雄蟻發出一聲氣味喊叫。

一條蠕蟲！他的大顎用力一嗑，將蠕蟲切成兩段。但是附近的牆面也開始滴落這種扭動的小獸，很快就多到讓人以為是在鳥的腸子裡。

其中一條蚯蚓竟然想圈住雌蟻的胸廓，雌蟻沒跟牠客氣，大顎一陣猛嗑，將牠剪成好幾段，每一截都在雌蟻身旁跳起波浪舞。其他蚯蚓也加入了戰局，牠們在螞蟻的腳邊、頭顱邊捲起身體。觸角的碰觸特別令牠們難以忍受，三隻螞蟻，同時抬起腹錘，向那些無害的蠕蟲發射蟻酸。最後只見地面鋪滿赭紅的軀體，抖抖跳跳，彷彿在向她們宣戰。

螞蟻狂奔而去。

等大家回過神來，一〇三六八三號指引大家走進一組新的廊道，越往前走，味道越難聞，她們也開始越來越習慣。螞蟻什麼都可以適應。兵蟻指著一堵牆，告訴大家要從這裡開挖。

這裡是舊的堆肥池，集會地點就在旁邊。我們喜歡在這裡集會，不會被打擾。

她們扮起穿牆人。穿越到另一邊——一個散發糞便氣味的大廳。

三十名跟她們結盟的兵蟻確實在那裡等著她們，但要跟這些兵蟻聊天，必須了解拼圖遊戲的基礎知識，因為她們全被拆解成一塊塊，頭顱經常離胸廓非常遠……

她們嚇壞了，但還是檢查了死神造訪的這座大廳。是誰？在這裡殺死這些兵蟻，在貝－洛－崗的地盤上？

一定是有什麼東西從底下來了。三二七號雄蟻發出訊息。

我不認為是這樣。五十六號雌蟻反駁，但她還是要雄蟻往下挖。

雄蟻的大顎插進地下。疼痛。底下是岩石。

一塊巨大的花崗岩。一〇三六八三號稍後補充說明：這是底部，是城邦堅硬的地板。而且底部厚實，非常厚實。而且底部遼闊，非常遼闊。沒有人找到過邊界。

畢竟，這甚至可能是世界的底部。這時，出現了一股奇怪的氣味。有什麼東西剛剛進了大廳。這東西立刻激起她們的好感。不，那不是蟻邦的螞蟻，是一隻隱翅蟲。

五十六號還是小幼蟲的時候，聽城邦之母講過這種昆蟲：

只要品嚐過隱翅蟲的甘露，就沒有任何感覺可以跟這種吸食的經驗相比了。隱翅蟲的分泌物是所有肉體慾望的果實，就算是最凶猛的意志也會被它消弭。

其實，服用這種物質會中斷痛苦、恐懼和智力，就算幸運逃過毒藥提供者的摧殘，倖存的螞蟻也會永遠無法抗拒。她們會離開邦城，尋找新的毒藥，她們不再吃，不再睡，一直走到筋疲力盡。然後，如果沒有再遇上任何隱翅蟲，她們就會黏在一株草上等死，任由自己被成千上萬次匱乏的痛楚蟄遍全身。

有一次，還是孩子的五十六號雌蟻問道，為什麼我們要容忍這種可怕的蟲子進入邦城，白蟻和蜜蜂都是毫不猶豫地屠殺牠們。城邦之母回答她，解決問題的方法有兩種；要嘛阻止牠靠近，要嘛讓牠越過我們。第二種方法不見得比較不好。隱翅蟲的分泌物只要劑量適當或與其他物質混合，其實是極佳的藥品。

三二七號雄蟻走在最前面，他被隱翅蟲散發的美妙香氣迷住了。他舔了舔隱翅蟲腹部的刺毛，刺毛流出的膿汁是讓人產生幻覺的烈酒。有一個事實令人非常不安：毒品供應者的腹部有兩根長毛，簡直跟長著一對觸角的螞蟻頭顱外型一模一樣！

五十六號雌蟻也跟著跑過去，但她還沒來得及大快朵頤，一股蟻酸噴射就呼嘯而至。一〇三六八三號抬起腹錘開火了。被蟻酸灼燒的隱翅蟲痛苦地扭動著。

兵蟻冷靜地發表她的看法：

在這麼深的地底遇到這種昆蟲是不正常的。隱翅蟲不會挖地。是有人故意把牠帶來這裡，阻止我們繼續走下去！這裡一定有什麼值得發掘的祕密。

雌蟻和雄蟻深感羞愧，只能佩服戰友的頭腦清醒。三隻螞蟻找了很久，她們移動礫石，四處嗅聞，沒放過任何一個隱蔽的小角落。線索極少。但她們最終還是發現了一股熟悉的霉味。殺手們微弱的岩石氣味。幾乎無法察覺，只有兩三個氣味分子，但是這就夠了。氣味是從那裡傳來的，就在這塊小石頭底下。她們把石頭翻過來，又是一條祕密通道。

只是，這條通道的開鑿方式非常特殊：它既不是挖在土壤裡，也不是在木頭裡，它是從花崗岩裡硬生生挖出來的！沒有任何螞蟻的大顎嗑得動這種材質。

廊道夠寬，但她們還是謹慎地慢慢往下走。過了一小段路，她們碰上一間裝滿糧食的大廳。麵粉、蜂蜜、種子、各種肉類……數量驚人，足以讓整個城邦度過五次冬眠！所有東西都散發出跟追殺她們的兵蟻身上相同的岩石氣味。

這裡怎麼可能祕密地造出這麼一座藏量豐富的糧倉？而且還用一隻隱翅蟲來堵住出入口！而這項情報竟然從來不曾在蟻邦的觸角之間流傳……

她們吃了豐盛的一餐，然後集合觸角整理訊息。這個案子越來越陰暗了。消滅了第一支遠征隊的祕密武器、散發著特殊氣味的兵蟻如影隨形到處攻擊她們、隱翅蟲、城邦地底的糧食密室……這已經超出了有一群間諜傭兵在為侏儒蟻效命的假設，難道她們的組織真的那麼嚴密！

三二七號和夥伴們沒有空閒深入思考，沉悶的振動在深處持續迴盪。砰—砰—砰砰，砰—砰—砰砰！在上頭，工蟻們用腹錘末端在地面打鼓。事態嚴重，蟻邦處於二級警戒。她們無法忽視這個召喚。她們的腿自動轉向。她們的身體，被一股不可抑制的力量推動著。她們已經上路前去加入蟻邦的其他邦民。

遠遠跟在後頭的小瘸子鬆了口氣。呼！她們什麼也沒發現……

最後，由於母親和父親都沒有從地窖上來，尼古拉決定報警。出現在警察局的是一個餓得發慌，兩眼哭得紅腫的孩子，說「他的父母消失在地窖裡，很可能是被老鼠或螞蟻咬死了」。兩名驚愕的警察緊緊跟在他後頭，來到錫巴里斯人街三號的地下室。

智力（續）：重啟實驗，但使用攝影機。

對象：同一蟻種而且同巢的另一隻螞蟻。

——第一天：牠拉、推、咬小樹枝，沒有任何成果。

——第二天：同上。

——第三天：就是這樣！牠好像發現了什麼，牠拉了一下，撐住，將腹錘塞進樹枝跟洞的縫裡並且鼓脹腹部，然後放低牠的支撐點，再重新開始。就這樣，斷斷續續地，牠將小樹枝緩緩頂出來。

原來是這樣……

艾德蒙・威爾斯

《相對知識與絕對知識百科全書》

發布警戒是因為一樁異常事件。位於最西端的女兒城拉—秀拉—崗遭受侏儒蟻軍團襲擊。

所以她們決定還以顏色……

現在戰爭已經是無法避免了。

倖存者成功越過了施—蓋—埔邦民設置的路障，她們講述了一些難以置信的事。根據她們的說法，事情是這樣的：

十七度—時間，一根長長的洋槐樹枝逼近拉—秀拉—崗的城門。那是一根移動方式異常的樹枝。樹枝猛戳一下——同時轉動——就搗毀了城門的門孔！

這時，哨兵出城攻擊這個來路不明的挖掘物體，但是都被消滅了。接著，所有邦民都躲起來等待樹枝停止肆虐。然而事情並沒有結束。

樹枝將穹頂像玫瑰花蕾般炸開了，繼而在廊道上翻攪。兵蟻們全力掃射卻徒勞無功，蟻酸對這個植物破壞者根本造成不了任何傷害。

拉－秀拉－崗邦民恐懼至極。雖說怪事終究自動平息了，但她們只有二度－時間可以喘息，因為侏儒蟻的軍團已經兵臨城下。

被開膛破肚的女兒城無法抵擋第一波的襲擊。傷亡蟻數高達數十萬。生還者最後躲到她們的松樹樹樁上，度過了圍城之戰。不過，她們也活不了多久，因為她們沒有任何存糧了，而且連樹樁裡的皇城動脈都已經發生戰鬥。

拉－秀拉－崗是聯邦的一分子，貝－洛－崗和所有鄰近的女兒城必須馳援。甚至在觸角還沒接收到這個悲劇最初幾個橋段的結局之前，貝－洛－崗就已經開始備戰了。有誰還在談論休息和整修城邦嗎？春季的第一場戰爭剛剛開打了。

三二七號雄蟻、五十六號雌蟻和一〇三六八三號兵蟻正在以最快速度往上層爬，她們所經之處，放眼都是螞蟻。

保姆忙著將蟻卵、幼蟲和蛹送到地下四十三層。採收蚜蟲蜜露的工蟻將她們的綠色家畜藏在邦城最偏僻的地方。農蟻切碎存糧作為戰鬥口糧。戰士階級的大廳裡，砲兵正在為腹錘填滿蟻酸。剪刀手們正在磨利大顎。傭兵們在整編小型的軍團。雄蟻們待在他們自己的地盤，哪兒也不去。

天氣太冷了，現在不能立刻展開攻擊。但是等明早的第一道曙光出現，就會烽火遍地。

在上頭，穹頂上，調節熱量的出氣閘口已經關閉。貝－洛－崗城邦收縮著毛孔，收起腳爪，咬著牙，準備大開殺戒了。

兩名警察裡頭比較胖的一個摟著男孩的肩膀。

「那你確定嗎？他們真的在裡面嗎？」

男孩一臉憤怒，沒有答話就把他的手甩開了。伽朗探員俯身往樓梯下方看去，發出一聲「喔耶！」聲音大到可笑。回聲答覆了他的問題。

「這看起來真的很深。」他說：「我們不能這樣就下去，我們需要一些裝備。」

畢爾斯海姆探長柔軟的食指橫放在嘴唇上，一臉憂心。

「當然是這樣，當然是這樣。」

「我去叫消防隊。」伽朗探員說。

「好，我利用這段時間去問問那個小傢伙。」

探長指了指被燒壞的門鎖。

「那是你媽媽弄的嗎？」

「嗯。」

「哇，你媽媽很聰明耶。我好像沒認識什麼會用乙炔切割器破壞鐵門的女人……而且我認識的女人裡頭，會通水管的沒半個。」

尼古拉沒心情開玩笑。

「她想去找爸爸。」
「確實是，對不起……他們在下面多久了？」
「已經兩天了。」
畢爾斯海姆搔了搔鼻子。
「你父親為什麼要下去，你知道嗎？」
「一開始是為了要去找小狗，後來我就不知道了。他買了一大堆鋼板帶到底下去。後來他又買了好多關於螞蟻的書。」
「螞蟻？當然是這樣，當然是這樣。」
畢爾斯海姆探長根本摸不著頭緒，只能點點頭，還咕噥了幾次「當然是這樣」。案情看來不妙。但他根本感覺不到。這不是他第一次處理「特殊」案件了，甚至可以說，他們很習慣把所有狗皮倒灶的案子丟給他處理。可能也是因為他有個重要的個人特質：他讓瘋子們覺得，他們終於在他身上找到了一隻聽得懂他們在說什麼的耳朵。
這是與生俱來的天賦。小時候，班上同學來找他，把他們的妄想和幻念一五一十地告訴他。這時，他會搖頭晃腦，一副心領神會的模樣，盯著他的對話者，然後嘴裡只說著「當然是這樣」。這招每次都有效。如果要認真思考那些矯揉造作的空話和讚美來打動或吸引對方，人生會變得很複雜；可是，畢爾斯海姆發現，簡單一句「當然是這樣」就綽綽有餘了。人際溝通的不解之謎又有一個被解開了。
更讓人好奇的是，年輕時幾乎從不說話的畢爾斯海姆，竟然在學校贏得了偉大演說家之名，甚至代表畢業生上臺致詞。

畢爾斯海姆應該可以去當精神科醫生，但是制服對他有一種無可匹敵的魅力。在制服這方面，白袍的分量根本算不上什麼。要知道，在瘋子的世界裡，警察和軍人才是「不放任胡作非為」的旗手。因為就算畢爾斯海姆自認理解他們，但他還是很討厭這些胡說八道的傢伙。沒頭沒腦！讓他最火大的就是在地鐵上大聲說話的那種人，他們模仿著剛剛經歷的失敗場景，想要重新搬演一次。

投身警界之後，畢爾斯海姆的天賦很快就被上司發現了。他們很習慣向他提供所有「無法理解的案件」。大多數時候他什麼都解決不了，但是無論如何，他有在處理，這樣就不容易了。

「啊，然後還有火柴！」

「火柴怎麼了？

「要用六根火柴棒排成四個三角形，如果你要想出解決辦法的話。」

「什麼解決辦法？」

「『新的思考方式』，就是爸爸說的另一種『邏輯』。」

「當然是這樣。」

這次男孩生氣了：

「不是，不是『當然是這樣』！你必須用對稱的幾何形狀做出四個三角形。螞蟻、艾德蒙舅公、火柴棒，這些全部都有關連。」

「艾德蒙舅公？這位艾德蒙舅公是誰？」

尼古拉的精神來了。

「《相對知識與絕對知識百科全書》就是他寫的。但是他已經死了。也許是因為老鼠。瓦爾扎特也是被老鼠殺死的。」

畢爾斯海姆探長嘆了口氣。太嚇人了！這個小毛頭長大後會是什麼樣子？最少也是個酒鬼吧。伽朗探員終於和消防隊員一起趕到了。畢爾斯海姆得意地看著他。這個伽朗是個好手，甚至是個變態的傢伙。瘋子的故事會讓他興奮不已。情節越扭曲，他就越投入。

善解人心的畢爾斯海姆和興奮的伽朗，兩人自行組成了「沒人想管的瘋人案件」地下特勤組。他們已經被派去調查「被貓嗑掉的小老太婆」、「用舌頭噎死顧客的妓女」這兩件案子，當然，別忘了還有「肉鋪老闆頭顱縮小器」。

「OK的，」伽朗說：「老大，你們待在這裡，我們下去，我們會用充氣擔架把他們抬上來給你。」

城邦之母在御所裡，她已經停止產卵了。她舉起一隻觸角，要求獨處。於是僕役們消失了。

貝洛－裘－裘霓——城邦活生生的性器官——她的心裡並不平靜。

不，她並不害怕戰爭。不論成敗，她已經歷過整整五十回戰事了。令她擔心的是另一件事，是那個關於祕密武器的謎：那根轉動的洋槐樹枝竟然把穹頂給掀了。她也沒忘記第三二七號雄蟻的見證：二十八隻兵蟻死亡，甚至來不及就戰鬥位置……蟻邦可以冒險不去考慮這些不尋常的訊息嗎？

現在也不必再想了。

可是該怎麼辦？

貝洛－裘－裘霓憶起那一戰，她曾經不得不面對某種「無法理解的祕密武器」。那是蟻邦和南方白蟻丘的戰爭期間。有一天，有人告訴她，有一支部隊出事了，一百二十隻兵蟻不是被消滅，而是「動彈不得」！

位。

驚恐達到了頂峰。大家都認為永遠無法戰勝白蟻了，她們已經在技術上取得了決定性的領先地位。

蟻邦派遣了間諜。事情是這樣的：白蟻剛剛為「象白蟻」設立一個投膠砲兵的階級，她們可以將膠水噴射到兩百顱外，困住兵蟻的腿和大顎。

聯邦思索良久才找出抵禦之道——以枯葉保護自己，繼續前進。這也引發了著名的枯葉之戰，貝－洛－崗部隊獲勝……

可是眼前的對手不再是笨手笨腳的白蟻，而是侏儒蟻，她們的活力和智力已經讓蟻邦嘗過好幾次苦頭。而且，這種祕密武器似乎破壞性特別強大。

她焦慮地摸弄自己的觸角。

她對侏儒蟻究竟了解多少？

可以說很多，也可以說很少。

侏儒蟻在百年前來到此地。一開始只有幾名偵察兵，由於她們的體型小，並沒有引起什麼疑慮。運補隊緊隨其後，腳上頂著蟻卵和儲糧，她們在大松樹的樹樁下度過了第一夜。

到了早上，一半的侏儒蟻被一隻飢腸轆轆的刺猬拿來當早餐。倖存者往北方移動，在距離黑螞蟻不遠的地方建立了一處營地。

褐螞蟻聯邦裡的主流想法是：「這是侏儒蟻跟黑螞蟻之間的事」。話雖如此，還是有些螞蟻會因為任由這些嬌弱的生物淪為體型肥碩的黑螞蟻的食糧而感到良心不安。

然而，侏儒蟻並沒有被屠殺。邦民們每天從上頭都會看到侏儒蟻正在搬運樹枝和小甲蟲。可是，沒再看到的卻是……體型肥碩的黑螞蟻。

一直沒人知道究竟發生了什麼事，不過依據貝—洛—崗偵察兵的回報，侏儒蟻現在占領了整個黑螞蟻的巢穴。邦民們以宿命論甚至幽默的態度來面對這個事件。那些自命不凡的黑螞蟻，活該。大家在廊道裡嗅到的都是這樣的訊息。而且強大的聯邦也不需要去擔心那些微不足道的小螞蟻。

只不過，在黑螞蟻之後，被侏儒蟻占據的是犬薔薇樹叢裡的蜂巢……接著遭殃的是北方的最後一個白蟻丘，然後是毒紅蟻的巢穴，一個接一個被侏儒蟻的旗幟征服！

大量難民湧向貝—洛—崗，充實了傭兵的數量，她們說侏儒蟻的戰鬥策略十分先進。譬如，她們會將一些來自稀有花卉的毒藥注入水中，藉此污染水源。

話雖如此，蟻邦還是沒當一回事。直到去年霓啾—霓—崗城邦在二度—時間淪陷了，蟻邦才終於意識到自己正在跟一個強大的對手打交道。

不過，就算褐螞蟻低估了侏儒蟻，侏儒蟻其實也沒搞清楚褐螞蟻之間的結盟關係。霓啾—霓—崗是個規模非常小的城邦，但是跟整個聯邦的關係緊密。凱旋的次日，所有侏儒蟻都驚醒了，兩百四十個軍團兵臨城下，每團一千兩百隻兵蟻。勝負已定，卻無法阻止侏儒蟻負隅頑抗。因此，聯邦軍隊花了一整天的時間才攻進城裡，收復女兒城。

這時大家才發現，侏儒蟻安置在霓啾—霓—崗的不是一個，而是……兩百個蟻后。太令人震驚了。

攻擊性部隊：螞蟻是唯一維持攻擊性部隊的社會性昆蟲。

白蟻和蜜蜂是保皇黨和忠誠派，但牠們沒那麼講究，只會用牠們的士兵來防衛城邦或保護遠離巢穴的工作者。相對來說，很少看到白蟻丘或蜂巢為了奪取領土而發動戰爭。不過這種情況還是可見。

艾德蒙．威爾斯

《相對知識與絕對知識百科全書》

被囚禁的侏儒蟻后們講述了侏儒蟻的歷史和習俗。一段荒誕離奇的歷史。

依照她們的說法，很久以前，侏儒蟻生活在另一個與此地相隔數十億顱的國度。那個國度和聯邦森林大不相同，那裡結的果實碩大、顏色鮮豔、味道甜美。而且，那裡沒有冬季也沒有冬眠。在那片樂土上，侏儒蟻建造了施－蓋－埔「古城」，這個城邦源自一個非常古老的王朝。她們的巢穴建在一株夾竹桃樹下。

可是，有一天，夾竹桃和周圍的沙土被連根拔起，放進一個木箱。侏儒蟻試圖逃離木箱，但是木箱被放在一個巨大而且非常堅固的結構裡。而當她們來到這個結構的邊界時，大家都掉進了水裡。外面一望無際，四周都是鹹水。

許多侏儒蟻在試圖找回先祖的土地時淹死了，後來，大多數侏儒蟻決定，算了，她們還是得在鹹水包圍的這個巨大又堅固的結構裡活下去。日子就這樣一天天過了下去。

由於她們的器官對地磁場無比敏感，她們感覺到，她們移動的速度非常快，已經移動了非常驚人的距離。

我們已經越過一百個地磁塹。這東西究竟要將我們帶到何方？到了這裡。他們把我們和夾竹桃一起卸下。我們發現了這個世界，發現了異國的動物和花草。

遠離故國的結果令人失望。果實、花朵、昆蟲都變小了，色彩也變少了。她們離開了紅色、黃色、藍色的繽紛國度，來到一片綠色、黑色和棕色主宰的土地。霓虹世界變成粉彩世界。

然後是冬季和酷寒冰封了萬事萬物。在故國，她們甚至不知道寒冷的存在，唯一可以迫使她們休息的只有炎熱！

侏儒蟻的當務之急是研究各種抗寒的方法。最有效的兩種方式是：吃糖吃到飽，還有塗抹蝸牛分泌的黏液。

糖的方面，她們從草莓、桑椹和櫻桃採集果糖。油脂方面，她們在當地對蝸牛發動了一場名副其實的滅絕行動。

除此之外，她們還有一些令人非常驚訝的做法：她們的生殖蟻並沒有翅膀，也不會進行交尾飛行。雌蟻就在地下，在邦城裡做愛並且產卵。所以每座侏儒蟻的邦城都有不只一個，而是幾百個產卵者。這給了她們一個重大的優勢：不只是出生率比褐螞蟻高得多，脆弱性也低得多。因為只要殺了蟻后就可以將一個褐螞蟻城邦斬首，而侏儒蟻城邦只要還有一隻具有生殖能力的雌蟻，就可以重生。

而且還不僅如此。侏儒蟻有另一種爭奪領土的哲學。褐螞蟻是藉助交尾飛行，盡可能降落在最遠的地方，然後通過氣味路徑連接到分散各處的聯邦帝國，而侏儒蟻則是從中央城邦一點一點向外擴張。

就連身材矮小也是她們的王牌。她們只需要少量卡路里就可以維持靈活的頭腦和敏捷的行動力。早已有人測量過她們遇到大雨的快速應變力——褐螞蟻還在大費周章從淹水的廊道撤出成群的蚜蟲和最後的蟻卵時，侏儒蟻早就在幾小時前，在大松樹的樹皮凹洞裡築了巢，還把她們所有的寶藏都搬了過去……

貝洛－袤－袤霓擺動著身體，彷彿為了驅散憂慮的思緒。她產下兩顆卵，兵蟻的卵。保姆沒隨侍在一旁接生，她餓了，於是，咕嚕一聲就把兩顆卵吃了下去。這是極佳的蛋白質。

她逗弄著她的食肉植物。憂慮又占了上風。要對付這種祕密武器，唯一的方法就是發明另一種更強大、更可怕的武器。褐螞蟻陸續發現了蟻酸、枯葉盾牌、膠水陷阱。只要能找到另一種武器就行了。一種可以殺得侏儒蟻措手不及的武器，比那個毀滅性的樹枝更邪惡的武器！

蟻后從御所出來，會見了一些兵蟻。她建議兵蟻們召開思考小組會議，討論「尋找祕密武器對付她們的祕密武器」。蟻后發出的刺激在蟻邦引發良好的反應。到處可見小隊的兵蟻，或是三五成群的工蟻，大家把觸角連成三角形或五邊形，幾百場絕對溝通就這樣展開了。

「小心，我要停下來了！」伽朗說。他可不想被後面的八名消防隊員追撞。

「裡頭好黑啊！拿個亮一點的燈給我。」

他轉身，有人遞了一支大手電筒給他。消防隊員們一個個都看起來憂心忡忡，不過他們可是穿著皮夾克，戴著頭盔。他怎麼就沒想到，應該多穿個什麼，好歹也比西裝適合這種探險活動！

他們小心翼翼地往下走。伽朗探員是這個團隊的眼睛，他全神貫注，先照亮每一個偏僻的小角落，才踏出腳步。這樣比較慢，但是比較安全。

手電筒的光束掃過刻在拱門上的銘文，高度剛好與視線齊平。

審視自己，
如果你沒有經常淨化自己
化學婚禮會對你造成損害

在彼處徘徊的人有禍事降臨。
太輕浮的人要克制自己。
《宏偉之術》（*Ars Manga*）

「您看到了嗎？」一名消防隊員問道。
「是一段古老的銘文，沒什麼大不了的……」伽朗探員安撫他。
「看起來像是巫術的東西。」
「總之，看起來超級深的。」
「是說那些話的涵義嗎？
「不是，我是在說樓梯。底下那些樓梯看起來有好幾公里。」
他們繼續往下走，應該已經走到距離城市地面五十公尺深的地方了。樓梯依舊在迴旋，像DNA的螺旋那樣。他們轉得快暈了。很深，而且越來越深。
「這玩意會這樣繼續轉下去，沒完沒了。」一名消防隊員低聲抱怨：「我們可不是來玩洞穴探險的。」
「我還以為只是要把什麼人從地窖裡弄出去。」另一個扛著充氣擔架的消防隊員說：「我老婆還在等我八點回家吃晚飯呢，她一定很高興，已經十點了！」
伽朗給他的部隊做了精神動員。
「聽著，兄弟們，我們離底下比離上面近了，大家再加把勁，不要半途而廢。」
然而，他們還走不到十分之一的路程。

在約莫十五度的溫度下進行數小時的絕溝之後，一群黃螞蟻傭兵釋出一個想法，很快就被所有神經中樞認為是最佳的。

貝－洛－崗剛好有許多傭兵是一種有點特殊的蟻種，叫做「碎穀蟻」，特徵是龐大的頭顱，長而鋒利的大顎，不管多硬的種子都能咬碎。她們在戰鬥方面不是特別傑出，因為她們腿太短，身體太重。

所以幹嘛讓她們辛辛苦苦拖拖拉拉地上戰場，敵人根本不痛不癢。褐螞蟻最後是安排她們負責一些像是切斷粗樹枝的家務勞動。

依照黃螞蟻的想法，要把這些笨手笨腳的肥仔變成雷霆戰士是有可能的。只要派六隻敏捷的小工蟻扛著她們就行了！

就這樣，碎穀蟻只要透過氣味指引她們的「活腳」，就可以向敵人高速猛衝，舉起長長的大顎將敵人切成碎片。

幾隻吃飽糖的士兵正在穹頂底下做實驗。六隻工蟻扛起一隻碎穀蟻開跑，試著讓步伐一致。這個點子似乎非常可行。

貝－洛－崗城邦剛剛發明了她們的坦克。

再也沒有人看到他們上來。

第二天報紙的標題是：「楓丹白露——八名消防隊員與一名警員在地窖裡神祕消失」。

淡紫色的黎明伊始，包圍拉－秀拉－崗皇城的侏儒蟻已整裝待發。被圍困在樹樁裡的褐螞蟻又累又餓，應該撐不了太久。

戰鬥重啟。經過長時間的蟻酸砲陣對決，侏儒蟻又攻下兩個路口。被砲擊腐蝕的木頭吐出被圍困的兵蟻的屍體。

最後倖存的褐螞蟻已經無計可施。侏儒蟻在城裡步步進逼。隱蔽在上方樹皮凹口的狙擊手幾乎無法放慢敵人進犯的速度。

御所的距離應該不遠了。御所裡的拉秀－拉－袞霓蟻后開始放慢心跳。大勢已去。

但是最前線的侏儒蟻部隊突然接收到一股警戒氣味。外面出事了。她們開始撤退。

在罌粟花丘——城邦的制高點——遍地紅花之間出現了數千個黑點。

貝－洛－崗邦民終於決定發動攻擊。大事不妙。侏儒蟻派遣小蠓傭兵當傳訊兵，飛往中央邦城。

所有小蠓都帶著相同的費洛蒙訊息：

她們進攻了。派遣援軍從東邊夾擊她們。準備祕密武器。

穿透雲層的第一道陽光帶來熱量，加速了發起攻擊的決定。現在是八點零三分，貝－洛－崗的軍團如狂風暴雨般襲捲而來，從斜坡往下衝，繞過野草，跳過礫石，數以百萬計的兵蟻高舉張開的大顎狂奔。場面相當驚人。

可是侏儒蟻並不害怕，她們早料到敵人會採取這種戰術。昨夜，她們已經在地下挖掘梅花排列的幾個大洞，把士兵塞進裡面，只有大顎突出地面；士兵的身體因此受到沙土保護。

侏儒蟻的這條戰線立即破壞了褐螞蟻的攻勢。聯邦大軍面對這些展現強勢武器的敵人束手無策，她們只能對空氣揮動大顎，卻切不斷敵人的腿，也扯不斷她們的腹錘。

就在此刻，駐紮在不遠處的施—蓋—埔步兵精銳部隊在一朵撒旦牛肝菌的蕈傘掩護下發起反攻，褐螞蟻腹背受敵。

要說貝—洛—崗大軍數以百萬計，施—蓋—埔大軍則是以千萬計。一隻紅兵蟻至少有五隻侏儒兵蟻招呼，這還不算那些蜷縮在一個個洞裡的兵蟻，任何行經她們大顎可及範圍的東西都會少掉一截。

戰鬥很快轉向對士兵較少的那邊不利。侏儒蟻從四面八方湧現，衝擊聯邦戰線，褐螞蟻潰不成軍。

九點三十六分，聯邦軍隊掉頭撤退。侏儒蟻釋出凱旋氣息，戰略完美奏效，連祕密武器都用不上！她們開始追擊這支逃命大軍，她們認為拉—秀拉—崗圍城之戰勝負已定。

但是侏儒蟻腿短，她們走十步，褐螞蟻只要跳一步。她們爬上罌粟花丘已經上氣不接下氣。這正是聯邦戰略專家所設想的，她們的第一次衝鋒就是為了這個目的：讓侏儒蟻的部隊離開盆地，在斜坡上與她們對陣。

褐螞蟻到達山脊，侏儒蟻軍團繼續她們極度混亂的追擊。到了上頭，只見一片荊棘叢林突然矗立在眼前。那是碎穀蟻的巨大鉗子。她們揮舞大顎，讓這副鉗子在陽光下熠熠閃亮，然後將它們放低，與地面平行，繼而衝向侏儒蟻。碎穀蟻，打碎種子，打碎那些矮子！

奇襲大獲全勝。施—蓋—埔邦民嚇呆了，她們的觸角因恐懼而僵直，像草坪一樣被修剪。碎穀蟻利用高低差的優勢，高速突破敵軍防線。每隻碎穀蟻底下是六隻玩得不亦樂乎的工蟻，她們是這些戰爭機器的履帶。透過砲塔和車輪之間完美同步的觸角通訊，這頭擁有三十六條腿和一對巨顎的野獸可以在千軍萬馬的敵軍陣中來去自如。

侏儒蟻只來得及瞥見千百頭如此的巨型怪獸落在她們身上，打穿她們，壓扁她們，碾碎她們。肥碩的大顎扎進成堆的螞蟻，啃了滿口又揚起，大顎上滿是血淋淋的腿和頭顱，像麥稈一樣碎裂開來。

全面恐慌。驚恐的侏儒蟻互相碰撞、踩踏，有的還互相殘殺。

貝－洛－崗的坦克就這樣「梳理」了侏儒蟻的步兵，在她們的衝鋒陣中戰勝她們。停。坦克已經回到斜坡上，依舊是直線對齊，無可挑剔，準備進行下一波輾壓。倖存者想要往上跑，但是上頭出現了第二列坦克陣線……正在向下推進！

兩路坦克會師，兩條平行線。每輛坦克前面都是堆積如山的屍體。這是一場大屠殺。

原本在遠處觀戰的拉－秀拉－崗邦民都出來為姊妹們助威了，最初的驚訝被此刻的熱情取代了，大家都釋放出歡樂的費洛蒙。這是技術與智力的凱旋！聯邦的工程技術從來不曾如此俐落地展現。

不過，施－蓋－埔還沒亮出王牌，她們還沒使出祕密武器。正常情況下，這武器的設計是為了驅趕圍城裡抵死頑抗的敵人，可是此刻詭譎的戰鬥讓情勢整個逆轉，侏儒蟻決定放手一搏。

祕密武器其實是被一種棕色植物刺穿的褐螞蟻頭顱。

幾天前，侏儒蟻發現了一名聯邦探險隊員的屍體，她的屍體會因為一種「鏈格孢菌」產生的壓力而爆裂。侏儒蟻的研究員分析了這個現象，發現這種寄生真菌會生出一種可以在空氣中飄浮的孢子，它們會黏在甲殼上，侵蝕甲殼，鑽進蟲子體內，然後繼續生長，直到蟲子的身體爆炸。

多麼可怕的武器！

而且保證使用安全無慮。因為這種孢子會附著在褐螞蟻的甲殼上，但卻完全黏不上侏儒蟻的甲殼。理由很簡單，因為這些怕冷的侏儒蟻已經養成在身上塗抹蝸牛黏液的習慣！而這種物質可以對抗鏈格孢菌。

貝－洛－崗或許發明了坦克，但是施－蓋－埔發現細菌可以用在戰場上。

一個步兵營出動了，帶著三百顆受感染的褐螞蟻頭顱，都是在拉－秀拉－崗的第一場戰役中收集的。

侏儒蟻把頭顱扔到敵軍陣中。碎穀蟻和她們的搬運者吸入致命的灰塵，狂打噴嚏。看到自己的鎧甲沾滿這種灰塵，她們驚慌失措。搬運者丟下她們的重擔，碎穀蟻被打回原形，露出行動遲緩的短腿，陷入恐慌，開始跟其他碎穀蟻猛烈推擠。潰不成軍。

十點左右，一陣突如其來的寒流將交戰雙方分開。沒有螞蟻可以在冰冷的氣流中戰鬥。侏儒蟻部隊趁機脫離戰場。褐螞蟻的坦克費了很大的勁才爬上斜坡。

雙方陣營清點死傷蟻數，估算戰損。這份臨時的資產負債表非常沉重，沒有人希望這場戰役是這樣的結果。

貝－洛－崗這邊已經鑑識出鏈格孢菌的孢子，決定犧牲所有被這種真菌感染的士兵，以免夜長夢多。

間諜飛奔回報：有一種方法可以對抗這種細菌武器，就是在身上塗抹蝸牛黏液。即知即行。只要犧牲三隻這種軟體動物（現在越來越難找到），每隻褐螞蟻都可以消災解厄了。

觸角接觸。褐螞蟻的戰略專家研判，再次發起攻擊時，不能只靠坦克了。在新的部署之中，坦克占據核心位置，不過現在一百二十個常備步兵軍團和六十個外籍步兵軍團要在兩翼鋪展開來。

全軍士氣重振。

阿根廷螞蟻：阿根廷螞蟻（Iridomyrmex humilis）於一九二〇年來到法國。牠們極有可能是那些載運夾竹桃的渡輪送來的，這些夾竹桃的用途是美化蔚藍海岸的海岸公路。

人們第一次提及這種螞蟻的存在是一八六六年，在布宜諾斯艾利斯（牠們因此而得名）。一八九一年，人們在美國紐奧良也發現了牠們的蹤跡。

牠們藏在阿根廷出口馬匹的褥草裡，接著在一九〇八年抵達南非，一九一〇年抵達智利，一九一七年抵達澳洲，一九二〇年抵達法國。

這種螞蟻最為人所知的，不僅是體型極小（讓牠跟其他螞蟻相較宛如小矮人），也在於牠們傑出的智力和好戰的侵略性。

阿根廷螞蟻在法國南部才剛站穩腳步，就對所有本土螞蟻發動了戰爭……並且戰勝了牠們！

一九六〇年，牠們越過庇里牛斯山脈，直到巴塞隆納。一九六七年，牠們越過阿爾卑斯山，一路流瀉到羅馬。後來，從一九七〇年代開始，阿根廷螞蟻開始向北遷徙。有人認為牠們是在一九九〇年代末的一個酷暑渡過了羅亞爾河。這些入侵者的作戰策略一點也不輸凱撒或是拿破崙。那時候，牠們必須面對兩種有點難對付的螞蟻：紅褐山蟻（在巴黎地區的南方和東方）和法老蟻（在巴黎的北方和西方）。

艾德蒙．威爾斯

罌粟花丘之戰勝負未決。施－蓋－埔城邦決定在十點十三分派出增援部隊。兩百四十個軍團的後備軍即將出發，去和第一次衝鋒的倖存者會合。專家為她們解釋了「坦克」的花招。觸角聚集，進行絕溝。一定有辦法對付這些怪傢伙……

約莫十點三十分，一隻工蟻提議：

碎穀蟻要靠搬運她的六隻螞蟻才有移動的優勢，只要切斷這些「活腳」就行了。

另一個想法也冒了出來：

那些怪傢伙的弱點是無法快速轉身。我們可以利用這個弱點，只要排成緊密的方塊，等那些怪傢伙衝鋒的時候，我們先散開讓她們通過，不要反擊，然後，趁她們還在衝，我們可以從背後襲擊，她們根本來不及轉身。

接著是第三個想法：

大家都看到了，那些腳的同步運動是透過觸角接觸完成的。只要切斷碎穀蟻的觸角，她們就不能再指揮她們的搬運者了。

所有的想法都被採納。侏儒蟻開始制定新的作戰計畫。

痛：螞蟻會痛嗎？先驗（a priori）而言，沒有。牠們沒有適合這個用途的神經系統。如果沒有神經，就沒有痛的訊息。這可以解釋為什麼螞蟻被截斷之後，截斷的部分有時會獨立於身體的其他部分繼續「活著」很長的時間。

痛的缺席促成了一個科幻小說的新世界。沒有痛就沒有恐懼，甚至可能沒有「自我」意識。長期以來，昆蟲學家傾向於這樣的理論：螞蟻不會痛，這是牠們社會凝聚力的起點。這解釋了一切，但也可以說是什麼也沒解釋。這個想法還有另一個好處：它消除了我們殺死螞蟻時的良心不安。

對我而言，一種不會痛的動物……這讓我非常害怕。

但這概念是錯的。因為被斬首的螞蟻會釋放一種特殊氣味。痛的氣味。所以是有事情發生了。螞蟻沒有神經衝動的電傳導，但是螞蟻有一種化學衝動。牠知道自己什麼時候少了一塊，牠會痛。牠以自己的方式在痛，這肯定跟我們的痛非常不同，但牠確實會痛。

艾德蒙・威爾斯
《相對知識與絕對知識百科全書》

十一點四十七分，戰鬥重啟。侏儒兵蟻排列緊密，長長的隊伍緩緩向罌粟花丘發起攻擊。

罌粟花之間出現了坦克的身影。信號一出，她們就從斜坡往下衝。褐螞蟻軍團和她們的傭兵在側翼蹦蹦跳跳，準備要幫這些巨型怪獸的工作收尾。

兩隊人馬的距離只剩一百顱……五十顱……二十顱……十顱！第一隻碎穀蟻與敵軍一接觸，就發生了非常令人意想不到的事。施—蓋—埔軍隊緊密的實線突然變成寬鬆的虛線。士兵轉換隊形，變成方塊。

每輛坦克都看到敵軍蒸發，眼前只剩一條空蕩蕩的廊道。沒有一輛坦克做出轉身撲殺侏儒蟻的反射動作。大顎對著空氣發出「喀嚓」聲，三十六條腿傻乎乎地暴走。

一股刺鼻的氣味蔓延開來：

砍斷他們的腿！

侏儒蟻立刻鑽進坦克下方殺死搬運者，接著火速抽身，以免被跌落的碎穀蟻壓碎。有些侏儒蟻大膽地跳進兩排三個搬運者之間，用單獨一支大顎刺破碎穀蟻坦露的腹部。液體流淌下來，碎穀蟻的生命容器滾落到地面。

還有一些侏儒蟻攀爬到這些巨型怪獸身上，切斷她們的觸角，然後跳車。

坦克一輛接一輛垮掉。沒有搬運者的碎穀蟻像久病不起的病人，寸步難行，任人宰割。

多麼恐怖又可笑的景象！碎穀蟻開膛破肚的屍體被六隻工蟻扛著跑，她們根本不知道出了事……被砍掉觸角的碎穀蟻則是眼睜睜地看著她們的「輪子」往不同的方向跑，四分五裂……

這樣的潰敗敲響了坦克技術的喪鐘。多少偉大的發明都是這樣從螞蟻的歷史上消失的，只因為破解之道發現得太快了！

在坦克側翼的褐螞蟻軍團和傭兵們失去屏障，原本安排在那裡撿麵包屑的，現在成了衝鋒敢死隊。可是因為碎穀蟻的屠殺行動太俐落，侏儒蟻的方塊隊形已經重新闔起，只要碰觸到這些方塊的邊緣，褐螞蟻就會被吸進去，被成千上萬貪婪的大顎拆成碎片。

褐螞蟻和她們的傭兵此刻只剩下撤退這條路了。她們在山脊上整隊，看著侏儒蟻緩緩向上發起攻擊，那些方塊依舊十分緊密。這景象太可怕了！

為了爭取時間，體型較大的士兵將礫石推落山丘。雪崩般的礫石幾乎沒有放慢侏儒蟻推進的速度。她們躲開路徑上的障礙，隨即歸回原位。很少侏儒蟻被石礫壓死。

貝－洛－崗軍團想盡辦法要脫離眼前的困境。有些兵蟻提議用古老的戰技。

何不乾脆用砲擊？在兩軍對峙的開始，我們確實很少使用蟻酸，那是因為在混戰當中，蟻酸殺死的朋友跟敵人一樣多，可是用來對付侏儒蟻那些緊密的方塊，效果應該會很好。

砲兵迅速就位，四條後腿穩穩站定，腹錘往前甩。這樣她們就可以從右到左、從上到下轉動，選擇最適合的角度射擊。

侏儒蟻此刻在正下方，看見成千上萬的腹錘突出了山脊，但是她們沒有立刻認出那是什麼。她們正在加速，為最後幾厘米的山坡衝刺。

攻擊！密集隊形！

敵方陣地裡只有一聲清脆的口令：

開火！

腹錘對準目標，將灼熱的毒液噴灑在侏儒蟻的方塊上。噗，噗，噗。黃色的毒液在空中呼嘯而過，毫不留情地鞭打著第一線的攻擊者。

觸角最先融化，滴在頭殼上，毒液繼續漫流，將胸甲融化，彷彿這些胸甲是塑膠做的。殉難者的屍體倒臥在地，形成一道細瘦的路障，侏儒蟻被絆得跌跌撞撞。她們很快就恢復了鎮定，她們被激怒了，以更凶猛的姿態攻向山脊。

山脊上，另一排褐螞蟻砲兵接替了先前的那一排。

開火！

方塊迸散開來，但侏儒蟻還是踩著癱軟的死者，繼續挺進。

第三排砲兵。吐膠蟻也在列。

開火！

這一次，侏儒蟻的方塊整個炸開了。整群整群的侏儒蟻在一灘灘的膠水裡掙扎。侏儒蟻也想派出一整排砲兵來反擊。砲兵往山頂前進，但她們只能倒著走，開砲之前根本沒辦法瞄準。她們得往上坡的方向抬起腹錘，但後腿根本無法站定。

開火！侏儒蟻發出口令。

她們短小的腹錘只射得出幾滴蟻酸。就算抵達目標，噴射的毒液也只會讓敵人發癢而不會穿透甲殼。

開火！

雙方陣營在空中交火，蟻酸時而相互碰撞抵消。施—蓋—埔軍團眼見成效不彰，決定捨棄火砲。她們認為只要繼續維持「密集步兵方陣」戰術就可以取勝。

密集隊形！

開火！總是創造奇蹟的褐螞蟻以此回應，又發射了新的一波蟻酸和膠水。

儘管射擊成效顯著，侏儒蟻還是抵達了罌粟花丘的山頂。她們的身影連成一條細長的黑色線條，散發著渴望復仇的氣息。

衝鋒。狂暴。破壞。

從此刻起，不再有任何「花招」。褐螞蟻砲兵不能再以腹錘噴射，侏儒蟻方陣也無法再維持密集。

蟻群。狂奔。匯流。

所有螞蟻都混在一起，推擠、排隊、奔跑、轉身、逃跑、衝刺、散開、集合、發動小攻擊、推、拖、跳、倒、安撫、吐膠、支持、發出熱氣嚎叫。處處都是殺機。所有螞蟻互相打量、格鬥，甲殼碰撞發出聲響，踩踏活生生的螞蟻，也踩踏那些動也不動的，她們繼續奔跑。每隻褐螞蟻至少要對付三隻憤怒的侏儒蟻。但由於褐螞蟻的體型大三倍，這樣的對決還算勢均力敵。

肉搏。氣味吶喊。霧狀的苦澀費洛蒙。

數以百萬計的大顎——尖銳的、鋸齒狀的、像軍刀的、像扁嘴鉗的、單鋒的、雙鋒的，沾滿毒性唾液、膠水、血——緊緊嵌在一起。大地在震動。

肉搏。

帶著小箭頭的觸角鞭打著空氣，阻止敵人靠近。長著細爪的腳像惹人厭的小蘆葦打在敵人身上。

捕抓。驚嚇。亂抓。

她們抓住對方的大顎、觸角、頭、胸、腹、腿、膝蓋、肘、關節刺毛、胸甲裂口、甲殼的凹處、眼睛。

然後這些身體搖搖晃晃，在潮濕的泥土裡翻滾。有些侏儒蟻爬上一朵無精打采的罌粟花，張開爪子，讓自己從上頭對準一隻碩大的褐螞蟻落下，刺破她的背部，一直穿透到心臟。

肉搏。

大顎劃破光滑的盔甲。

有隻褐螞蟻靈活地甩動觸角，彷彿同時擲出兩支標槍，她就這樣刺穿了十來個敵人的頭顱，甚至沒花時間去清理沾滿透明血液的槍桿。

肉搏。殊死戰。

地上很快就會出現無數被剪斷的腿和觸角，多到讓人以為自己走在一片松針地毯上。

拉－秀拉－崗的倖存者也加入了混戰，好像覺得死掉的螞蟻還不夠多。

有隻褐螞蟻被許多迷你攻擊者制住了，驚慌之下捲起腹錘，用蟻酸噴灑自己，結果殺死敵人的同時也殺了自己，她們全像蠟一樣融化了。

再往前，另一隻兵蟻一把扯斷對手的頭，同一時間，另一隻螞蟻正在扯斷她的。

一〇三六八三號兵蟻看到最前面幾排的侏儒蟻正往她的方向洶湧而至。她和她附屬階級的幾十名同袍一起，設法排成一個三角陣形，在遍地透明血液結成的凝塊之中，散發令侏儒蟻恐懼的氣息。三角陣形被衝破之後，她獨自對戰五隻身上沾滿心愛姊妹鮮血的施－蓋－埔邦民。

她們咬遍她全身。正當她盡全力反擊時，老兵蟻在競技廳裡給她的建議在耳邊重新響起：勝負在接觸之前早已決定。大顎或蟻酸噴射只是用來確認交戰雙方已經認定的優勢地位……一切都在腦中。妳必須接受勝利，妳完全無法抗拒。

這些話或許在對付一個敵人的時候有用，但是如果有五個敵人呢？此刻，她覺得五隻侏儒蟻當中，至少有兩個對手非常渴望獲勝，不惜一切代價。

就是那隻很有條理一直想切斷她胸廓關節的侏儒蟻，還有一隻正在扯她的左後腿。一股能量浪潮襲上來，她奮力一搏，觸角像尖刀插進其中一隻的脖子，然後她一記大顎橫掃，讓另一隻侏儒蟻也斃了命。

這時候，又來了一群侏儒蟻，把幾十顆感染鏈格孢菌的頭顱扔到戰場中央。可是因為每隻褐螞蟻都有蝸牛黏液的保護，孢子飄來飄去，最後還是從胸甲上滑落，然後懶洋洋地飄落在肥沃的土壤上。很顯然，今天不是新武器的好日子，大家都找到各自的破解之道。

下午三點，戰鬥進入高潮。空氣中瀰漫著一陣陣油酸，這是正在變乾的螞蟻屍體散發的特殊氣味。四點半，褐螞蟻和侏儒蟻——只要至少還有兩條腿可以站著的——繼續在罌粟花下桶破對方的肚子。對戰直到五點才停止，原因是一陣風雨預示著暴雨將至。看來，這麼多的暴力，連天空都受夠了。當然，也可能只是三月的驟雨來遲了。

倖存者和傷患撤離。總計：死亡蟻數五百萬，侏儒蟻占四百萬。拉－秀拉－崗重獲自由。

放眼所及，遍地死屍橫陳，有的斷了觸角，有的缺腿，有的被刺破胸甲，還有幾截駭人的軀幹不時晃動著吐出最後一口氣。到處都是透明的血液，像某種透明漆，還有泛黃的酸液結成的凝塊。

有幾隻侏儒蟻還陷在一大灘膠水裡，掙扎著想要重返城邦。但是在大雨落下之前，鳥兒很快就會來啄食她們了。

閃電照亮灰黑的雲層，照得幾具坦克的鎧甲閃閃發亮，碎穀蟻高傲的大顎依然挺立，彷彿這些陰鬱的利器還想刺破遙遠的天空。演員都退場了，雨水清洗著舞臺。

她滿嘴食物邊嚼邊說。

「畢爾斯海姆嗎？」

「喂？」

「嚼嗷嗷，嗷嗷嚼……你搞屁啊，畢爾斯海姆？報紙你看了沒？伽朗探員，是你們家的嗎？就是前幾天跟我講話還不說『您』的那個小夥子嗎？沒大沒小的，讓人一肚子火！」

打電話來的是警察局長索蘭芝．督孟。

「呃，是的，我想是的。」

「早就叫你讓他滾了，現在好了，死了才變成大明星。你根本就是瘋了！怎麼會派一個這麼沒經驗的菜鳥去辦這麼難辦的案子？」

「伽朗不是沒有經驗，他其實是我們很優秀的成員，只是我們太小看這個案子了……」

「可以解決問題的就是優秀的成員，會找藉口的就是糟糕的成員。」

「有些案子，就算我們當中最優秀的……」

「有一種案子，就算你們當中最糟糕的也只准成功。去地窖把那對夫妻救出來就是這種案子。」

「我很抱歉，但是……」

「你知道你可以怎麼道歉嗎，我的帥哥？你們可以回去那個地窖，把所有人都弄出來。你的英雄伽朗值得一場基督徒的葬禮。我想在月底之前讀到一篇讚美我們任務的報導。」

「還有……」

「還有這整件事！我要你閉上你的鳥嘴！在結案之前，不准對媒體走漏任何風聲。如果需要的話，有六名憲兵供你差遣，還有最先進的裝備。就這樣。」

「那如果……」

「如果你搞砸了，相信我，我會讓你領不到退休金！」

她掛了電話。

畢爾斯海姆探長知道如何對付所有的瘋子，除了索蘭芝。所以他只能乖乖思考下去地窖的計畫。

當人類……當人類害怕、快樂或憤怒時，他的內分泌腺體會製造一些只會對他自己的身體造成影響的荷爾蒙。這些荷爾蒙就在密閉的容器裡運轉。人的心跳會加速，會出汗，或是表情扭曲，或尖叫，或哭泣。這是他的事。其他人會不帶同情地看著他，也有人會懷抱同情，端看他們的心智而定。

當螞蟻害怕、快樂或憤怒時，牠的荷爾蒙會在體內循環，會離開牠的身體，然後進入其他螞蟻的身體。有了這些費洛—荷爾蒙（phéro-hormones）——又稱：費洛蒙——數百萬人可以同時尖叫和哭泣。感受別人經歷的事情，而且讓他們感受到我們所感受到的一切，應該是一種不可思議的感覺……

艾德蒙．威爾斯

《相對知識與絕對知識百科全書》

聯邦所屬的邦城一片歡騰。甜美豐盛的交哺，提供給精疲力竭的戰士們享用。不過，這裡沒有英雄，每隻螞蟻都完成了自己的任務；做得好或壞都沒關係，任務結束，一切歸零，重新開始。

傷口得用大口大口的唾液舔舐刷洗。有些天真的年輕螞蟻的大顎還夾著戰鬥中被扯斷的一兩條或三條腿，還找得回來也真是奇蹟。有經驗的螞蟻向她們解釋，這接不回去了。

地下四十五層的競技廳裡，士兵們為不在場的螞蟻重演了罌粟花丘之戰，一集接著一集。一半的士兵扮演侏儒蟻，另一半演褐螞蟻。

她們模仿了侏儒蟻對拉－秀拉－崗皇城發動的攻擊、褐螞蟻的衝鋒、跟地洞裡的頭顱作戰、敗逃誘敵、坦克上場、坦克被侏儒蟻的方陣擊敗、山丘的襲擊、砲陣、最後的大混戰……

大批工蟻跑來大廳看戲，對每一個回憶的畫面發表評論。其中有一點特別吸引她們的注意：坦克的技術。確實，工蟻階級功不可沒；在她們看來，這種技術不該放棄，我們必須學習更巧妙的運用方式，而不是只用在前線衝鋒。

在這場戰役的所有生還者當中，一〇三六八三號算是運氣不錯的，她只失去一條腿。如果有六條腿可用，失去其中一條沒什麼大不了，實在沒什麼好說的。五十六號雌蟻和三二七號雄蟻，因為具有生殖能力所以不能參戰，她們把她拉到牆角。觸角接觸。

這裡沒有問題吧？

沒問題，岩石氣味的兵蟻全都去戰鬥了。我們留下來，關在皇城裡，以防萬一侏儒蟻來到這裡。那邊呢？妳看到那個祕密武器了嗎？

沒有。

怎麼會沒有呢？不是說有一根會動的洋槐樹樹枝嗎……

一〇三六八三號說，她們唯一遭遇的新武器是凶殘的鏈格孢菌，但她們想出了破解之道。

這不可能是消滅第一支遠征探險隊的武器。雄蟻指出，鏈格孢菌需要一點時間才會致死。而且他很確定，他檢視過的死屍當中，沒有發現這種致命孢子的任何蹤跡。那會是什麼？

她們感到困惑，決定延長絕溝。她們真的很想把事情弄得更清楚，新的想法與意見沸騰：

既然那種武器可以徹底消滅二十八名探險隊員，為什麼侏儒蟻不拿出來用呢？她們不是想盡辦法要戰勝嗎？如果她們手上有這樣的武器，她們一定會大大方方拿出來用！會不會她們根本沒有？她們總是在祕密武器來襲之前或之後抵達，也許只是單純巧合……

這個假設非常符合拉－秀拉－崗的攻擊戰。至於第一支遠征探險隊，很可能是有人故意留下侏儒蟻通行證的痕跡，要讓蟻邦搞錯方向。做這種事，誰能從中獲利？如果侏儒蟻不是這些惡意攻擊的罪魁禍首，矛頭要指向誰呢？指向別人！排名第二的無情對手，褐螞蟻的世仇：白蟻！

這樣的懷疑並非空穴來風。最近，一直有來自東方大白蟻丘的零星士兵在渡河，聯邦狩獵區被入侵的次數也增加了。沒錯，一定是白蟻。她們設法挑起侏儒蟻和褐螞蟻之間的衝突。這麼一來，她們不費一兵一卒就解決了兩個對手。敵人被削弱之後，她們就等著接收蟻丘。

那些帶著岩石氣味的兵蟻呢？她們應該是為白蟻工作的間諜傭兵，事情就是這樣。

她們的共同想法在三顆腦裡因為不斷旋轉而精煉，想法越是精練，她們就越覺得謎樣的「祕密武器」持有者是東方的白蟻。

但是她們的會談被蟻邦通告全體的氣味打斷，絕溝於是結束了。城邦決定趁兩場戰爭之間的空檔，提前舉行「重生節」。時間就是明天。

所有階級各就各位！雌蟻和雄蟻到水壺廳補充大量的糖！砲兵到有機化學廳將腹錘灌滿蟻酸！

在離開夥伴之前，一〇三六八三號兵蟻丟出一個費洛蒙訊息：

快樂地交尾吧！別擔心，我這邊會繼續進行調查。當妳們在天上時，我將走上通往東方大白蟻丘的路。

她們才剛分開，兩名殺手——那個大塊頭和那個小瘸子——就出現了。她們刮擦牆壁，收集褐螞蟻談話飄散出來的費洛蒙。

在伽朗探員和消防隊員遭遇悲劇性的失敗之後，尼古拉被安置在距離錫巴里斯人街只有幾百公尺的孤兒院。

除了真正的孤兒之外，那裡也擠了一大堆被父母拒絕或毆打的孩子。人類確實是極少數能夠拋棄或虐待後代的一個物種。小小的人類在那裡度過艱難的歲月，接受用腳猛踹屁股的良好教育。他們長大了，變得堅強了。大多數後來就進入了軍人這一行。

第一天，尼古拉還沮喪地待在陽臺上望著森林。第二天，他就回歸有益身心的例行電視節目裡了。電視機安裝在食堂，舍監們很高興可以擺脫這些屁孩，只要任由他們在那裡變笨幾個小時。到了晚上，另外兩個孤兒尚恩和菲利普在宿舍裡質問他：

「你是出了什麼事？」

「沒什麼事。」

「少來了，說啦。哪有人在你這種年紀來這裡的。你先說你幾歲？」

「我知道他怎麼了。他爸媽好像被螞蟻嗑掉了。」

「誰跟你說這些廢話的？」

「某人，咧咧咧咧，如果你告訴我們你爸媽出了什麼事，我就告訴你是誰。」

「你們去死啦。」

比較壯的尚恩抓住尼古拉的肩膀，菲利普把他的手臂扭到背後。

尼古拉用力掙脫，手刀往尚恩的脖子砍下去（他在電視播的功夫電影裡看過這招），尚恩咳個不停。這時菲利普想要勒住尼古拉，尼古拉用手肘猛頂他的肚子，菲利普被擺平了，痛得跪在地上彎腰。尼古拉又回頭對付尚恩，往他臉上吐了一口口水。尚恩衝過去咬尼古拉的腿肚，咬到流血。三個小孩滾到床下，像要拚個你死我活。最後尼古拉居於下風。

「快說，你爸媽出了什麼事，不然就餵你吃螞蟻！」

這句話是尚恩在打鬥時無意間說出來的，他對自己的句子十分滿意。他把新來的室友壓制在地板的時候，菲利普跑去找了幾隻螞蟻——這種昆蟲在這裡並不罕見——然後在尼古拉的面前揮來揮去：

「來囉，這裡有幾隻油滋滋的！」

（說得好像螞蟻裹著堅硬甲殼的身體裡有厚厚的脂肪！）

接著他捏住尼古拉的鼻子，強迫他把嘴張開，然後一臉噁心地扔了三隻原本還有其他事情要忙的年輕工蟻進去。於是尼古拉有了他生命中的大驚喜——實在太可口了。

菲利普跟尚恩看他沒把那骯髒的食物吐出來都很驚訝，他們兩個也想嚐嚐看。

蜜露水壺廳是貝－洛－崗最近的一項創新。「水壺」技術其實是從南方的螞蟻那裡學來的。因為連年酷暑，南方的螞蟻不斷往北遷徙。

當然，正是在擊敗這些南方螞蟻的凱旋戰爭中，聯邦才發現了她們的水壺廳。戰爭是昆蟲社會的世界裡促進發明流通的最佳來源和媒介。

當下，貝－洛－崗軍團的士兵都呆住了，心想她們到底看到了什麼？那是一些注定一輩子倒吊在頂壁的工蟻，腹部腫脹，甚至比蟻后的肚子還大上兩倍！南方螞蟻解釋說，這些「犧牲」的螞蟻是活生生的大罐子，可以貯存花蜜、露水或蚜蟲蜜露，貯存量大到不可思議，而且常保新鮮可口。

總之，只要將「社會嗉囊」的想法推到極致，並且實際應用，最終就是「水罐蟻」的概念——而且還是實際應用。只要搔一搔這些活冰箱的腹部末端，裡頭珍貴的汁液就會一滴一滴，甚至大量地釋放出來。

還好有這個系統，南方螞蟻撐過了襲擊熱帶地區的大乾旱。她們遷徙時，隨身攜帶這些水壺，整趟旅程都維持完美的水分補給。據她們說，這些水壺跟蟻卵一樣珍貴。

貝－洛－崗邦民就這樣盜用了水壺技術，但她們最看重的還是這種水壺可以貯存大量食物，而且保存品質和衛生條件前所未見。

城邦的所有雄蟻和所有雌蟻都出現在水壺廳裡貯存糖和水。每個活生生的水罐前面都排著一列帶著翅膀的螞蟻。三二七號和五十六號一起飲用，然後分開。

等所有雄蟻和所有雌蟻都通過了，水罐蟻也空了。一大群工蟻趕緊給她們補充花蜜、露水和蚜蟲蜜露，直到她們癟掉的腹部恢復成閃閃發亮的小氣球。

一名舍監出現了，尼古拉、菲利普跟尚恩嚇了一跳，他們一起受了懲罰，三人因此成為孤兒院最好的朋友。

最常看到他們的地方就是食堂的電視機前面。這一天，他們在那裡看一部沒完沒了的連續劇《來自外星，我驕傲》。

看到劇情說到太空人抵達巨型螞蟻居住的星球，三個人開始大聲尖叫，用手肘互相頂來頂去。

「你好，我們是地球人。」

「你好，我們是來自乩古星球的巨型螞蟻。」

剩下的劇情實在不怎麼樣：巨型螞蟻有心電感應能力，牠們向地球人發送訊息，命令他們互相殘殺。但是最後一名倖存者明白了一切，放火燒毀敵人的邦城……

孩子們對結局很滿意，決定去吃幾隻甜螞蟻。但是，奇怪的是，這次抓到的已經沒有第一批的糖果味了。這幾隻的體型比較小，吃起來酸酸的，就像濃縮檸檬汁。呸！

這一切都必須在正午時分，在邦城的最高處進行。

黎明最初的溫熱降臨，一個個防禦用的土洞圍繞山頂構成一個圓環，砲兵們已經在裡頭完成了部署。她們的肛門朝天，排成一道防空屏障，因為那些鳥兒應該很快就要來了。有些砲兵將腹錘固定在樹枝之間，減緩發射的後座力。她們認為藉由這樣的固定方式，可以往同一方向發射兩到三發蟻酸而不會偏移太多。

五十六號雌蟻在她的廂室裡。沒有生殖能力的照顧者用防護唾液塗抹她的翅膀。*妳們有沒有去過大外界？*工蟻們沒回應。當然，她們已經出去過了，可是現在告訴她「外面到處都是樹和草」有什麼意義呢？再過幾分鐘，這位蟻后候選人自己就會知道了。想通過觸角知道世界是什麼模樣，這真是生殖蟻特有的任性！

工蟻們還是無微不至地照料著雌蟻。她們拉拉她的腿，讓腿變軟。她們強迫她歪一歪、扭一扭身體，讓胸廓和腹部關節發出喀喀的聲響。她們壓她的社會嗉囊，看她會不會吐出一小滴，藉此確認蜜露是不是餵到快要滿出來了。這種糖漿可以讓她持續飛行幾個小時。

好了，五十六號準備就緒。下一位。

公主配戴好她所有的行頭和所有的氣味，離開了廂室。三二七號雄蟻沒看錯，真是個大美女。她費勁地抬起翅膀。過去幾天，翅膀的成長速度真是太瘋狂了，現在它們又長又沉重，拖在地上……好像婚紗。

其他雌蟻也出現在廊道出口。在一百名少女圍繞下，五十六號已經來到穹頂的細枝裡了。有些過度興奮的雌蟻已經掛在枝椏上了；她們的四片翅膀被劃破、刺穿或整個被扯掉了。這些不幸的雌蟻不會再往更高處走，她們反正也飛不起來了。她們十分氣惱，往回走到地上五層。她們就像侏儒蟻的公主，無緣得知愛的飛行，只能關在一間密閉的大廳裡，傻乎乎地在地面繁殖。

五十六號雌蟻的翅膀完好無缺。她蹦蹦跳跳，從一根樹枝跳到另一根樹枝。她很小心不要摔倒，不要損壞她嬌嫩的翅膀。

一個走在她身邊的姊妹想進行觸角接觸。她想知道常常聽人說起的那些育種雄蟻會是什麼模樣。是像雄蜂還是像蒼蠅？

五十六號沒有回答。她想起了三二七號，想起「祕密武器」的謎團。一切都結束了。已經沒有工作小組了。至少對這兩隻生殖蟻是如此。整個案子現在都在一〇三六八三號的手上。

她開始懷念，開始回憶這些事。

逃脫的雄蟻跑進她的廂室……沒有氣味通行證！

她們的第一次絕對溝通。

她們和一〇三六八三號的相遇。

帶著岩石氣味的殺手。

在城邦地底的追逐。

密室裡滿滿的屍體，那些邦民原本會是她們的盟友。

隱翅蟲。

花崗岩裡的祕密通道……

她走著走著，往事的回憶湧現，她深感幸運。

其他姊妹在離開城邦之前都不曾經歷過這樣的冒險。

帶著岩石氣味的殺手……隱翅蟲……花崗岩裡的祕密通道……

瘋狂的事完全無法解釋，這些事跟個別的幾隻螞蟻有關，也跟很多螞蟻脫不了關係。是間諜傭兵在為白蟻工作？不可能，這絕對說不通，不會有那麼多間諜，她們的組織也不會那麼嚴密。

總而言之，還有一個地方完全不合常理：為什麼城邦的地底會有糧倉？是要拿來餵飽那些間諜的嗎？不可能，那足夠養肥幾百萬隻螞蟻……總不可能有幾百萬個間諜吧。

還有那個嚇人的隱翅蟲。牠是生活在地面上的昆蟲，不可能自己跑到地下五十層，所以牠是被運送過來的。問題是只要一接近這種昆蟲，就會被牠散發的氣味迷惑，所以呢，得要有個足夠強大的團隊，將這頭怪獸用柔軟的樹葉包裹起來，然後小心翼翼地把牠運送到地底。

她越想就越確定，這需要相當可觀的後援。事實上，如果認真面對這些事，仔細去觀察，就會發現蟻邦似乎有部分成員藏著一個祕密，為了保守祕密，她們不惜對自己的姊妹痛下殺手。

一些無法理解的事縈繞在腦海裡。她停下腳步。同伴們以為她是因為交尾飛行前情緒低落。這種事有時會發生，因為生殖蟻都非常敏感。她把觸角收攏到嘴邊，快速回想：一號探險隊被消滅，祕密武器，三十名結盟的軍團兵蟻死亡，隱翅蟲，花崗岩中的祕密通道，糧倉……

沒錯，事情就是這樣，她明白了！她逆向狂奔而去。希望還來得及！

教育：螞蟻的教育依照下列步驟進行。

——第一天到第十天，大多數年輕的螞蟻照顧產卵的蟻后。牠們照顧蟻后，舔牠，撫摸牠。蟻后的回報是用營養而且有消毒作用的唾液塗抹牠們。

——第十一天到第二十天，工蟻獲得照顧繭的權利。
——第二十一天到第三十天，工蟻監管和餵養最小的幼蟲。
——從三十一天到第四十天，工蟻一邊忙於家務和道路養護工程，同時也要繼續照顧蟻后和蛹。
——第四十天是個重要的日子。經判定擁有足夠經驗的工蟻有權離開城邦。
——第四十一天到第五十天，工蟻要當蚜蟲的守護者或收集蚜蟲蜜露。
——第五十一天到生命的最後一天，工蟻可以從事城邦螞蟻最熱中的工作：到陌生的地方去狩獵和探索。

注意：從第十一天起，生殖蟻不再需要強制工作。生殖蟻最常見的狀態是無所事事，禁止外出，待在牠們的專屬區域，直到交尾飛行的日子。

艾德蒙．威爾斯
《相對知識與絕對知識百科全書》

三二七號雄蟻也在做準備。在他的觸角溝通範圍裡，其他雄蟻的話題只有雌蟻。其實只有極少數雄蟻真的見過雌蟻，有的甚至只是在皇城廊道上驚鴻一瞥，多數都是幻想。他們想像雌蟻身上散發令人陶醉的香氣和銷魂的色情。

有一位王子聲稱曾經與雌蟻進行交哺，她的蜜露嚐起來像樺樹的樹汁，她的性荷爾蒙和切開的水仙花散發的香氣差可比擬。

其他雄蟻只能暗自羡慕。

三二七號可是真正嚐過雌蟻蜜露的滋味（多麼美的雌蟻！），他知道那和工蟻或水罐蟻的蜜露其實沒有任何不同。不過，他沒有加入他們的談話。

一個輕浮的想法從他的腦中掠過。他想要為五十六號雌蟻提供建造未來城邦所需的精子。如果他可以找到她……可惜她們沒有想到要約定某種識別費洛蒙，方便她們在蟻群裡會合。

當五十六號雌蟻來到雄蟻的大廳時，所有雄蟻都大吃一驚。來這裡觸犯了蟻邦所有的規定。依照規定，雄蟻和雌蟻的初次相見只可以發生在交尾飛行的時刻。這裡不是侏儒蟻的地盤，不可以在廊道上交尾。

那些渴望知道雌蟻是何模樣的王子從此不再有幻想了，他們不約而同地釋出敵意氣味，表示雌蟻不該留在大廳裡。

儘管如此，雌蟻還是在雄蟻們準備交尾的混亂中繼續前進。她推擠所有雄蟻，使盡全力散放她的費洛蒙。

三二七號！三二七號！三二七號，你在哪裡？

王子們毫不客氣地告訴她，沒有人會這樣選擇雄性交配對象！必須要有耐心，要相信緣分，要有一點羞恥心……

五十六號雌蟻最後還是找到了她的夥伴。他死了。他的頭被大顎俐落地斬斷了。

極權主義：人類對螞蟻很感興趣，因為他們相信螞蟻已經創造出一個成功的極權體系。誠然，從外部看，我們會覺得蟻丘裡的每隻螞蟻都在工作，每隻螞蟻都服從，每隻螞蟻都準備好要犧牲自己，每隻螞蟻都是一樣的。而人類的極權體系到目前為止都失敗了……所以有人想到要複製社會性的昆蟲（拿破崙的紋章不正是蜜蜂嗎？）。用一條全面的資訊淹沒整個蟻丘的費洛蒙，這就是今日通行全球的電視。人類相信，只要將他認為最好的提供給所有人，人類總有一天會走向完美的人性。

這不是萬物的意義。

大自然——我無意冒犯達爾文先生——並不會往至高無上的最優方向進化（順帶一問：優或劣的標準是什麼？）。

大自然從多樣性之中汲取力量。大自然需要好人、壞人、瘋子、絕望的人、運動員、長年臥床的病人、駝子、兔唇的人、同性戀者、悲傷的人、聰明人、低能的人、自私的人、慷慨的人、矮個子，高個子、黑人、黃種人、印第安人、白人……大自然需要各種宗教、各種哲學、各種狂熱、各種智慧……唯一的危險是這些物種當中有任何一個物種被另一個物種消滅。

我們已經看到，由最佳玉米穗（比較抗旱、比較抗霜凍、玉米粒又大又漂亮）的孿生兄弟們組成的基因改良玉米田，只要遭受一丁點病害就會在一夕之間覆滅。而由各種不同的玉米株形成的野生玉米田，每株都有各自的特殊性、弱點和變異性，這樣的玉米田永遠可以找到應付流行病的方法。

大自然厭惡一致性，喜歡多樣性。或許大自然的智慧就在這裡。

艾德蒙．威爾斯

《相對知識與絕對知識百科全書》

她拖著疲憊不堪的步伐走回穹頂。在廂室附近的一條廊道裡，她的紅外線單眼辨認出兩個身影——是帶著岩石氣味的殺手！那個大塊頭，還有那個瘸子！

她們快步向她直衝，五十六號用力拍打翅膀，跳到瘸子的脖子上。可是她們很快就制住她了。不過她們沒有將她處死，而是對她強制進行觸角接觸。

雌蟻非常憤怒。她問她們為何要殺死三二七號雄蟻，畢竟在交尾飛行之後，無論如何他都會死去。為什麼她們要殺害他！

兩名殺手試圖向她說理。她們說道，有些事不能等，而且要不惜代價。如果希望蟻邦繼續正常運作，有些見不得人的任務、有些低三下四的作為就必須完成。不要太天真……為了貝－洛－崗的團結，這麼做是值得的。而且如果這變成必要的事，就真的要提高警覺了！

難道，她們不是間諜？

不是，她們不是間諜。她們甚至聲稱自己是……蟻邦安全與健康的主要守護者。

公主喊叫出憤怒的費洛蒙。因為三二七號危害蟻邦安全！是的，兩名殺手回答。總有一天她會明白，她現在還很年輕……

明白，明白什麼？明白就在城邦內部，有組織超級嚴密的殺手聲稱要透過消滅「看到攸關蟻邦存亡之事」的雄蟻來拯救城邦。

瘸子低聲下氣為自己辯解。她的說詞是，岩香兵蟻是「對抗壞壓力的戰士」。好的壓力可以讓蟻邦進步，激勵蟻邦戰鬥。還有一些是壞的壓力，會導致蟻邦自我毀滅……

並不是所有的資訊聽起來都會很舒服。有些會引發「形而上」的焦慮，而這些焦慮還沒有解決的辦法。這時，蟻邦會憂心，但卻又感受到抑制，無力回應……

這對所有螞蟻都非常不利。蟻邦開始產生會危害自己的毒素了。蟻邦的「長期」生存比起認識「短期」現實更重要，如果有一隻眼睛看到大腦所知的，對身體其他部位有危害的東西，那麼大腦最好把那隻眼睛挖出來……

大塊頭也加入了瘸子，以充滿智慧的話語做了總結：

我們挖出眼睛，
我們切斷神經刺激，
我們阻絕了焦慮。

觸角繼續強制溝通，強調所有的機體都配備著這種平行安全機制，缺少這種機制的螞蟻會因為恐懼而死，或是因為無法克服令人焦慮的現實而自我毀滅。

五十六號雌蟻相當驚訝，但是並沒有改變立場。這些訊息費洛蒙確實很漂亮！但是就算她們想隱瞞祕密武器的存在也已經來不及了。所有螞蟻都知道拉－秀拉－崗從一開始就遭殃了，儘管就技術而言，這個謎團還是完好無缺……

兩名殺手依舊冷漠，但是並沒有放開五十六號雌蟻。至於拉－秀拉－崗，所有螞蟻都已經忘記了，勝利沖淡了好奇心。其實，只要在廊道裡聞一聞就知道，那裡根本嗅不出一絲毒素，在重生節的前夕，蟻邦一片祥和。

那她們究竟想要從她這裡得到什麼？為什麼要這樣架住她的頭？

在地下的樓層追逐時，瘸子發現的第三隻螞蟻，是一名士兵，她的編號是什麼？

原來，這是她們沒有立刻殺她的原因！雌蟻將兩隻觸角的尖端深深插進大個子的眼睛。天生失明無礙她感到痛苦至極。至於瘸子，她愣在那裡，幾乎鬆開了雌蟻。

雌蟻一邊跑，一邊拍動翅膀加速，翅膀揚起一片塵埃，讓追兵迷亂了方向。快，她得趕到穹頂。

死亡剛剛和她擦身而過。現在她將開展一段新的生命。

〈反對玩具蟻丘請願演講〉，由艾德蒙．威爾斯於國民議會調查委員會宣讀，摘錄如下：

「昨天，我在商店裡看到這些為孩子們準備的新款耶誕玩具。透明塑膠盒，裝滿泥土，裡頭有六百隻螞蟻，還保證有一隻繁殖力旺盛的蟻后。

我們可以看到牠們在工作、挖掘、奔跑。

對孩子來說，這很有吸引力。這就像是給了他們一座城市，差別只在於居民很迷你，就像幾百個會動的、靈巧的小公仔，而且還有自主能力。

坦白說，我自己也有類似的蟻丘。理由很單純，因為身為生物學家，我必須研究牠們。我把牠們安置在水族箱裡，再蓋上可以通風的紙板。

然而，每次來到蟻丘前，我都有一種怪異的感覺，彷彿我在牠們的世界裡是全能的，彷彿我是牠們的上帝……

如果我想剝奪牠們的食物，我的螞蟻全都會死；如果我突發奇想要造一場雨，我只要拿一杯水倒進灑水器，讓水灑落在牠們的城邦就可以；如果我決定提高牠們的環境溫度，就把牠們安置在暖氣的散熱葉片上；如果我想要綁架一隻螞蟻放在顯微鏡底下觀察，我只需要拿起鑷子，伸進水族箱；如果我心血來潮想要殺死牠們，也不會遭遇任何抵抗。牠們甚至不會明白發生了什麼事。我告訴你們，各位先生，我們被賦予的是一種過度的權力，可以去支配這些生物，而原因僅僅是因為牠們的體型微小。

我是不會濫用這種權力的。但我想像一個孩子……他也可以對這些螞蟻為所欲為。

我有時會有個愚蠢的想法：看到這些沙城，我心裡想：如果這是我們的城市？如果我們也被安置在某座監獄水族箱裡，還被另一個巨型物種監視？

如果亞當和夏娃是兩隻被放在人工環境裡的實驗室白老鼠，讓人「觀看」？

如果《聖經》說的被逐出伊甸園的故事只是換了一座監獄水族箱？

如果大洪水竟然只是粗心或好奇的上帝打翻的一杯水？

你們說不可能？請大家去了解實情吧……唯一的差別可能是我的螞蟻被囚禁在玻璃牆裡，而我們是被一種物理力量鎖住，那就是地心引力！

儘管如此，我的螞蟻還是設法切開了紙板，有幾隻已經越獄了。而我們人類則是成功發射了火箭，脫離了重力的牽引。

讓我們回到我的城邦水族箱。我剛才跟過各位說過，我是個寬宏大度、慈悲為懷，甚至有點迷信的上帝。所以我從不讓我的子民受苦。我不會對牠們做出我不希望別人對我做的事。

但是耶誕季節售出的成千上萬個蟻丘，會把孩子們變成無數的小上帝。他們也會像我一樣寬宏大度、慈悲為懷嗎？

當然，大多數孩子會明白，他們對一座城市負有責任，這賦予了他們權利，但也賦予了他們神聖的職責：餵養牠們、給牠們合適的溫度、不可以為了好玩而殺死牠們。

然而孩子們——我想到的特別是那些還沒有責任感的小小孩——他們承受著各種惱人的事：學習上的挫折、父母的爭吵、跟好朋友打架。他們一怒之下很可能忘記自己作為小上帝的職責，我不敢想像他們子民的命運……

我不是要求各位為了同情螞蟻或為了牠們的動物權利而投票通過這項禁止玩具蟻丘的法案。動物沒有任何權利：我們成群地繁殖動物，為的是犧牲牠們供我們食用。我只想請各位在投票支持這項法案的同時，想像我們可能是一個巨大結構的囚犯和研究對象。你們希望有一天，地球成為耶誕禮物，被送給不負責任的小上帝嗎？」

日正當中。

遲到的雄蟻和雌蟻擠滿了所有與城邦表層齊平的動脈。工蟻們推著這些生殖蟻，舔舐她們，鼓勵她們。

五十六號雌蟻及時隱入歡騰的蟻群裡。在這裡，所有氣味通行證都混成一團，沒有螞蟻認得出她的氣味。她任由自己被姊妹們的浪潮推擠，越爬越高，穿過一些從來不曾見識的區域。

突然，在一條廊道的轉角，她遇到她從沒見過的東西——白晝的光——起初只是牆上的一團光暈，但是很快就變成炫目的亮光。保姆們從前向她描述的那股神祕力量終於出現了。溫熱、柔和、美麗的光，承諾著一個童話般的新世界。

她的眼球不斷吸收原始光子，她覺得自己醉了，這感覺就像喝多了地上三十二層的發酵蜜露。

五十六號公主繼續前行。地上濺滿了難以應付的白點，她試著踩過這些發熱的光子。對一隻在地下度過童年的螞蟻來說，這樣的落差十分暴烈。

又是一個彎道。一束純淨的光迎面射向她，擴散成一個耀眼的圓圈，然後化成一片銀紗。光的轟擊迫使她後退，她感覺到光的顆粒進入眼睛，灼燒視神經，啃噬著她的三個腦。三個腦，這是祖先的古老遺產，每一環都有一個神經結，身體的每個部分都有一套神經系統。

五十六號逆著光子的風前進，她老遠就認出那些姊妹的身形，她們被太陽星體眩惑，看起來宛如鬼魂。

她繼續前行。甲殼變溫暖了。從前有人為她描述過千百次的這種光，是任何言語都無法形容的，必須親身體驗！她想到所有隸屬「守門蟻」這個附屬階級的工蟻，她們一輩子都關在城裡，永遠不知道外面的世界，也不知太陽為何物。

她進入光之牆，被投射到另一邊，到了城外。她的複眼漸漸適應，但是在此同時，她也感受到野外氣流帶來的陣陣刺痛。那是一種寒冷、流動、芬芳的空氣，跟她生活世界的溫馴氛圍完全不同。

她的觸角在旋轉，她發現很難隨心所欲控制觸角的方向，一股氣流的速度突然變快，將觸角壓到她的臉上。她的翅膀也被吹得噼啪作響。

在上頭，穹頂的最高點，工蟻們在那裡等她就位。她們抓住她的腿，將她舉起，往前推送到一群生殖蟻當中。數百隻雄蟻和雌蟻鑽動著，擠在一片狹窄的表層上。五十六號公主明白自己正在交尾飛行的起飛跑道上，不過得等待天候好轉。

可是外頭的風繼續肆虐，十幾隻麻雀已經發現這些生殖蟻。麻雀受到意外的獵物刺激，飛得越來越近。等牠們實在靠得太近，部署在穹頂環形陣地的砲兵就開始發射蟻酸，火力全開。

就在這時，一隻麻雀想試試自己的運氣，牠衝進蟻群抓起三隻雌蟻，立刻振翅高飛！膽大妄為的麻雀在爬升前就被砲兵擊落了；牠在草叢裡打滾，令人同情，滿嘴都還是獵物，心裡還抱著希望，想要抹掉翅膀上的毒液。

但願可以殺一儆百！確實，麻雀有點退縮了……但牠們不是笨蛋，牠們很快就會回來，再次測試城邦的地對空防禦。

掠食者：如果沒有擺脫狼、獅子、熊或非洲野犬等主要掠食者，我們人類的文明會是什麼模樣？肯定是一個憂心忡忡的文明，活在不斷的質疑之中。

羅馬人為了讓自己恐懼，會在澆酒祭神的儀式中送上一具屍體。所有人都會因此記得，沒有什麼是注定勝利的，死亡永遠隨侍在側。

但是時至今日，人類已經粉碎、消滅了所有能吃他的物種，把牠們放進博物館裡。所以只有細菌——也許還有螞蟻——會令他擔心。

相對的，螞蟻在文明發展的過程中，並未設法消滅牠的主要掠食者。結果這種昆蟲生活在永恆的質疑裡，牠們知道自己只走到半途，因為就連最愚蠢的動物也可以一腳踹毀千年經驗深思熟慮的成果。

艾德蒙·威爾斯

《相對知識與絕對知識百科全書》

風已經平息，氣流明顯減少，氣溫上升。在二十二度－時間，城邦決定放飛它的孩子。

雌蟻奮力拍打四隻翅膀，嗡嗡作響。她們準備好了，一切就緒。空氣中瀰漫的成熟雄蟻氣味讓她們性慾高漲，達到頂點。

第一批少女優雅地起飛。一百顆頭顱迎空升起，而且……都被麻雀吃了。沒留半個活口。

底下一片混亂，但是城邦不會這樣就放棄。第二波起飛。一百隻雌蟻當中，有四隻成功穿越鳥喙和羽翼的障礙。雄蟻出發，緊追在後，編列成緊密的空中隊形。這些雄蟻，麻雀留給他們生路，他們太瘦小了，麻雀不感興趣。

第三波雌蟻急速升空，衝向雲端。五十多隻鳥兒在路上攔截。大屠殺。無一倖存。鳥兒彷彿互通了訊息似的，越聚越多。現在天空裡有麻雀、烏鶇、知更鳥、燕雀、鴿子……嘰嘰喳喳的好不熱鬧。這也是牠們的節慶！

第四波升空。這次也一樣，沒有一隻雌蟻過關。鳥兒們互相爭鬥，搶食最肥美的一塊肉。

砲兵群情激憤，蟻酸腺火力全開，對空垂直發射。但是掠食者飛得太高，致命的毒液如雨滴般撒落在邦城，造成大量破壞和損傷。

有些雌蟻放棄了，她們受到驚嚇，判斷穿越鳥群無望，於是寧可往下走，和那些在穹頂意外受傷的公主一起回到大廳進行交尾。

第五波起飛，至高無上的犧牲已經就緒，雌蟻必須不惜任何代價穿越鳥喙的羅網！十七隻雌蟻過關，四十三隻雄蟻緊緊跟隨。

第六波：十二隻雌蟻過關！

第七波：三十四隻！

五十六號拍動翅膀，但她還沒有勇氣飛上去。一個姊妹的頭顱才剛剛落到她的腳邊，接著是一片羽絨無精打采地飄下來，預告厄運即將降臨。她想知道「大外界」是什麼模樣嗎？啊，現在，她已經不抱幻想了！

她會加入第八波飛上天際嗎？不會……而且她的決定是對的，因為這一波全數被消滅了。

公主害怕了。她的四隻翅膀嗡嗡作響，身體微微離地。好吧，至少翅膀飛得起來，沒有問題，只是頭……恐懼油然升起。她必須保持清醒，成功過關的機率非常低。

五十六號停止拍動翅膀。第九波的七十三隻雌蟻剛剛過關，工蟻們釋放出鼓舞人心的費洛蒙。希望重新降臨。她會在第十波起飛嗎？

就在猶豫的時候，她突然瞥見小瘸子和被她戳瞎的大個子殺手就站在不遠處。沒有選擇的餘地了，她立刻起飛。兩名殺手對空張開的大顎只能頹然闔起。就差那麼一步。

五十六號在城邦和鳥群之間停留片刻，隨即被第十波升空的雌蟻包圍。她隨著浪潮往上飛，和大夥一起衝向空中的羅網。身旁的兩隻雌蟻被啄走了，她則是意外逃過一隻山雀的巨爪。

純粹是運氣。

過關。十四隻雌蟻，在第十波升空中毫髮無傷。不過五十六號沒有太多幻想，她知道自己只通過了第一關的考驗，最困難的試煉還沒開始。她很清楚那些數據，一般來說，一千五百個飛升的公主當中，大約有十個可以順利著陸。即便是最樂觀的假設也只有四位蟻后可以成功建立她們的城邦。

有時……有時在夏天散步，我會意識到我差點踩到什麼像蒼蠅的東西，仔細一看，是一隻蟻后。如果有一隻，那就表示有上千隻。牠們在地上打滾，被人們的鞋子踩爛，或是撞上汽車擋風玻璃，無一倖免。牠們筋疲力盡，再也無法控制自己的飛行。在夏日的公路上被雨刷一掃就消失無蹤，有多少城邦就這樣毀了？

《相對知識與絕對知識百科全書》

艾德蒙・威爾斯

五十六號雌蟻揮動宛如彩繪玻璃的長翅膀，她感覺身後的羽翼之牆在第十一波和第十二波升空時再度閉起。可憐的姊妹們！再來五波雌蟻，城邦所有的希望就全數釋放完畢。

她沒再多想，她被無垠的蔚藍吸了進去。所有的藍都那麼藍！對一隻只有地下生活經驗的螞蟻來說，劃破長空的飛行真是太神奇了，她彷彿在另一個世界裡移動。離開狹窄的廊道，來到一個令人眩暈的空間，一切都在三度空間之中瞬間爆發了。

她靠直覺發現了飛行的各種可能性。把重量移到這隻翅膀，就會向右轉。改變拍打翅膀的角度，就會上升，或者下降，或者加速……她意識到要實現完美的轉彎，就必須將翅膀的一端固定在想像的軸線上，並且毫不猶豫地讓身體的傾斜超過四十五度。

五十六號雌蟻發現天空一點也不空。天空到處都是氣流。當然，有些「泵浦」會讓她上升；相反的，有些氣阱會讓她往下掉。這些氣流只能靠觀察前方昆蟲的動態來預判……

她很冷。高空的氣溫很低。有時，或冷或熱的氣流會造成旋風、陣風，讓她像陀螺一樣打轉。

一群雄蟻開始追趕她。五十六號雌蟻加速，只有速度最快、最頑強的雄蟻才追得上她。這是基因選擇的第一關。

她感覺到接觸，一隻雄蟻牢牢攀附在她的腹部，往上爬，奮力攀爬。他的體型很小，但是因為已經停止拍動翅膀，體重感覺頗有分量。

她往下掉了一點。雄蟻在她身上扭動著，避免被她拍動的的翅膀打到。雄蟻整個翻轉過來，彎曲腹部，讓自己的刺針抵到雌蟻的生殖器。

她好奇地等待這些感覺。美妙的輕扎襲上全身。這讓她起了一個念頭。她毫無預警地往前一翻，然後向下俯衝。太瘋狂了！心醉神迷！速度和性愛調配出她的第一杯交歡雞尾酒。

三二七號雄蟻的影像隱隱浮現在她的腦海。風在她眼睛的刺毛間呼嘯而過。一股辛辣的汁液讓她的觸角顫抖。有些思緒化成波濤洶湧的大海。各種奇怪的液體從所有腺體流出，混合成沸騰的湯汁，灌進她的腦裡。

她降落在草尖上，集中精神，再度振翅。現在她如飛箭般飆升。等她恢復穩定時，雄蟻已經不太舒服了。他的腿在顫抖，他的大顎無緣無故地開開合合。心臟停止。然後向下墜落……

大多數昆蟲的雄性基因編碼都會讓他們死於第一次性愛。他們只有一次機會，美好的一次。精子一離開身體，就一併帶走精主的生命。

螞蟻也是，射精會殺死雄蟻。其他物種是由雌性昆蟲動手，雌蟲一旦獲得滿足，就會屠殺授精者。理由很實在，因為激動令雌蟲胃口大開。

我們必須面對事實：昆蟲世界整體來說是一個雌性的世界，若要說得更精確，是寡婦的世界。雄性在這個世界只占了插曲式的一席……

可是已經有第二個授精者緊抓著她不放了。一個才走，另一個就來！然後是第三個，接著還有更多其他的。五十六號雌蟻沒再數下去，至少有十七或十八個輪番上陣，新鮮的精子才填滿了她的儲精囊。

她感到鮮活的液體在她的肚子裡沸騰。這是她儲存未來城邦居民的地方。數以百萬計的精子可以讓她每天產卵，一連十五年。

在她身旁，育種的姊妹們分享同樣的激動。天空裡滿滿的飛行雌蟻，身上趴著一隻雄蟻，或是幾隻雄蟻跟同一隻雌蟻交尾。性愛大隊懸浮在雲端。這些小貴婦沉醉在疲勞和幸福裡，她們不再是公主，而是皇后了。反覆襲來的快感幾乎讓她們昏厥，讓她們難以控制飛行的方向。

四隻雄壯的燕子選擇了這個時刻，在盛放的櫻花樹上現身。牠們不拍動翅膀，牠們不動聲色地在重重的天際滑行，令人毛骨悚然……牠們向這些有翅膀的螞蟻俯衝，鳥喙大開，一口就吞了幾隻，接著又是幾隻。五十六號也被追上了。

一〇三六八三號在探險隊員的大廳。她原本打算獨自潛入東方的白蟻丘繼續調查，但是有人邀她加入一個「屠龍」探險隊。據說卒碧－卒碧－崗城邦的放牧區發現了一隻蜥蜴的蹤跡，那裡是整個聯邦牧養最大量蚜蟲的地區——一共有九百萬隻蚜蟲可以採收蜜露！可是只要有一隻蜥蜴出沒，就會嚴重危害到畜牧活動。

巧的是，卒碧－卒碧－崗位於聯邦的東界，在白蟻城邦和貝－洛－崗的中間，一〇三六八三號於是同意跟遠征隊一起出發。這麼一來就不會有人注意到她離開了。

在她身旁，探險隊員們正在準備遠行所需的一切。她們將自己的社會嗉囊填滿高能量糖類儲備品，在腹囊裡灌滿蟻酸，然後用蝸牛的黏液塗抹身體，這樣可以抗寒，也可以預防鏈格孢菌的感染（現在她們知道了）。

大家都在談論獵殺蜥蜴的事，有些夥伴拿牠跟蠑螈或青蛙相提並論，但是三十二名探險隊員中的大多數都同意，「屠龍」的難度是其他狩獵行動望塵莫及的。

一位老隊員聲稱蜥蜴的尾巴被切斷之後，還會再長出來！所有螞蟻都嗤之以鼻……還有一位隊員則是信誓旦旦，說她看過一隻這種怪獸像石頭一樣動也不動，前後長達十度－時間。大家七嘴八舌說起第一批貝－洛－崗邦民赤手空拳用大顎跟這些怪獸對抗的故事——當時蟻酸的使用還沒有這麼廣泛。

一〇三六八三號的心裡一陣戰慄，她從來沒有看過蜥蜴，想到只用大顎或者即便可以用蟻酸噴射來攻擊蜥蜴，這樣的景象令她無法安心。她告訴自己，一有機會她就會溜走。畢竟「白蟻祕密武器調查」跟任何一種狩獵運動相比，前者對城邦的生死存亡來說重要得多。

探險隊準備就緒。她們從外環的廊道往上走，然後從七號門（也就是大家說的「東門」）離開城邦，進入陽光裡。

她們必須先越過城邦的郊區。這並不容易。貝－洛－崗的郊區擠滿大群工蟻和兵蟻，所有螞蟻都行色匆匆。

幾條隊伍川流不息。有些螞蟻背負著樹葉、果實、種子、花朵或蘑菇，有些螞蟻在搬運作為建材的細枝和石頭。還有一些螞蟻在運送獵物……沿途氣味蒸騰，蟻聲鼎沸。

狩獵隊員在擁擠的蟻群中開出一條路。接下來的交通就流暢多了，大路縮減成一條只有三顱（九毫米）寬的小路，再來是兩顱，再來是一顱。她們應該離城邦已經很遠了，已經感知不到城邦的集體訊息了。狩獵隊已經切斷它的嗅覺臍帶，同時正在組建成一個自治體。團隊成「散步」隊形，兩路並肩前進。

團隊很快就遇到了另一個團隊，也是探險隊。她們一定是遇上狠角色了，殘弱不堪的隊伍只有一個隊員毫髮無損，其他隊員都肢體不全，有些只剩一條腿，慘兮兮地拖著身體爬行，而那些缺了觸角或是腹部被截斷的，也沒有好到哪裡去。

打從罌粟花丘之戰結束之後，一〇三六八三號就沒再見過傷得這麼重的兵蟻。她們一定是遇到什麼可怕的東西……會不會就是祕密武器？

一隻大個子兵蟻走了過來，她長長的大顎折斷了。一〇三六八三號想跟她進行對話。她們從哪裡來？發生了什麼事？是白蟻嗎？

對方放慢速度，沒有回答，然後把臉轉了過來。非常嚇人，眼眶是空的！頭顱從嘴巴裂到脖子的關節處。

她看著她走遠。再往前，她跌倒了，沒再起身。她用最後的一點力氣爬到路旁，不讓自己的屍體擋路。

五十六號雌蟻試圖向下俯衝躲開燕子，但是燕子的速度比她快了十倍。一隻大喙已經蓋上她觸角的尖端，接著覆蓋她的腹部、她的胸廓，和她的頭顱，然後整個越過她。碰觸軟顎的感覺著實難以忍受，接著鳥喙闔起，一切都結束了。

犧牲：觀察螞蟻時，我們會覺得這種昆蟲似乎只受自身生命以外的外在野心驅使。一顆被砍下的頭顱依然試圖咬噬對手的腿或是割下一粒種子來發揮自己的功用；一個胸廓會使勁爬過去堵住入口，阻擋敵人前進。

犧牲小我？對城邦的狂熱？集體生活造成的愚行？
不，螞蟻也知道如何獨自生活。牠不需要群體，牠甚至可以反抗群體。
那牠為什麼要犧牲自己？
就我現階段的研究所知，我會說：是因為謙虛。對牠來說，牠的死不是一件足夠重要的事，可以讓牠放下幾秒前正在進行的工作。

艾德蒙．威爾斯
《相對知識與絕對知識百科全書》

探險隊員們繞過樹木、土丘和荊棘叢，繼續朝向不祥的東方前進。

路變窄了，但是還看得到負責道路養護工程的團隊。螞蟻從不忽視從一個城邦通往另一個城邦的道路。養路工蟻拔掉苔蘚，移開擋路的樹枝，用她們的杜氏腺體分泌物放置氣味號誌。

現在幾乎看不到跟她們反向而行的工蟻了。探險隊員有時會在地上發現指引方向的費洛蒙：「在二十九號路口，從山楂樹那邊過去！」這可能是敵營的昆蟲最後一次設下埋伏的地點。

行進時，一〇三六八三號看到的怪事一件接一件。她從來沒到過這個地區。這裡有八十顱高的撒旦牛肝菌！而這其實是西部地區的特有物種。

她還認出了惡臭的眼蝶，牠們的臭味會吸引蒼蠅、珍珠狀的馬勃蕈菇；她爬上一株雞油菌，愉快地踩著柔軟的蕈肉。

她發現了各種奇特的植物：野生大麻（它的花可以留住很多露水）、杓蘭（豔麗卻令人不安）、蝶鬚（它的梗好長）……

她走近一朵長得像蜜蜂的鳳仙花，她魯莽地碰了一下。說時遲那時快，熟透的果實就在她臉上炸開，黏稠的黃色種子撒了她滿頭滿臉！還好這不是鏈格孢菌……

她沒有退縮，又爬上一株毛莨海葵去觀察天空。她看到蜜蜂在上面做**8**字迴旋飛行，向姊妹們指示花粉的位置。

四周的風景變得越來越蠻荒，神祕的氣味在空氣中流動，數百種無法辨認的小生物四處逃竄，只能靠枯葉的噼啪聲確認牠們的位置。

一〇三六八三號回到地面跟部隊會合，她的頭還是又刺又癢。探險隊踩著平靜的腳步，就這樣來到聯邦女兒城卒碧－卒碧－崗的郊區。從遠處看，這座城就像個小樹叢，跟一般的灌木叢沒有兩樣，如果不是氣味和路徑標示，不會有人想到要來這裡找一座城市。事實上，卒碧－卒碧－崗是一座古典的褐螞蟻邦城，有個樹樁、有個細枝建造的穹頂，還有幾處垃圾場。只不過這些都隱藏在灌木底下。

城邦的所有入口都在高處，幾乎跟穹頂的最高點齊平，要穿過一叢蕨類植物和幾朵野玫瑰才能抵達。探險隊員就是這麼做的。

城裡生機洋溢。蚜蟲不容易看見，因為牠們的顏色跟葉子一樣。不過經驗豐富的觸角和眼睛可以輕而易舉地找到成千上萬的綠色小樹瘤在「啃」著樹液，而且慢慢長大。

很久很久以前，螞蟻和蚜蟲之間達成過一項協議：蚜蟲餵食螞蟻，螞蟻保護蚜蟲作為回報。實際的做法是，有些城邦會剪掉這些「乳牛」的翅膀，給牠們專用的氣味通行證。地面的牛群牧養起來更方便……

辛碧－辛碧－崗玩的就是這種把戲。為了贖罪，也或許單純為了現代化，城邦在地上二層建造了宏偉的牛欄，配備所有蚜蟲健康生活所需的舒適設施。保姆蟻在那裡照料蚜蟲卵，她們用心的程度跟照顧蟻卵的時候沒有兩樣。毫無疑問，這造就了當地非比尋常的畜欄數量，而且外觀非常優美。

一〇三六八三號和同伴們靠近了一群忙著吸食玫瑰樹液的蚜蟲。她們認真丟出了兩三個問題，但是蚜蟲埋頭在玫瑰花梗的肉裡，連理都不理。不過，或許牠們根本不懂螞蟻的氣味語言……探險隊員想要尋找放牧蟻的觸角，可是遍尋不獲。

然後可怕的事發生了。三隻瓢蟲墜落在牛群當中。這些可惡的野獸在可憐的蚜蟲之間播下恐慌，蚜蟲的翅膀已經被剪斷，來不及逃跑。

幸運的是，野狼把牧羊人也引了出來。兩隻辛碧－辛碧－崗的放牧蟻從一片樹葉後面跳出來。她們躲在那裡是為了好好給這些帶著黑色斑點的紅色掠食者一點驚喜，她們抬起腹錘瞄準，然後是精準的蟻酸砲擊。

接著她們跑去安撫依然驚嚇不已的那群蚜蟲。採集蜜露的工作開始了，她們敲打蚜蟲的腹部，撫摸他們的觸角，這時蚜蟲會分泌出一大團透明糖漿。珍貴的蜜露。就在辛碧－辛碧－崗的放牧蟻填裝蜜露的同時，她們看到了貝－洛－崗的探險隊員。

她們向她們打招呼。觸角接觸。

我們來獵殺蜥蜴，其中一位隊員釋放了訊息。

這樣的話，妳們必須繼續往東走。我們在瓜耶邑－提悠洛哨所的方向看過一頭這種怪獸。

放牧蟻並沒有依慣例為她們提供交哺，而是讓她們直接就著這些蚜蟲的身體進食。探險隊員也沒客氣，各自選了一隻蚜蟲就開始搔弄牠的腹部，採集美味的蜜露。

喉管裡面一片漆黑，散發著惡臭而且油膩膩的。五十六號雌蟻全身沾滿唾液，現在正滑進掠食者的喉嚨。掠食者沒有牙齒，所以沒有咀嚼她，她依然毫髮無傷。她不能放棄，如果她死了，等於整個城邦跟著消失。

她竭盡最大的努力，將大顎嵌入光滑的食道壁。燕子的反射動作救了她。燕子覺得不舒服，開始猛咳，把刺激性的食物噴得老遠。五十六號雌蟻雖然看不見，但她還是試著要飛，可是黏黏稠稠的翅膀實在太重，最後她掉落在一條河的中間。

幾隻垂死的雄蟻跌落在她附近。她偵測到上空出現不規律的飛行，那是在燕子過境之後倖存的二十位姊妹。她們筋疲力盡，開始往下墜落。

其中一隻落在睡蓮上，兩隻蠑螈立刻衝上去獵殺，抓住，然後撕成碎片。其他的蟻后，陸續被幾隻鴿子、蟾蜍、鼴鼠、蛇、蝙蝠、刺猬、母雞和小雞從生命遊戲裡淘汰……最終統計，一千五百隻升空的雌蟻，只有六隻倖存。

五十六號是其中之一。神蹟。她必須活下去。她必須創立自己的城邦，解開祕密武器之謎。她知道自己需要援手，她知道可以信任這群占據她腹部的朋友。只要把她們弄出來……

但是，首先，她得離開那裡……

她計算陽光的角度，知道自己的墜落點在東方的河上。這地方不太妙。因為即便全世界所有的島嶼都有螞蟻，但也沒人知道螞蟻是怎麼來到島上的——螞蟻根本不會游泳。

剛好一片葉子漂到伸手可及之處，她立刻用大顎緊緊扣住它。她瘋狂擺動後腿，但這種推進方式成效可悲。她就這樣在水面漂了好一會兒，漂到出現了一個巨大的黑影。是蝌蚪嗎？不是，黑影比蝌蚪大上一千倍。五十六號雌蟻看到的是一個形狀細長的東西，表皮光滑，有很多斑點。她從未見過。那是一條鱒魚！

甲殼類的小動物、劍水蚤、水蚤在怪獸面前四處逃竄。怪獸往下沉，然後又朝蟻后的方向升起，蟻后緊扣著葉片，驚恐莫名。

鱒魚使出全力，鼓動魚鰭，躍出水面。一道大浪把螞蟻拽住，鱒魚宛如懸浮在空中，牠張開長滿細牙的嘴，吞下一隻飛過的小蟲，接著尾巴一甩，又落回牠晶瑩剔透的宇宙……同時也掀起一陣浪潮，淹沒了螞蟻。

青蛙已經放鬆了四肢，潛入水中，準備為了爭奪蟻后和她肚子裡的魚子醬而戰。蟻后好不容易浮出了水面，但是一股渦流又把她吸回險惡的水底。青蛙緊追不捨。冰冷的水流凍得她全身僵硬，終於失去了意識。

尼古拉和他的新朋友尚恩和菲利普一起在食堂裡看電視。他們身邊圍坐著其他臉色紅潤的孤兒，任由連續不斷的畫面哄騙他們。

電影劇本以每小時五百公里的速度穿透他們的眼睛和耳朵，直通大腦的記憶。人腦可以儲存多達六百億條資訊，但是當這些記憶飽和時，就會自動進行清理，被判定最不值得關心的資訊就會被遺忘，只剩下造成創痛的記憶以及對昔日歡笑的追悔。

這天在連續劇之後，緊接著是一個關於昆蟲的談話性節目。大部分的小孩都散了，嘰哩呱啦的科學節目不會讓他們興奮。

「勒杜克教授，您和侯松費爾教授被認為是歐洲最偉大的螞蟻專家。是什麼原因促使您開始研究螞蟻？」

「有一天，我打開廚房櫃子的時候，一整排的這種昆蟲就出現在我眼前。我在那裡待了幾小時，看著牠們工作。對我來說，這是關於生命與謙卑的一堂課。我想要知道更多……如此而已。」

（他笑了。）

「您和另一位傑出的科學家侯松費爾教授有何不同？」

「啊，侯松費爾教授！他還沒退休啊？（他又笑了）對不起，我認真說，我們不是同一派的。您也知道，有好幾種方法可以來『理解』這些昆蟲……從前，我們以為所有的社會物種（白蟻、蜜蜂、螞蟻）都是保皇黨。看起來很簡單，但這是錯的。我們發現了，在螞蟻的世界，蟻后除了生育之外，其實沒有其他權力。螞蟻的政府甚至有各種各樣的形式：君主政體、寡頭政體、兵蟻三巨頭政體、民主政體、無政府政體……等等。甚至有時候，邦民如果對牠們的政府不滿意，就會造反，我們也目擊過城邦裡面的『內戰』」。

「太神奇了！」

「對我來說，對我追隨的『德國』學派而言，螞蟻世界的組織基礎主要是階級制度，還有一些比一般螞蟻有才能的社群首領的統治地位——牠們可以領導一群一群的工蟻……對侯松費爾來說，他是屬於『義大利』學派的，他們認為螞蟻都是發自本能的無政府主義者，沒有社群首領，也沒有比一般螞蟻更有才能的個體。而領導者也只是為了解決實際問題所以有時會自發性地出現，但這些領導者都是暫時的。」

「我不太明白。」

「這麼說吧，義大利學派認為任何一隻螞蟻都有可能成為領袖，只要牠有讓人感興趣的原創想法。而德國學派則是認為，掌握領導重任的永遠是具有『領袖特質』的螞蟻。」

「這兩個學派的差異這麼大嗎？」

「如果您想要知道的話，在重要的國際研討會上，這個議題曾經爭論到以打架收場。」

「這還是延續了日耳曼思想和拉丁思想之間古老的對抗，不是嗎？」

「不是，這比較算是『先天』派和『後天』派的門徒正面對決的戰鬥。我們是天生就傻還是後來才變傻的？這是我們試圖通過研究螞蟻社會來回答的一個問題！」

「那為什麼不拿兔子或老鼠來做這些實驗呢？」

「螞蟻提供了這個絕佳的機會，讓我們看到一個運轉良好的社會，一個由數百萬個體所組成的社會。這就像在觀察一個世界。就我所知，世界上並不存在由幾百萬隻兔子或老鼠組成的城市……」

旁邊的手肘頂了一下。

「你聽到了沒有，尼古拉？」

可是尼古拉沒在聽。電視上這張臉，這對發黃的眼睛，他以前看過。在什麼地方？在什麼時候？他在記憶裡搜尋。沒錯，想起來了。是那個做裝訂的。他說他叫做古涅，可是他和這個在電視上自吹自擂的勒杜克根本是同一個人。

這個發現讓尼古拉陷入思索的深淵。這個教授會撒謊，就是因為他想把百科全書據為己有，所以這本書的內容對於螞蟻研究一定很有價值。這本書一定在下面，一定在地窖裡，這就是所有人夢寐以求的東西——爸爸、媽媽，還有這個勒杜克，大家都在找這本書。一定要找出來，只要找出這本該死的百科全書，一切就會真相大白。

尼古拉站了起來。

「你要去哪？」

他沒有回答。

「我還以為你對螞蟻有興趣？」

他走到食堂門口，然後跑回自己的房間。他不會需要很多東西，只要那件像是幸運物的皮夾克，還有小刀和那雙膠底的大皮鞋。

穿過大廳的時候，舍監們連頭都沒抬。

他逃離了孤兒院。

從遠處看，瓜耶邑－堤悠洛就像是某種圓形的火山口，像個鼴鼠丘。「前哨站」是個迷你蟻丘，裡頭駐紮著一百隻螞蟻，只有四月至十月期間執行勤務，整個秋季和冬季都空蕩蕩的。

這裡的情況就跟原始螞蟻一樣，沒有蟻后，沒有工蟻，也沒有兵蟻。每隻螞蟻都是同時扮演所有角色。於是，大家批評起那些對巨型城邦的狂熱是毫不客氣的。她們嘲笑交通阻塞、廊道坍塌、祕密通道把城市變成被蟲蛀的爛蘋果、超級專業分工的工蟻已經不知道如何打獵、一輩子被囚禁在城邦出入口的瞎眼守門蟻……

一〇三六八三號檢視著哨所。瓜耶邑－堤悠洛由一座糧倉和一個寬闊的主廳構成。主廳的頂壁上打了一個洞，兩道陽光從洞裡透進來，照亮了幾十件掛在牆上的狩獵戰利品——空蕩蕩的甲殼。氣流讓它們發出嘶嘶的聲響。

一〇三六八三號走近這些五顏六色的屍體。一隻本地螞蟻過來輕撫她的觸角。她為一〇三六八三號逐一介紹這些漂亮的生物，都是靠各式各樣的螞蟻詭計獵殺的，昆蟲的身上覆滿蟻酸，這種毒液也可以防止屍體腐壞。

牆上非常用心地排列著各式各樣的蝴蝶和昆蟲，形形色色，無所不包。可是，這套收藏裡少了一種非常著名的昆蟲：白蟻的蟻后。

一〇三六八三號問她們跟白蟻鄰居之間有沒有任何問題？當地螞蟻舉起觸角表示驚訝。她停止大顎的咀嚼動作，一股沉重的嗅覺靜默籠罩下來。

白蟻？

當地螞蟻放低觸角，她沒有其他訊號要釋放了。無論如何，她還有工作要做，她正在把食物切碎，她已經浪費夠多時間了。

再見。

她轉身，準備跑走。一〇三六八三號不讓她走。

現在，當地螞蟻似乎徹底陷入恐慌，觸角微微顫抖。很顯然，白蟻這個詞讓她想起一些可怕的事，要拿這主題來對話似乎超出她的能力範圍。她往一群正在飲酒作樂的工蟻衝了過去。

這些工蟻用花蜜酒填滿自己身上的社會嗉囊之後，開始互相品嚐對方的腹部，形成一條頭尾相連的長鏈。

被派去哨站的五名狩獵隊員這時吵吵嚷嚷地進來了，她們的隊伍前面推著一隻毛毛蟲。

我們找到了這個。最神奇的是，這個會生產蜂蜜！

釋放這個消息的螞蟻用觸角末梢拍了拍俘虜，接著弄來一片葉子，等毛毛蟲一開始吃，她就跳到牠的背上。毛毛蟲仰起上身，但是徒勞無功。螞蟻把細爪插進毛毛蟲身體的兩側，牢牢抓住，轉身舔舐牠身體的最後一節，直到某種液體流出。

所有螞蟻都向她道賀。大家忙著從大顎到大顎傳送這種前所未見的蜜露。這種蜜露的滋味跟蚜蟲的不同，它更滑膩，回甘的感覺更明顯。正當一〇三六八三號在品嚐這種異國風味的佳釀時，一根觸角輕輕拂過她的頭。

聽說妳在打聽白蟻的事。

剛對她釋放費洛蒙的螞蟻，看起來非常非常老，甲殼上傷痕累累，都是大顎劃過的印記。一〇三六八三號將觸角收到後面表示同意。

跟我來！

她叫做第四〇〇〇號兵蟻。她的頭扁平如樹葉，眼睛極小。她釋放費洛蒙時，顫抖的氣息裡有微弱的酒氣。或許這是她堅持要在一個密不透風的小洞裡談話的原因。

別擔心，我們可以在這裡談談，這個洞是我的廂室。

一〇三六八三號問她對東方白蟻丘的了解有多少。對方展開她的觸角。

妳為什麼對這主題感興趣？妳不是為了獵殺蜥蜴才來的嗎？

一〇三六八三號決定坦誠相告。她告訴這隻年老的非生殖蟻，有一種無法理解的祕密武器被拿來對付拉－秀拉－崗的士兵。起初大家以為是侏儒蟻搞的鬼，結果事實並非如此。所以自然而然，嫌疑就落在東方白蟻這個第二號大敵的身上……

老螞蟻折起觸角表示驚訝。她從來沒有聽說過這個事件。她端詳了一下一〇三六八三號，然後問道：

妳的第五條腿是被祕密武器扯斷的嗎？

年輕士兵的回答是否定的。這條腿是在奪回拉－秀拉－崗的罌粟花丘之戰失去的。四〇〇〇號一聽立刻熱血沸騰。當時她也在那裡！

第幾軍團？

第十五軍團，妳呢？

第三軍團！

最後一次衝鋒，她們一個在左翼作戰，一個在右翼。她們交換了一些回憶。一場戰役總是有很多值得記取的教訓。譬如，四〇〇〇號從戰鬥一開始就留意到敵方使用小蠓傭兵當傳訊兵。依照她的說法，這是一種新型的長距離通訊方式，優越性遠高於傳統的「跑步傳訊兵」。

什麼都沒留意到的貝－洛－崗士兵由衷表示贊同，然後趕緊拉回她的主題。

為什麼沒人想跟我說關於白蟻的事？

老兵蟻走了過來，她們的頭互相摩擦。

這裡也發生了一些非常奇怪的事……

她的氣息暗示著神祕。非常奇怪，非常奇怪……這句話的嗅覺回音在牆上迴盪。

四〇〇〇號接著解釋，我們在東方的城邦已經好一陣子沒看過任何一隻白蟻了。她們過去利用莎苔港那邊的通道渡過大河，把間諜送往西方，這個我們知道，而且多少也掌握了那些間諜的行蹤。現在連間諜都沒了。什麼都沒有。

敵人的攻擊令人不安，可是敵人的消失更令人困惑。由於那裡再也沒有一絲一毫跟白蟻偵察兵的衝突，瓜耶邑－堤悠洛哨所的螞蟻決定輪到她們派出間諜了。

第一個探險小組離開了哨所，之後音訊全無。第二組接著出發，同樣無聲無息地消失了。當時大家想到的是蜥蜴或是一隻特別貪吃的刺猬，結果不是，如果是遭到掠食者襲擊，總是會留下至少一個倖存者——就算是受了傷。可是這次，士兵們簡直像被施了魔法，全數蒸發了。

這讓我想起一件事……，一〇三六八三號開始說。

可是老螞蟻沒打算讓人打斷她的故事。她繼續說了下去：在前兩次遠征探險失敗之後，瓜耶邑－堤悠洛的兵蟻們決定孤注一擲。她們派遣一個迷你軍團，成員是五百名全副武裝的士兵。這次有一隻螞蟻生還了。她步履蹣跚，撐過數千顱的路途，就在抵達家門時，在可怕的恍惚狀態中死去。

她們檢查了她的屍體，沒有發現一絲傷痕，觸角也沒留下任何戰鬥的痕跡。死亡似乎無緣無故地降臨在她身上。

妳現在明白為什麼沒人願意和妳談東方白蟻丘了吧？

一〇三六八三號明白了。重要的是，她很滿意，她確定自己沒有走錯路。如果祕密武器的謎團有解，解謎之路一定是經過東方白蟻丘。

全像攝影：人腦和蟻丘的共同點可以用全像攝影來比擬。什麼是全像攝影？就是被光雕刻過的膠片的疊加，把這些膠片集合起來，並且以特定角度照明時，產生的影像會有立體感。

事實上，全像攝影無所不在，卻又不存在任何地方。被光雕刻過的膠片集合起來，誕生了另一種東西，就是第三個維度：立體的幻覺。

我們大腦裡的每一個神經元、蟻丘裡的每一個個體都掌握全部的資訊，可是要讓意識得以浮現，要讓「立體思想」得以浮現，集體是必要的。

艾德蒙．威爾斯

《相對知識與絕對知識百科全書》

剛成為蟻后的五十六號雌蟻恢復了意識，她發現自己被困在一片遼闊的礫石岸上。可能是托了水流湍急之福，她才逃過青蛙的魔掌。她想要飛上去，可是翅膀還濕漉漉的，她只能耐著性子……她有條不紊地清洗觸角，然後聞一聞周遭的空氣。她到底身在何處？希望不是掉在大河的另一邊！

她以每秒八千次的頻率振動觸角。那裡有一些熟悉的臭味。太好運了：她在大河的西岸。可是，那裡沒有一絲路徑費洛蒙。她必須離中央城邦更近一些，她未來的城邦才能和聯邦連結起來。她終於飛起來了。向西方前進。她一時也飛不了太遠，因為翅膀的肌肉十分疲勞，她只能超低空飛行。

她們回到瓜耶邑—堤悠洛的主廳。自從一〇三六八三號開始想調查東方白蟻，大家就避之唯恐不及，彷彿她感染了鏈格孢菌似的。但她絲毫沒有動搖，一心想要完成使命。

在她身邊，貝—洛—崗邦民們正在和瓜耶邑—堤悠洛邦民進行交哺，她們讓對方品嚐剛採收的傘菌，瓜耶邑—堤悠洛邦民則是以野生毛毛蟲身上採集的蜜露作為回饋。

接下來是天南地北的氣息交流，不一會兒話頭就轉向了獵殺蜥蜴。瓜耶邑－堤悠洛邦民說，最近出現了三隻蜥蜴讓卒碧－卒碧－崗牧養的蚜蟲陷入恐慌。這些蜥蜴應該已經消滅了兩群數千隻蚜蟲和所有照顧牠們的放牧蟻……

曾經有過一段恐慌時期，放牧蟻只敢讓她們的牛群在枝椏裡受到保護的通道裡來來去去。不過多虧有蟻酸砲，她們成功擊退了三隻巨龍。兩隻逃得遠遠的，第三隻受傷了，從此定居在距離此地五萬顱的一塊石頭上。卒碧－卒碧－崗軍團已經切斷了牠的尾巴。此刻必須把握時間，在牠的力量恢復之前收拾牠。

蜥蜴的尾巴會長回來是真的嗎？一位探險隊員問道。她得到的答案是肯定的。

不過重新長出來的尾巴並不是同一條尾巴。就像城邦之母說的：妳永遠找不到跟妳弄丟的一模一樣的東西。第二條尾巴沒有椎骨，柔軟得多。

瓜耶邑－堤悠洛邦民還提供了其他資訊。蜥蜴對天氣變化非常敏感，甚至比螞蟻還敏感。如果牠們儲存了大量的太陽能，她們的反應速度就會非常驚人。反之，牠們覺得冷的時候，所有動作都會放慢。為了明天的進攻，有必要根據蜥蜴的這種特質來設定攻擊計畫。理想的情況是在黎明時分向蜥蜴發起衝鋒。夜晚會讓牠感到寒冷，牠會昏昏欲睡。

可是我們也會被凍僵！一位貝－洛－崗邦民大力提醒。

如果使用侏儒蟻的抗寒技術就不會了，一隻狩獵蟻提出反駁。我們可以填飽糖和酒來獲取能量，再用蝸牛的黏液塗在甲殼上，防止熱量太快從身體散發出去。

一〇三六八三號從一隻漫不經心的觸角接收到這些話。她想到白蟻丘的謎團，想到老兵蟻對她敘述的那樁無法解釋的集體失蹤事件。

她遇到的第一位瓜耶邑－堤悠洛邦民，也就是向她展示戰利品但拒絕談論白蟻的那位，此刻向她走來。

妳和四〇〇〇號談過是嗎？

一〇三六八三號點點頭。

那麼妳別把她說的話當一回事。就當作是跟一具屍體說話。她幾天前才被一隻姬蜂螫了……

姬蜂！一〇三六八三號不寒而慄。姬蜂是那種帶著長螫針的黃蜂，會在夜裡刺穿蟻巢，直到長螫針刺進一具溫熱的身體。姬蜂會將它刺穿，並且在裡面產卵。

這是螞蟻幼蟲最可怕的噩夢：一支從頂壁出現的注射器，摩摩挲挲尋找柔嫩的肉體，把牠的孩子們注入。然後這些小孩在宿主的機體裡默默成長，接著變成貪婪的幼蟲，從內部活生生地啃噬牠們的宿主。

噩夢揮之不去。這天夜裡，一〇三六八三號夢見一根可怕的管子在後面苦苦追趕，要把肉食性的管子嬰兒接種到她體內！

進出大門的密碼沒變。尼古拉還留著家裡的鑰匙，他只要撕掉警察貼上的封條就可以進入他家的公寓。自從消防隊員失蹤以後，這裡的東西沒人動過。地窖的門也還大喇喇地敞開著。

尼古拉沒有手電筒，只好做一支克難的火把。他先弄斷一根桌腳，再用皺巴巴的紙在頂端捏成一個密實的小皇冠，然後點火。木頭點燃很容易，火焰很小但很均勻，可以燒很久也可以挺得住氣流的吹拂。

他立刻往螺旋梯衝下去，一手拿著火把，一手拿著小刀。他心意已決，牙關咬緊，覺得自己踏上了英雄之路。

他往下走，往下走……樓梯不停地往下，不停地迴旋。他覺得這樣子似乎持續了幾小時，他開始餓了，冷了，但是心裡燃燒著要戰勝這一切的激情。

他的精神亢奮起來，加快腳步，開始在粗陋的拱頂下大吼大叫，一下子呼喚爸媽，一下又變成宏亮的戰士吼。他此刻的腳步有一種異於平日的自信，一步步飛奔而去，完全不受意識控制。

眼前突然出現了一扇門。他把門推開。門後是兩個老鼠部落正在戰鬥。尼古拉鬼吼鬼叫，手上的火把還冒著火星，老鼠們沒等他進門就四下逃竄了。

最年長的老鼠憂心不已。這段時間來訪的「大塊頭」數量大增，這意謂著什麼？但願這傢伙別放火燒了懷孕母老鼠的藏身之處！

尼古拉繼續往下走，他衝太快，根本沒看到老鼠……腳下一直是階梯，眼睛看到的全是奇怪的銘文——他當然不會去讀。突然一陣聲響（啪啪，啪啪），有個東西碰到他，是一隻蝙蝠抓住他的頭髮。太恐怖了。他想甩開牠，但蝙蝠似乎牢牢焊在他的頭上。他想用火把推開他，結果只燒掉三綹頭髮。他鬼吼鬼叫，繼續狂奔。

蝙蝠像頂帽子繼續留在尼古拉的頭上，吸了一點血之後才放開他。

尼古拉已經不覺得累了。他氣喘吁吁，心臟和太陽穴卜卜跳，簡直快要斷氣。突然他撞上了一堵牆，跌倒了，但他立刻爬起來，火把完好無損，他拾起火把在前面上上下下照著。

確實是一堵牆。而且，尼古拉認出來，是他父親帶下來的混凝土板和鋼板。水泥接合的痕跡還很新。

「爸爸，媽媽，你們在不在這裡，回答我！」

他們不在，那裡什麼都沒有，只有惱人的回音。可是，他應該離目的地已經不遠了。這堵牆，他可以發誓，這堵牆應該可以自己旋轉……因為電影裡都是這麼演的，而且這裡也沒有門。

這堵牆到底藏著什麼祕密？尼古拉終於找到了這個銘文：

如何用六根火柴棒做出四個等邊三角形？

銘文底下有個小鍵盤，上頭的按鍵沒有數字，只有字母。二十六個字母，可以組成回答問題的單詞或句子。

「必須用不同的方式思考。」他大聲說出這句話。他很驚訝，因為這句話自己從腦中浮現。他想了半天，不敢去碰鍵盤。然後，一種詭異的寂靜籠罩了他，那是一股巨大的寂靜，清空了他的所有思緒。但這股寂靜就這樣莫名地指引他一連輸入了八個字母。

機械裝置的吱嘎聲輕輕響起……牆壁動了！尼古拉興奮極了，他早有不顧一切的心理準備，他立刻往前走去。沒多久，牆又回到了原位；牆壁轉動引起的氣流吹熄了火把僅存的殘焰。

四周陷入最徹底的黑暗，尼古拉亂了頭緒，他反射性地想往回走。可是牆的這頭沒有密碼按鍵，回頭是不可能的。他的指甲被混凝土板和鋼板弄斷了。他父親的工作品質很好，不愧是專業的鎖匠。

乾淨：世界上有誰比蒼蠅更乾淨？蒼蠅永遠都在清洗身體，對牠來說，這不是義務，而是需要。如果牠的每一個觸角和複眼不是乾淨到完美的程度，牠就永遠定位不出遠處食物的位置，也永遠看不到往牠身上落下，要把牠打爛的那隻手。乾淨是昆蟲求生存的一個重要因素。

《相對知識與絕對知識百科全書》
艾德蒙・威爾斯

第二天，媒體的標題會是：

「受到詛咒的楓丹白露地窖再出狀況！又一人失蹤：威爾斯家唯一的男孩。警方無所作為？」

蜘蛛從他的蕨類植物頂端探頭俯瞰。他所在的位置非常高，先分泌出一滴絲液，黏在葉子上，再前進到樹枝末梢，然後往空中一躍。墜落持續很長的時間，絲線會一直拉伸，拉伸，然後乾燥、變硬，就在觸地之前拉住他。他差點就要像一顆成熟的漿果一樣摔爛——突如其來的寒流放慢了絲線硬化的時間，許多蜘蛛已經因此摔斷了身體。

蜘蛛晃動他的八條腿引發鐘擺運動，然後再把腿伸展出去，靠這樣反覆的操作，把自己送到一片葉子上。這將是他的蛛網的第二個錨點，他把絲線的末端黏在那裡。不過，只有一條繃緊的繩索其實成不了大事。他又在左邊定位出一個樹幹，跑過去搆到它。再跑過幾根樹枝，加上幾次跳躍，成了，骨架絲鋪設好了。將來要承受風壓和獵物重量的就是這些構成一個八角形結構的絲線了。

蜘蛛絲的成分是一種名為「絲蛋白」的纖維蛋白，它堅固和防水的特質已經毋庸證明。有些蜘蛛在吃飽喝足之後，可以吐出直徑兩微米、長達七百米的細絲，堅固的程度與尼龍線不相上下，延展性則是尼龍的三倍。

最厲害的是，蜘蛛有七種不同的腺體，每個腺體生產的細絲各有不同：一種是製作支撐網的骨架絲；一種是牽引用的絲；一種是用於中心蛛網的絲；一種是塗了膠的絲，用於快速捕捉獵物；一種是保護蜘蛛卵的絲；一種是建造防護所的絲；一種是包裹獵物的絲……

事實上，這些細絲是蜘蛛荷爾蒙的纖維延伸，就像費洛蒙是螞蟻荷爾蒙的揮發性延伸一樣。所以，蜘蛛生產他的牽引絲，讓自己可以附著在上面。要是有一點風吹草動，他就拉著牽引絲往下墜，毫不費力地脫險。不知他靠這招逃過多少次奪命的劫難？

接著蜘蛛會在八角形的中央交織四條細絲，這是億萬年來相同的做法……蛛網看起來開始有個樣子了。今天，他決定做一張乾燥絲的蛛網。塗了膠的細絲效果好得多，但是太脆弱了。所有塵土、所有枯葉的碎片都會黏在網上。乾燥絲的捕捉力比較差，可是至少可以撐到半夜。

屋脊的橫樑架好之後，蜘蛛會再加上十條輻射細絲，然後把中央螺旋的部分做到盡善盡美。這個部分是最過癮的。蜘蛛從一根懸著細絲的樹枝開始，從一條輻射細絲跳到另一條輻射細絲，緩緩接近核心區，慢到不能再慢，而且始終順著地球自轉的方向。

蜘蛛總是照著自己的方式做。世上沒有兩張蜘蛛網是一樣的，就像人類的指紋。

他必須收緊網眼。於是他來到蛛網的中心，放眼環視四周，細細打量自己用細絲打造的死刑臺，評估死刑臺堅韌的程度，接著在每條輻射細絲上踱步，用八條腿晃動這些細絲。這網子確實經得起考驗。

這個地區大多數蜘蛛都以75／12的結構打造蛛網。十二條輻射細絲填入七十五圈螺旋。但這隻蜘蛛比較喜歡以95／10的比例來構網，打造出一張細緻的蕾絲。

這種蛛網可能更顯眼，但也更堅固，而且因為用的是乾燥絲，所以細絲的用量不能省，否則昆蟲們只會大搖大擺，歇個腳就走……

然而，他屏著長長的一口氣做完的苦工，耗盡了他的力氣。他得吃東西，而且不能等了。這是個惡性循環。他餓了，因為他織了一張網，而正是因為這張網，他才有東西可以吃。

二十四隻細爪擱在那些主樑上，蜘蛛躲在一片樹葉下，耐心守候。他甚至不必靠那八隻眼睛當中的任何一隻眼，就可以感覺到空間，而且可以在細爪之中感知到周遭空氣最輕微的波動。這一切都要歸功於蛛網，它的靈敏度跟麥克風的振膜不相上下。

譬如，現在這種微小的振動是兩百顱外的一隻蜜蜂正在做**8**字飛行，向蜂巢的同伴們指示一片花田的方位。

而這種輕微的抖動一定是蜻蜓。真是美味啊，蜻蜓。可是這隻蜻蜓並沒有往正確的方向飛來，成為他的午餐。

大碰觸。有不速之客跳上他的絲網。是一隻想要不勞而獲的蜘蛛。強盜！在獵物出現之前，第一隻蜘蛛已經迅速將闖入者趕走。

沒錯，他的左後腳感覺到某種像蒼蠅的生物從東邊飛來，似乎飛得不是很快，如果不改變航向，看來是會準確地落入陷阱。

啪拉！命中。

是一隻有翅膀的螞蟻……

蜘蛛沒有名字，孤獨的生物不需要認得其他同類，蜘蛛靜靜地守候。年輕時，他曾經因為按捺不住自己的急切，而失去不少獵物。他以為任何被蛛網捕獲的昆蟲都注定要死。但是，接觸之後的成功率其實只有百分之五十，時間才是決定性的因素。

一定要沉得住氣，驚惶失措的獵物會被蛛網困得更牢。最高明的戰技，就是等待對手自我毀滅……這就是蜘蛛哲學千錘百煉的最高境界。

幾分鐘後，他靠過去檢視獵物。是個蟻后。來自西方的褐螞蟻帝國。貝－洛－崗。

他聽說過這個超級先進的帝國。數以百萬計的居民似乎變得極為「相互依存」，以至於不再有獨自覓食養活自己的能力！這究竟有什麼好處，進步又在哪裡？

貝－洛－崗的一隻蟻后……蟻后的手上掌握著那些無可救藥的入侵者的整個未來。他不喜歡螞蟻。他看過自己的母親被一大群紅編織蟻追趕……

他斜睨著那個不停掙扎的獵物。愚蠢的昆蟲，牠們永遠不會明白，牠們最大的敵人就是自己的恐慌。長翅膀的螞蟻越是想逃，就會被絲線纏得更緊……而且還會造成蛛網的破壞，這讓蜘蛛很氣惱。

五十六號這邊，憤怒之後是沮喪。她幾乎動彈不得。身體已經被緊緊裹在絲線裡，每動一下都會讓這件醜陋的束縛衣變得更厚。她不敢相信，自己度過了重重考驗，最後竟然這麼愚蠢，被困在這裡。

在白繭中誕生；在白繭中死去。

蜘蛛再次靠近，一路上順便檢查受損的蛛絲。因此，五十六號可以近距離看到一隻漂亮的橙黑色相間的動物，牠的八隻綠色眼睛鑲嵌在頭頂的皇冠上。她以前吃過這樣的東西。每個個體都有機會成為別人的午餐。這時，蜘蛛往她的身上吐出細絲！

捆紮永遠不嫌多，蜘蛛是這麼想的。接著他露出兩根令人不安的毒牙。其實，蛛形綱的動物不會殺害獵物，至少不是立刻。蜘蛛慢慢賞玩這些跳動的肉，不會立刻致獵物於死地，先用類似鎮靜劑的毒液讓獵物昏迷，之後再把獵物弄醒，一點一點地吃。這麼一來，蜘蛛就可以隨心所欲地吞吃在層層蛛絲包裹下保存良好的鮮肉。這樣的品嚐可以持續進行一周。

五十六號聽說過這種吃法。她不寒而慄。這比死了還慘。六肢被分批截斷……每次醒來，身上都會被扯掉一些什麼，然後又昏睡過去了。每次身上都會少一點什麼，直到終極提領的時刻，維生器官會被摘取，妳也終於進入永遠自由的睡眠。

還不如自我毀滅！為了逃離那些恐怖，為了不再看見逼近在眼前的毒牙，她得準備放慢心跳了。

就在這時，一隻蜉蝣撞上了蛛網，衝擊力道極猛，導致邊緣的蛛絲立刻將他捆綁起來，緊緊地……才羽化成蟲幾分鐘，再過幾小時就要老化死去，朝生暮死，轉瞬即逝，他必須快速行動，連四分之一秒也不能浪費。如果知道自己早上出生，晚上死去，你會如何填滿自己的人生？

蜉蝣才剛剛度過兩年的幼蟲期，就出發去尋找雌性來繁殖。這是對於永生的徒勞追尋，透過繁衍後代來進行。蜉蝣僅有的一天就被這種追尋占據了。他不想進食，不想休息，也不想惹麻煩。

蜉蝣真正的掠食者是時間。每一秒鐘對他來說都是一個敵人。相較於時間，可怕的蜘蛛只是個拖遲的因素，並不具備真正敵人的特質。

他感到老化這件事在身體裡跨著大步前進，再過幾小時他就要進入衰老期了。他完了。他這一生是白來了。這是多麼令人無法承受的失敗……

蜉蝣掙扎著。問題是碰上蜘蛛網的時候，動得越厲害就會被纏得越緊，可是如果都不動，也擺脫不了……

蜘蛛加入了戰局，他用細繩又繞了幾圈。現在他有兩個美麗的獵物了，明天編織第二張網所需要的蛋白質都有著落了。但是正當他準備再次讓獵物入睡時，他感覺到一種不同的振動，一種智慧的振動……哟……哟……哟哟哟……哟……哟……哟哟。是一隻雌蜘蛛！她走在一條絲線上，邊走邊敲，發出一個訊號：

我是你的，不是來偷你食物的。

這種振動方式！雄蜘蛛從來不曾感受過這麼色情的振動。哟……哟……哟哟哟……。啊，他受不了了，他跑向他心愛的蜘蛛（那是一個度過四次蛻皮期的少女，而他自己已經度過十二次了）。雌蜘蛛的體型是他的三倍大，但他就是喜歡大的。他指了兩個獵物給雌蜘蛛看，暗示她這是他們待會汲取能量的來源。

然後兩隻蜘蛛擺出了交配的姿勢。蜘蛛的交配相當複雜，雄蜘蛛沒有陰莖，只有某種生殖管。雄蜘蛛忙著建造標靶，那是一張小型蛛網，好讓他可以在上頭灑下雄性的配子。他把自己的觸肢在上頭沾濕，再塞進雌蜘蛛的受精囊裡。他這樣反覆做了好幾次，異常興奮，小美人也已經神智不清了，一時忍不住就抓起雄蜘蛛的腦袋咬了下去。

咬都咬了，不把他整個吃下去就太愚蠢了。好吧，完事了，她還是很餓。她撲向蜉蝣，讓牠的生命更短暫，接著轉向蟻后。看到毒牙時間又要開始了，蟻后驚慌失措，拳打腳踢。

五十六號的幸運真是無話可說，因為有個新的角色從遠方的地平線熱熱鬧鬧地登場了，情勢立即扭轉。這又是最近向北方飛來的一種南方昆蟲，說起來算是非常大的蟲子，是一種獨角甲蟲或犀角金龜。牠用力撞擊蜘蛛網的中央，把蛛網像膠一樣拉扯開來……然後把蛛網扯破了。95／10的結構很堅固，但也不可能承受這麼誇張的拉扯。美麗的絲織桌巾爆裂成一綹綹、一片片的細絲，在空中飄盪。

雌蜘蛛已經跳起來緊緊抓住牽引絲了。蟻后掙脫了白色枷鎖，小心翼翼在地面爬行，她飛不起來了。

可是蜘蛛已經開始關心別的事了。雌蜘蛛爬上一根樹枝，用絲線造了一個可以產卵的哺育房。等她的幾十個幼崽孵出來，他們最迫不急待要做的事，就是把他們的母親吃掉。蜘蛛就是這樣，他們不知道要說謝謝。

「畢爾斯海姆！」

他嚇得把聽筒扯開耳邊，彷彿那是一隻會螫人的蟲子。打電話來的是他的頂頭上司……索蘭芝·督孟。

「喂？」

「我已經下了命令，你卻什麼也沒做，到底在搞什麼？在等整個城市都消失在那個地窖裡嗎？我可不是第一天認識你，畢爾斯海姆，你整天只想偷懶！可是我這裡不收懶鬼！我要你在四十八小時以內解決這個問題！」

「可是，長官……」

「沒有什麼『可是，長官』！我派給你的人已經收到指令，明天一早你一起下去就行了，所有裝備都會送到現場。動一動你的屁股！真是要命！」

一股負面壓力湧上心裡。畢爾斯海姆的雙手在顫抖。他不是自由人。為什麼他要服從？為了逃避失業，為了不被社會排斥。此時此刻，他獲得自由的唯一方法就是去扮演流浪漢，而他還沒準備好要接受這個考驗。他對秩序和社會化的需求跟他不想服從他人意志的願望發生了衝突。一個潰瘍在戰場上誕生了——也就是說，在他的胃裡。他對秩序的尊重戰勝了他對自由的喜愛。於是他服從了。

狩獵隊藏身在一塊岩石後面，緊盯著蜥蜴。這隻蜥蜴有六十顱長（十八厘米）。牠的硬殼宛如礫石，泛綠的黃色當中布滿黑色的斑點，產生一種恐怖又噁心的效果。一〇三六八三號覺得這些斑點都是被蜥蜴屠殺的受害者噴濺的血跡。

果不其然，蜥蜴因為寒冷而遲鈍了。牠在行走，但是像在做慢動作；彷彿每隻腳落地之前都會猶豫一下。

陽光即將出現的那一刻，某種費洛蒙釋放了。

衝啊！向那頭野獸衝啊！

蜥蜴看到一群充滿攻擊性的黑色小東西衝向他，他緩緩起身，張開粉紅色的大嘴，伸出快速舞動的舌頭，鞭打離他最近的那些螞蟻，將牠們黏起、嚥入喉嚨裡，接著打了個小飽嗝，再以閃電雷霆的速度暴走。

她們少了大約三十名戰友，狩獵隊員們目瞪口呆，無法呼吸。以一個因為寒冷而麻木的動物來說，這隻蜥蜴的潛力真是出乎意料！

一〇三六八三號絕不是膽小鬼，但是她最早發出正確的提醒：對這種野獸發動攻擊是自殺行為。這座裝甲要塞似乎堅不可摧，蜥蜴皮是大顎或蟻酸都無法穿透的一種盔甲，而蜥蜴的體型、蜥蜴的活力，即便是在低溫之下，也讓這種動物擁有得天獨厚的優勢。

然而螞蟻沒有放棄。她們像一群袖珍的小狼循著怪獸的足跡狂奔而去。她們在蕨類植物下快步奔跑，一邊釋放出充滿威脅的費洛蒙，散放死亡的氣息。這暫時只能嚇跑那些蛞蝓，但是有助於螞蟻自我感覺勇猛而且刀槍不入。她們在幾千顱外發現蜥蜴黏在一棵雲杉的樹皮上，應該正忙著消化牠的早餐。

她們必須採取行動！等待的時間越長，蜥蜴獲取的能量越多！如果牠在寒風中已經如此敏捷，等牠補滿了太陽提供的熱能，會變成超強怪獸。廣場觸角大會。她們必須發動奇襲，於是她們規畫了作戰策略。

兵蟻決定從這隻怪獸頭上的樹枝向下墜落，她們想要咬牠的眼皮讓牠失明，她們也開始鑽牠的鼻孔。但是第一支突擊隊失敗了。蜥蜴惱怒的大腳一把刷過自己的臉，落隊的螞蟻都被牠吞進肚裡。

第二波攻擊已經發動。螞蟻們幾乎都在蜥蜴舌頭的可及範圍裡，可是出人意料的是，她們繞了一大圈……然後突然衝向蜥蜴斷尾的傷口。正如城邦之母說的：每個對手都有弱點。找到對方的弱點，全力攻擊。

蜥蜴的斷尾處爬滿了螞蟻，她們用蟻酸灼燒傷口，接著成群從燒裂的開口湧入體內，侵入腸道。蜥蜴痛得在地上打滾，四腳朝天，後腿亂蹬，前腿猛敲自己的肚子。千百處潰瘍無情地啃噬著牠。

就在這個時候，另一群螞蟻也在鼻孔裡站穩腳步，隨即以滾燙的蟻酸到處噴射，不斷將鼻孔擴大、挖深。

在鼻孔上方，眼睛也遭到攻擊。螞蟻爆破了兩顆軟軟的珠子，但事實證明眼窩是兩個死胡同；視神經孔太窄，無法讓她們借道抵達大腦，於是她們跑去跟那些已經從鼻孔鑽得老遠的隊伍會合……

蜥蜴扭絞著身體，把腳伸進嘴裡，想要壓碎那些正在鑽牠喉嚨的螞蟻。可是為時已晚。

在肺部偏僻的一角，四〇〇〇號遇到了她的年輕同袍一〇三六八三號。那裡頭很黑，她們什麼也看不見，因為非生殖蟻沒有紅外線單眼。她們接上對方觸角的尖端。

來吧，趁著姊妹們忙著要往東方白蟻丘出發，她們會以為我們在戰鬥中喪命了。

她們從原路出來，通過正在大出血的斷尾傷口。

明天，蜥蜴會被切成幾千條食用的肉片，有些會覆上沙子，運到卒碧－卒碧－崗；有些甚至會被運送到貝－洛－崗，然後有人會再創造出一整套史詩故事來描述這次狩獵。螞蟻文明需要靠武力來強化自信，征服蜥蜴是讓這文明特別安心的一件事。

雜交：如果有人認為蟻窩不會讓任何異邦的影響進入，那就錯了。誠然，每隻螞蟻身上都帶著所屬城邦的氣味旗幟，但這意謂的並非人類所理解「仇外」。

例如，如果在一個裝滿土壤的水族箱裡混合一百隻紅褐山蟻和一百隻黑褐毛蟻——兩種螞蟻各有一隻生育能力強大的蟻后。我們會發現，在幾次沒有死傷的小規模衝突和長時間的觸角討論之後，這兩種螞蟻開始一起建造蟻丘。

有些廊道適合紅褐山蟻的體型，有些適合黑褐毛蟻，但這些廊道交錯混合得很好。這證明了：沒有一個強勢品種的螞蟻會試圖將另一種螞蟻封閉在一個保留區——城邦的貧民區。

艾德蒙・威爾斯

《相對知識與絕對知識百科全書》

通往東方領土的道路還沒清理乾淨。對抗白蟻的戰爭阻礙了這個地區所有的和平進程。

四〇〇〇號和一〇三六八三號快步奔跑，她們走的這條路徑發生過不少小規模衝突。豔麗的毒蛾在空中繞著她們的觸角盤旋不去，她們沒辦法不擔心。

再往前走，一〇三六八三號覺得右腳底下似乎爬滿了什麼東西。後來她發現是蟎蟲——一種全身長滿尖刺和觸角、鬚毛和細鉤的微小生物——牠們成群遷徙，尋找塵土瀰漫的巢穴。一〇三六八三號被這景象逗樂了。同一個星球上竟然有塵蟎那麼小的生物，也有像螞蟻那麼大的。

四〇〇〇號在一朵花前面停了下來。她感到一陣劇痛。這一整天的時間，她們歷經各種艱辛，稚嫩的姬蜂幼蟲終於在老螞蟻的身體裡甦醒了。牠們應該是在用餐吧，開開心心地將刀叉戳進可憐老螞蟻的內臟。

一〇三六八三號湊過來幫忙，她在自己的社會嗉囊底部找出幾滴隱翅蟲蜜露。那是她在貝—

洛－崗地下通道的戰鬥結束時以鎮痛劑的名義收集的，數量極少。她處理得極為小心，以免自己受到這種美味的毒藥傷害。

喝下藥劑之後，四〇〇〇號的痛苦舒緩了。可是，她還想要再喝。一〇三六八三號想跟她講道理，但是四〇〇〇號不為所動，說她非得喝光她朋友肚子裡的珍貴藥劑不可，甚至不惜動武。正當她要一躍而起、大打出手的時候，她滑進了一個沙坑——蟻蛉布下的陷阱！

蟻蛉——或者說得更精確，是蟻蛉的幼蟲——頭部的形狀有如一把鐮子，可以用來挖掘這些著名的沙坑。挖好之後，牠們就把自己埋在坑裡，坐等訪客上門。

四〇〇〇號知道自己遇上了什麼，但是有點來不及了。理論上所有螞蟻都夠輕，一時失足還可以脫身。只是，老螞蟻還來不及開始往上爬，兩根長長的、布滿尖刺的大顎已經從沙坑底部冒出來，向她噴灑沙子。

救命！

她已經忘記那些強行入住體內的房客帶給她的痛苦，也忘了她跟隱翅蟲蜜露相見恨晚的遺憾。她害怕，她不想就這樣死去。

她用盡全力掙扎。可是蟻蛉的陷阱跟蛛網一樣，是針對獵物的恐慌設計的。四〇〇〇號越是七手八腳地想要爬上坑口，沙坡就越是塌陷，越把她往坑底拖……而蟻蛉就在底下對準她繼續噴灑細沙。

一〇三六八三號很快就明白了，如果出手相救，她很可能跟著陷進沙裡。於是她轉念去找一株夠長、夠結實的草。

老螞蟻分分秒秒都是煎熬，她發出一聲氣味吶喊，在近乎液體的細沙裡越踏越用力，下沉的速度也因此加快，距離大顎只有五顱之遙了。近看的時候，這副剪刀真是嚇人，兩根長長的弧形大顎，上頭分布著幾百顆尖利的小牙，末端的尖刺像支錐子，可以毫不費力地鑽透任何螞蟻的甲殼。

一〇三六八三號終於再度現身，她從沙坑邊緣將一朵雛菊遞給她的同袍。快！老螞蟻抬腿緊緊抓住花梗。但是蟻蛉沒打算放棄獵物，牠狂亂地向兩隻螞蟻噴灑細沙。她們什麼也看不見，什麼也聽不到。蟻蛉拋擲的礫石在甲殼上彈起，發出陰沉的聲響。四〇〇〇號半身埋在沙裡，繼續往下滑。

一〇三六八三號使勁硬撐，大顎緊緊夾住花梗。她絕望地等待另一頭出現晃動。就在她決定放棄的那一刻，沙裡冒出了一隻腳……得救了！四〇〇〇號終於跳出了絕命坑。

坑底，貪婪的鉗子喀嚓喀嚓發出憤怒與失望之聲。蟻蛉需要蛋白質才能蛻變成蟲。牠還要等多久才會有下一個獵物滑下沙坑？

四〇〇〇號和一〇三六八三號把身體清洗乾淨，進行了許多回合的交哺。這一次，菜單上沒有隱翅蟲蜜露。

「早安，畢爾斯海姆！」

她向畢爾斯海姆遞出一隻綿軟的手。

「是的，我知道，你在這裡看到我會很驚訝。不過這案子拖了這麼久，越拖越慘，連署長都開口說話，說是希望可以圓滿破案。我看接下來就是部長了。所以我決定親自出馬……你好了沒，別那張苦瓜臉行不行，我逗你的，畢爾斯海姆，你的幽默感到哪裡去了？」

老探長不知道該說什麼。十五年來都是這樣。跟她說話的時候，「當然是這樣」根本派不上用場。他想要狠狠瞪她，可是他的目光被一綹長髮擋住了。紅髮，染的。這就是時尚。局裡盛傳，她想讓大家相信她是天生紅髮，好讓她身上濃烈的體味有個合理的解釋……

索蘭芝・督孟。進入更年期之後，她變得非常尖酸刻薄。照理說，她應該要補充一點女性荷爾蒙，可是她太怕發胖——誰都知道，荷爾蒙會把水分留在身體——所以她咬著牙，讓旁人去忍受她變老所引發的各種難搞。

「妳來這裡做什麼？妳也想下去嗎？」探長問道。

「開什麼玩笑，老兄！我不去，要下去的是你。我呢，我待在這裡，我全部安排好了，我的保溫水壺和無線電對講機。」

「如果我們遇上麻煩怎麼辦？」

「你怎麼這麼膽小，立刻就想到最糟的情況啊？我說過了，我們會用無線電聯繫，只要發現一點點不對勁，就馬上回報，我會採取必要的措施。而且，老兄，我們幫你想得可周到了，你會帶那些棘手任務專用的最新裝備下去。你看：你會有一條登山繩，幾支步槍。喔，差點忘了還有這六個年輕力壯的小傢伙呢。」

她指了指一旁立正站好的憲兵。畢爾斯海姆咕噥著說：

「伽朗帶了八個消防隊員下去，對他也沒什麼幫助……」

「可是他們沒帶武器也沒有無線電！好了，畢爾斯海姆，別再擺那張苦瓜臉給我看了。」

他不想再反抗了。權力遊戲和威嚇讓他覺得很煩。對抗索蘭芝只會讓自己變成督孟。她的存在就像花園裡的雜草，你得試著在不被她污染的情況下生長。

探長畢爾斯海姆有所覺悟，穿上探勘洞穴的防護衣，把登山繩繫在腰上，對講機扣在斜背的肩帶上。

「如果我沒上來，我想把所有財產都捐給警察遺孤。」

「你廢話太多了，我的好畢爾斯海姆。你會上來的，我們再一起開慶功宴。」

「如果萬一我沒上來，有些事我還是想告訴妳……」

索蘭芝皺起眉頭。

「好了，別再孩子氣了，畢爾斯海姆！」

「我是想告訴妳……總有一天，我們都會為自己的惡行付出代價。」

「哇，你現在講話這麼玄啊！不是的，畢爾斯海姆，你錯了，我們不會為自己的惡行付出代價！就像你說的，可能有一個『好上帝』，但是祂根本懶得理我們！而如果你活著的時候沒有好好享受人生，你死了就沒辦法再享受了！」

她冷笑幾聲，然後走近畢爾斯海姆，近到兩個人就要碰上了。畢爾斯海姆屏住呼吸。氣味真是難聞，不過反正他到地窖裡就要吸到飽了……

「可是你不會這麼快死。你得解決這個案子。你死了有什麼用？」

氣惱的情緒把探長變成孩子，他像個被偷走塑膠釘耙的小孩，明明知道永遠拿不回來，卻還是發出微弱的咒罵。

「當然有用，我死了就是『妳的』調查失敗。就像妳說的，大家會看到妳『親自出馬』的結果。」

她靠得更近了，彷彿就要吻上畢爾斯海姆的嘴。結果沒有，她只是從容不迫地噴出了一點口水：

「你不喜歡我，是嗎，畢爾斯海姆？沒有人喜歡我，我不在乎，而且我也不喜歡你。我不需要有人喜歡。我要的是大家怕我。不過，你必須知道一件事：如果你在底下掛了，我根本不會覺得怎麼樣，我會再派第三隊人馬下去。如果你真的要整我，你得打贏活著回來，到時我可就對你感激不盡了。」

他什麼話也沒說。看著時髦髮型底下的白色髮根，他的心情平靜多了。

「我們已準備就緒！」一名憲兵舉槍行禮。

所有人都用繩子串在一起。

「ＯＫ，我們走吧。」

他們向三個負責在地面聯繫的警察打了個手勢，接著就衝進地窖。

索蘭芝．督孟在放著無線電接收器的辦公桌前坐下。

「祝你們好運，快去快回！」

Troisième Chapitre

三次遠征

TROIS ODYSSÉES

終於，五十六號找到了建造城邦的理想地點。那是一座圓圓的山丘。她爬了上去，丘頂可以看到最東邊的城邦：卒碧－卒碧－崗和戈蘆碧－荻烏－崗。正常來說，要跟聯邦的其他女兒城聯繫，應該不會有什麼問題。

她檢視了附近一帶，土壤略硬，呈灰色。這位新蟻后想找個土壤比較軟的地方，可是到處都挖不下去，她乾脆將大顎插進土裡，想挖掘她的第一間育種室，這時出現了一種奇怪的震動，像是地震，但震動的範圍太小，成不了真正的地震。她再次將大顎戳進土裡。震動又開始了，而且震得更厲害；山丘隆起，向左側滑動……

在螞蟻的記憶裡，不尋常的事已經見怪不怪了，但是一座活生生的山，還真是沒見過！這座山劈開高聳的野草，壓碎灌木叢，快速衝了過來。

五十六號受到驚嚇還沒回神，已經看到第二座小山向她逼近了。這是什麼魔法？她來不及走下山丘，只能被迫捲入這場牛仔騎野馬的競技；而其實這是山丘在示愛。現在，兩座山丘正在調情，一點也不知羞……更糟的是，五十六號所在的這座山丘是母的，另一座正緩緩爬到這座的上頭。一顆石頭般的頭顱緩緩出現，一個可怕的怪物頭像張開了嘴。

夠了！年輕的蟻后決定放棄在這裡建立城邦。她從高地滾落，她知道自己是從何等的險地脫身。這兩座山丘不只有頭，還有四隻帶爪的腳和小小的三角尾。

這是五十六號第一次看到烏龜。

陰謀家的時代：人類最普遍的組織體系如下：「行政人」這個複雜的層級（有權力的男人和女人）指導人數較少的一群「創意人」——或者更確切地說，是管理他們。而「商業人」則以分工之名將工作成果據為己有。行政人、創意人、商業人，這是今日對應工蟻、兵蟻和生殖蟻的三個階級。

史達林和托洛斯基這兩位二十世紀初的俄羅斯領導人，他們之間的鬥爭完美演示的是：一個有利於創意人的體系如何過渡到一個有利於行政人的體系。托洛斯基這位數學家，一手建立了蘇聯紅軍，卻被史達林這個陰謀家趕下臺。歷史就這樣翻過了一頁。

如果我們知道如何吸引群眾、聚集屠夫、提供假訊息，這比起有能力生產新的概念或物品，更能讓我們在社會階層中有更好、更快的進步。

艾德蒙．威爾斯

《相對知識與絕對知識百科全書》

四〇〇〇號和一〇三六八三號重新走上通往東方白蟻丘的氣味路徑。她們在路上遇到幾隻忙著推糞球的糞金龜，還有一些小到幾乎看不見的螞蟻探險隊員，也有另一種探險隊員，體型大到幾乎可以擋住兩隻兵蟻的身形……

世界上有一萬兩千多種螞蟻，每一種都有自己的形態。最小的螞蟻只有幾百微米，最大的長達七厘米。褐螞蟻的排名在中間。

四〇〇〇號似乎終於找到正確的方向了。她發現還是要越過這片青苔，爬上那叢洋槐，從水仙花下穿過去。正常來說，就在那個枯樹幹的後面。

確實，只要過了那個樹樁，她們就可以越過一大片鹽角草和沙棘看到東方大河和莎苔港。

「喂，喂，畢爾斯海姆，收得到訊號嗎？」
「收到。」
「一切順利嗎？」
「沒問題。」
「繩索長度顯示你們已經推進四百八十公尺了。」
「很好。」
「有看到什麼了嗎？」
「沒什麼可以報告的，只有石牆上刻了一些銘文。」
「什麼樣的銘文？」
「就一些很深奧的句子，要我唸一段給妳聽嗎？」
「不用，我相信你說的……」

五十六號雌蟻的肚子在沸騰，裡頭又拉又推，七手八腳手舞足蹈——她未來城邦的居民們已經迫不及待了。

所以她不挑剔了，她選了一塊赭黑色土壤的凹地，決定在那裡建立城邦。

這個地點還算不錯，附近沒有侏儒蟻的氣味，也沒有白蟻和黃蜂。甚至還有一點路徑費洛蒙，這表示貝－洛－崗邦民的探險足跡已經到過這裡。

她嚐了嚐土壤的味道。這裡的土富含微量元素，濕度夠又不會太潮濕，甚至上頭還有一小叢灌木。

她整理出一塊直徑三百顱的圓形區域，她認為這是她的城邦最合適的形狀和規模。

她使盡全力吞嚥口水，想從社會嗉囊裡擠出一點食物，可是嗉囊已經空了很久，裡頭已經沒有儲備的能量了。於是她硬生生扯下自己的翅膀，貪婪地把翅膀根部的肌肉吃下去。

有了這些熱量，她應該可以再撐個幾天。

接著她把自己連同觸角一起埋起來。在她任人宰割、無力反擊的這段時間，不能讓任何人發現她。

她等著。藏在她體內的城邦正在慢慢甦醒。她要叫這個城邦什麼名字？

她得先給自己找一個蟻后的名字。在螞蟻的世界，擁有名字就是作為獨立自主的實體，以此方式存在。工蟻、兵蟻、雌蟻只能以出生時對應的排序數字來指稱。相對的，受孕的雌蟻可以取名字。

嗯！她是在岩香兵蟻追殺她的時候離開城邦的，不如就叫做「被追殺的蟻后」吧。還是不要，她是因為想解開祕密武器之謎而被追殺的，她不該忘記，所以乾脆叫做「源自謎團的蟻后」。

她決定將城邦命名為「源自謎團的蟻后之城」。用螞蟻的氣味語言來說，嗅起來是這個味道：

希藜—埔—崗

兩小時後，再次通話。

「怎麼樣，畢爾斯海姆？」

「我們在一扇門前面。一扇普通的門。上面有一大篇銘文。用古老的字體寫的。」

「銘文說什麼？」

「這次要我唸給妳聽嗎？」
「對。」
探長拿起手電筒對準銘文，讀了起來，聲音莊重而緩慢，因為他還要一字一句解讀這段銘文：

死亡時刻的靈魂和那些領悟偉大奧祕的人感受到相同的印象。
先是盲目的奔跑，在痛苦的迷途，在令人不安的無盡旅程中，穿越黑暗。
繼而，在結束之前，恐懼達到頂峰。寒顫、發抖、冷汗、痛苦主導一切。
這個階段之後，幾乎是立即上升，迎向光明，迎向突如其來的一片光亮。
奇妙的微光映入眼簾，他穿越純淨之地和迴盪著聲音與舞蹈的草原。
神聖的話語激發宗教的崇敬。完美的、領悟的人自由了，他歡慶偉大的奧祕。

一名憲兵打起冷顫。
「那扇門後面是什麼？」對講機那頭問道。
「OK，我把門打開了……夥計們跟上來。」
漫長的沉默。
「喂，畢爾斯海姆！喂，畢爾斯海姆！回答我，你死人啊，你看到了什麼？」
只聽到一聲槍響。然後又歸於沉寂。
「喂，畢爾斯海姆，回答我，老傢伙！」
「這裡是畢爾斯海姆。」

「是就快說，發生什麼事？」

「老鼠。幾千隻老鼠。牠們從天而降，掉在我們身上，不過我們還是把牠們趕走了。」

「剛才是槍聲嗎？」

「是。現在牠們都躲起來了。」

「描述一下你看到的！」

「這裡到處都是紅的。牆上有鐵質的岩石紋路，還有……地上還有血！我們繼續走……」

「保持無線電暢通！你剛才為什麼要切斷？」

「我喜歡用我的方式進行，而不是聽妳遙控，長官，如果妳允許的話。」

「可是畢爾斯海姆……」

喀喀。他切斷了通聯。

嚴格來說，莎苔並不是港口，也不是前哨站，但這裡絕對是貝－洛－崗探險隊的最佳渡河地點。

從前，霓朝第一代螞蟻看到這個河灣的時候，她們就明白渡河並非易事。只是，螞蟻從不放棄，有必要的話，她會用頭去撞她遇到的障礙物一萬五千次，而且是用一萬五千種不同的方法，直到她死去，或是障礙物讓路。

這樣的處理方式似乎並不邏輯，當然也犧牲了無數時間和生命，但是螞蟻文明得到了回報。螞蟻付出的代價不成比例，到最後總是可以克服萬難。

在莎苔，探險隊員最初的嘗試是徒步渡河。水的表面有足夠的張力，可以支撐她們的重量，但不幸的是，她們的細爪抓不住水的表面。螞蟻在大河邊緣的水面移動，簡直像在溜冰。向前滑兩步，再向旁邊滑三步，然後……咕嘟！被青蛙吃掉。

數百次徒勞無功的嘗試和數千名探險隊員的犧牲之後，螞蟻開始尋找其他做法。工蟻們試著用腿和觸角相連，結成一條鍊子，一直連到對岸。要不是這條大河那麼寬，而且渦流那麼湍急，這個實驗應該會成功。結果是死了二十四萬隻螞蟻。但她們沒有放棄。在當年的蟻后碧佼－帕－霓的指使下，她們試了用樹葉造橋，用樹枝造橋，用金龜子的屍體，用礫石……四次實驗賠上將近六十七萬隻工蟻的性命。碧佼－帕－霓為了建造烏托邦之橋而害死的子民已經比她統治期間所有領土戰爭的陣亡蟻數還多了！

但她沒有就此罷手。她一心想穿越東方的領土。造橋失敗之後，她的新點子是往北方溯源，繞過大河。結果探險隊有去無回。八千死。然後她告訴自己，螞蟻必須學會游泳。一萬五千死。然後她告訴自己，螞蟻應該去馴服青蛙。六萬八千死。用樹葉從大樹上滑翔渡河？五十二死。讓蜂蜜在腳上硬化，讓腳變重，在水底行走？二十七死。據說有一天，有人告訴她城邦只剩下十來隻工蟻毫髮無傷，所以該暫時放棄渡河計畫。這時，她發出了一個氣味句子：

真是可惜，我還有好多想法……

聯邦的螞蟻最後終於找出一個令大家滿意的解決方法。三十萬年後，蟻后藜芙－希烏霓要她的女兒們在河底挖一條隧道。這計畫太簡單了，簡單到從來沒有螞蟻想過。

就這樣，從莎苔出發之後，螞蟻可以在河底通行無阻。

一〇三六八三號和四〇〇〇〇號在這條著名的隧道裡走了幾度－時間。這個地方很濕，但還沒進水。白蟻城邦就建在對面的岸上。白蟻也利用同樣的地道跑到聯邦的地盤上亂逛。直到現在，大家的默契是地道裡不進行戰鬥，不論白蟻、螞蟻都可以自由進出。不過大家也心知肚明，只要有任何一方宣稱她們擁有主導權，另一方就會設法封鎖或淹沒隧道。

兩隻螞蟻走在彷彿沒有盡頭的長廊裡。致命的問題是：上頭的大片河水是冰冷的，而地底更是冰冷。寒氣讓她們麻木，每一步都越來越艱難，如果在底下睡著了，那將是永遠的冬眠。她們知道。她們一步步爬向出口。她們把貯存在社會嗉囊裡的最後一點蛋白質和糖取出來。肌肉變遲鈍了。出口終於到了……一〇三六八三號和四〇〇〇號鑽出隧道，進入自由的空氣，她們冷得在路中央睡著了。

像這樣排成一路在黑暗的羊腸小道前進，他的腦子開始胡思亂想。這裡沒什麼好想的，只能想著一路走下去。然後希望有個盡頭……

至於隊伍後面，也沒什麼好說了，畢爾斯海姆只聽到六名憲兵嘶啞的呼吸聲，他心想，自己真是不公不義的受害者。

正常情況下，他應該是首席探長了，而且應該有一份可觀的薪水。他工作做得很好，執勤時間也超過了正常的時數，他已經破了十幾個案子。只是那個督孟一直在擋他升遷。

想到這裡，他突然覺得再也無法忍受。

「媽的！」

所有人都停了下來。

「探長還好嗎？」

「沒事，沒事，你們繼續走！」

羞憤到了極點：他開始自言自語。他緊咬嘴唇，要自己爭氣一點，可是不到五分鐘，他就再度陷入了憂慮。

他是不反對女人啦，但是他反對沒有能力的人。「這老婊子叫她寫個字、看個文章都不會，連個案子也沒辦過，結果被升上去當頭，整個局裡有一百八十個警察耶！她薪水是我四倍耶！說什麼叫大家投身警界！她呢，她是前任局長指定接班的耶，當然靠的是那些見不得人的關係。這就算了，她還不放過我們，搞得大家天翻地覆。她讓所有人鬥來鬥去，把局裡的人都踩在腳下，搞得好像沒她不行……」

畢爾斯海姆一路都在空想，他想起一部講蟾蜍的紀錄片：發情期的蟾蜍異常興奮，只要看到在動的東西就跳上去，牠們不只跳到母蟾蜍的身上，也會跳到公的身上，甚至看到石頭也會跳上去。公蟾蜍會去壓對方的腹部，好讓對方把卵排出來，讓牠們授精。那些去壓母蟾蜍肚子的，會看到自己的努力有所回報。壓到公蟾蜍的則是一無所獲，牠們會換個伴再試。至於壓到石頭的，會弄傷自己的胳膊，然後放棄。

不過有個例外的狀況就是壓到泥塊。泥塊十分柔軟，很像母蟾蜍的肚子，這時公蟾蜍會壓個不停，甚至可以一連幾天不斷重複這種徒勞的行為。牠們還認為自己正在做的是最好、最應該要做的事……

探長笑了。或許只要跟那個老實的索蘭芝說，還有其他可能的做法，而且比堵死所有人的出路和壓榨部屬還更有效，事情就會解決了。但他實在很難說服自己。他心想，真正的原因其實是他根本不適合待在這該死的部門。

其他人跟在後面，也都陷入了陰暗的思緒。無聲無息一直往下走，這會讓所有人都神經緊張。

大家已經不停地走了五個小時，大部分的人都在想這趟冒險之後應該向上級請求特別津貼，也有人在想他們的妻子、孩子、車子，或是一箱啤酒……

無：有什麼比停止思考更讓人開心的呢？終於可以讓這些多少有用或者多少還算重要的想法停止氾濫。不要再想了！就當作我們已經死了，卻又可以活過來。成為「空」。回歸至高無上的本源。甚至不再成為一個什麼都不想的人。成為「無」。這是一個崇高的抱負。

艾德蒙．威爾斯

《相對知識與絕對知識百科全書》

兩隻兵蟻動也不動，在泥濘的河岸上待了一整夜，兩具身體在第一縷陽光下重新恢復了活力。一〇三六八三號的複眼一顆接著一顆動了起來，眼前的新風景照亮了她的大腦。這幅風景完全由一隻懸在上方的巨大眼球構成，它固定不動，專注無比。

這隻年輕的非生殖蟻發出一聲驚恐的費洛蒙驚叫，大量的費洛蒙灼傷了她的觸角。巨大的眼球也受了驚嚇，猛然往後退，撐著眼球的犄角也一起往後縮。眼球和犄角都躲進了某種圓形的石頭裡。那是一隻蝸牛！

她們的周圍還有其他蝸牛。總共五隻，都藏在牠們的硬殼裡。兩隻螞蟻靠近其中一隻蝸牛，繞著牠轉了一圈。她們確實試過要咬牠，但她們的大顎抓不住蝸牛殼。這種移動的巢穴是一座堅不可摧的堡壘。

她腦中又浮現了城邦之母說過的一句話：安全是我們最大的敵人，它讓我們的反射變得遲鈍，它讓我們不再主動積極。

一〇三六八三號心想，這些躲在殼裡的大怪獸一直過著安逸的生活，吃那些不會動的草。牠們從來不需要戰鬥、誘敵、狩獵、逃逸。牠們從來不必面對現實生活，所以從來不曾進化。

一〇三六八三號一時興起，想逼迫蝸牛離開硬殼，她要證明牠們不是刀槍不入。這時候，五隻蝸牛當中有兩隻認為危險時刻已經過去，於是讓身體露出避難所，在外頭晃蕩，藉此發洩一下緊張的情緒。

兩隻蝸牛會合了，肚子貼肚子，黏液對黏液，一個黏黏稠稠的吻把牠們結合起來，親吻的快感襲遍全身，牠們的性器輕輕地互相摩擦。

牠們之間起了一點變化。

事情進行得非常緩慢。

右邊的蝸牛已經將牠的陰莖（一根鈣質的尖刺）插入左邊蝸牛的陰道（裡面充滿卵子），但是左邊的蝸牛還沒興奮到昏厥，牠也露出一根勃起的陰莖，插進伴侶的身體裡。

兩隻蝸牛同時感受到穿刺和被穿刺的快感，牠們的陰道上面有一根陰莖，可以同時體驗兩性的感覺。

右邊的蝸牛感受到第一次雄性高潮，身體以各種方式扭動，然後伸展，電流襲遍牠的身體。這兩隻雌雄同體的動物，長了眼睛的四隻犄角交纏。黏液化成泡沫，然後變成氣泡。這是一種極為黏稠的舞蹈，緩慢的舞姿卻讓肉慾更顯激烈。

左邊的蝸牛揚起兩隻犄角。現在換牠感受到雄性高潮了。但是才剛射完精，身體立刻又為牠迎來第二波高潮——這次是陰道的快感。然後右邊的蝸牛也體驗了屬於雌性的歡愉。

這時，牠們的犄角向下垂，戀矢縮回，陰道閉合……完整的動作結束之後，兩個戀人變成同極的磁鐵，開始互斥。這是開天闢地以來就有的現象。兩個接受和給予快樂的機器緩緩遠離，牠們的卵子由伴侶授精。

一〇三六八三號受到這場絕美演出的衝擊，還在目瞪口呆，這時四〇〇〇號已經衝向其中一隻蝸牛。她想趁著性愛之後的疲憊，將兩頭野獸當中比較肥美的那隻開膛破肚。但是為時已晚，牠們又縮回殼裡了。

老探險隊員不死心，她知道牠們遲早會出來。她在殼外守候良久。終於，一隻害羞的眼睛，然後是一整隻犄角從殼裡溜了出來。這隻腹足動物跑出來看牠周圍的世界現在有了什麼變化。

等到第二隻犄角出現時，四〇〇〇號立刻衝上前，卯足全力用大顎咬住這隻眼睛。她想把眼球截斷，可是這隻軟體動物立刻蜷縮起來。

呼嚕！

老探險隊員被牠一把扯進蝸牛殼的渦旋裡。

怎麼救她？

一〇三六八三號思考著，一個想法已經在她的三個腦中閃過。她用大顎抓住一顆礫石，用盡全力敲打那個硬殼。她確實是發明了錘子，可是蝸牛殼不是軟木。叩叩的聲響只奏出了某種音樂，得再想想其他辦法。

這是個幸運日，因為螞蟻此刻發現了槓桿。一〇三六八三號抓住一根結實的細枝，拿一顆礫石當支點，再用全身的重量壓下去，她要把這頭沉重的怪物撬翻。她撬了好幾次。最後，蝸牛殼向上翻起，搖來晃去，開口朝天，她成功了！

一〇三六八三號沿著螺旋爬上蝸牛殼的開口。往下看像一口井，她直接往軟體動物的身體跳下去。經過漫長的滑行，她被一種凝膠狀的棕色物質接住了。這坨油膩的黏液令她作嘔，她開始撕扯那些軟組織。她不能使用蟻酸，因為有可能會腐蝕到她自己。

很快又出現了一種新的液體與黏液融合：那是蝸牛的透明血液。這頭驚恐的動物在一陣痙攣之後放鬆，將兩隻螞蟻拋出殼外。

她們毫髮無傷，久久撫摸著自己的觸角。

垂死的蝸牛想要逃走，內臟卻沿路掉落。兩隻螞蟻追上去，輕而易舉地把牠解決了。其他四隻腹足動物嚇得魂飛魄散，伸出犄角上的眼睛緊緊盯著這一幕，整個身體縮到殼底，一整天都不敢再動。

那個早晨，一〇三六八三號和四〇〇〇號吃了一頓蝸牛大餐。她們把牠切片，當成一塊塊浸了黏液的溫熱牛排來享用。她們甚至發現陰道裡的囊袋，裡頭裝滿了卵。蝸牛魚子醬！褐螞蟻最喜歡的一道菜，是富含維生素、脂肪、糖和蛋白質的珍貴食材……

兩隻螞蟻的社會嗉囊飽到快要滿出來，吸收了足夠的太陽能之後，她們再次踩著輕快的步伐往東南方出發。

費洛蒙分析：（第三十四次實驗）。我以質譜儀和色譜儀成功辨識出一些螞蟻的訊息分子。因此我著手對一隻雄蟻和一隻工蟻之間的訊息交流進行化學分析。這段訊息是在晚上十點截獲的，當時雄蟻發現了一塊麵包屑。以下是牠釋放的訊息分子：

・6－甲基
・3－甲基－4－庚酮（釋放兩次）
・酮
・3－辛酮

再次釋放：

・酮
・3－辛酮（釋放兩次）

《相對知識與絕對知識百科全書》
艾德蒙・威爾斯

一路上她們又遇到其他蝸牛。蝸牛看到她們都躲了起來，彷彿蝸牛之間已經口耳相傳：「這些螞蟻很危險。」不過還是有一隻蝸牛沒躲起來，甚至露出了整個身體。

兩隻螞蟻走近，大吃一驚，這隻蝸牛似乎被一個大錘壓爛了，外殼裂成碎片，身體爆裂開來，濺了好大一片。

一〇三六八三號立刻想到白蟻的祕密武器，她們應該距離敵人的城邦不遠了。她仔細檢視了屍體。撞擊的範圍很廣、乾燥、力道超強。難怪敵人可以用這樣的武器捅破拉－秀拉－崗的城門！

一〇三六八三號決定了，她得進入白蟻城邦，她要去搞清楚（有可能的話，她要去竊取）她們的武器。否則整個聯邦有可能會被搗個粉碎！

但是天空突然颳起一陣強風，她們的細爪來不及抓住地面，暴風將她們捲到空中。一〇三六八三號和四〇〇〇號沒有翅膀……她們依然可以在天空飛翔。

幾小時後，就在地面小組昏昏欲睡時，對講機再度發出噼噼啪啪的聲音。

「喂，督孟局長？搞定了，我們走到最底下了。」

「所以呢？你們看到什麼了？」

「底下是一條死路。有一堵鋼板混凝土牆是最近才做的。可以說所有東西到這邊就沒有後續了……這裡還有一段銘文。」

「唸來聽聽！」

「如何用六根火柴棒做出四個等邊三角形？」

「就這樣？」

「還有，還有一個鍵盤，上面都是字母，肯定是用來輸入答案的。」

「附近沒有任何通道？」

「沒有。」

「也沒看到其他人的屍體嗎？」

「沒有，什麼都沒有……嗯……但是有一些腳印，應該是有一堆鞋子從這堵牆前面踩過去。」

「我們到底在做什麼，」一名憲兵低聲說：「我們要上去了嗎？」

畢爾斯海姆仔細檢視了障礙物。所有這些符號，所有這些鋼板和混凝土板，裡頭藏著一個機關。還有，其他人，他們飛到哪裡去了？

在他背後，憲兵們坐在樓梯上。他所有的注意力都集中在那些按鍵，他必須依照某種精確的順序去排列這些字母。喬納東．威爾斯是鎖匠，他一定做過那些建築物大門的安全系統，我們必須找出密碼。

他轉身對著他帶來的那些人。

「小夥子，誰的身上有火柴？」

對講機那頭不耐煩了。

「喂，畢爾斯海姆探長，你在做什麼？」

「如果妳真的想幫忙，就試試看六根火柴棒要怎麼排成四個三角形，一找到解答就立刻跟我聯絡。」

「你在開我玩笑嗎，畢爾斯海姆？」

風暴終於平息了。幾秒之後，風兒放慢了狂舞的速度；樹葉、灰塵、昆蟲再次遵從萬有引力定律，依照各自的重量隨機落下。

一〇三六八三號和四〇〇〇號跌落地面，相隔幾十顱的距離。她們再次會合，身上完全無傷，一起檢視了現地：這個地區到處都是礫石，跟她們剛剛離開的地景毫無相似之處。這裡連棵樹也沒有，只有零星的幾株野草隨風晃動。她們不知道自己身在何處……

她們才勉強振作起來，準備離開這個險惡之地的時候，天空決定再次發威。雲開始變沉、變黑。雷電炸裂空氣，所有聚積的電壓在一瞬間釋放了。

所有動物都明白大自然要傳遞的信息。青蛙潛入水裡，蒼蠅躲在石頭底下，鳥兒低空飛行。雨開始落下。兩隻螞蟻急需找到掩蔽物。每一滴雨水都有可能致命。她們急忙往遠方一處隆起的形狀跑去，那看起來是樹或岩石。

漸漸的，透過綿綿細雨和地面的霧氣，那個形狀越來越清晰。那既非岩石，也不是灌木，是一座貨真價實的泥土大教堂，無數的塔樓，塔頂高聳入雲。震撼。

是白蟻丘！是東方的白蟻丘！

一〇三六八三號和四〇〇〇號發現她們陷在可怕的暴雨和敵方的城邦之間，進退兩難。她們當然有打算要拜訪這個城邦，但不是在這種情況下！數百萬年的仇恨與對峙令她們卻步。

但她們猶豫的時間並不長。畢竟她們大老遠來到這裡，就是為了獲取白蟻丘的情報。於是她們顫抖著，走向建築物底下的陰暗入口。她們豎起觸角，張開大顎，雙腿微微彎曲，抱著必死的決心。然而，徹底出乎意料的是，白蟻丘的入口竟然沒有一隻兵蟻。

這完全不合常理。究竟發生了什麼事？

兩隻非生殖蟻進入了巨大的邦城。她們被激起的好奇心已經跟最基本的謹慎不相上下了。必須說，白蟻丘看起來跟螞蟻丘完全不一樣，這裡的牆壁是用一種比泥土不易碎的材料製成的，是一種像木頭一樣的硬水泥。廊道飽含濕氣，空氣完全不流通。而且空氣裡有大量的二氧化碳，這太反常了。

她們已經在城裡往前推進了三度—時間，卻連一個哨兵都沒遇到！極不尋常……兩隻螞蟻停止動作，只剩下觸角在相互碰觸，探詢對方的意見。她們很快就做出了決定：繼續前進。

但是因為一直往前走，她們走到完全迷失了方向。這個異族的邦城是一座比自家邦城還要曲折的迷宮。杜氏腺體的氣味標記在牆上根本留不住，她們已經不知道自己是在地上還是地下了！

她們想循原路回去，但是這也解決不了問題，因為她們回頭時不斷發現各種奇形怪狀的新廊道，她們確實是迷路了。

就在這時，一〇三六八三號發現了一個奇特的現象：一道光！兩隻兵蟻簡直不敢置信，在空空蕩蕩的白蟻邦城中央，這道微光的出現實在太不可思議了。她們往光源走過去。

那是一種橙黃色的亮光，有時會變綠或變藍。在一次稍強的閃光之後，光源熄滅了。然後又重新啟動，開始閃爍，映照在螞蟻閃亮的甲殼上。

一〇三六八三號和四〇〇〇號像被催眠似的，向這座地下燈塔狂奔而去。

畢爾斯海姆興奮得跳了起來：他知道了！他排給那些憲兵看，如何用六根火柴棒做出四個三角形。那些臉孔先是茫然，然後發出激動的歡呼。

死不認輸的索蘭芝．督孟對著無線電大吼：

「你知道怎麼排了嗎？你知道了嗎？快跟我說！」

但是沒有人理她，她聽到一片嘈雜的人聲混合機械噪音。然後又是一片沉寂。

「畢爾斯海姆，發生了什麼事？快告訴我！」

對講機開始發出瘋狂的噼哩啪啦。

「喂！喂！」

「是的（噼哩啪啦），門打開了，裡面有一條（噼哩啪啦）走廊，通往（噼哩啪啦）右邊。我們走！」

「等一下！你是怎麼排出四個三角形的？」

但是畢爾斯海姆和他帶去的那些人已經聽不到地表傳來的訊息了，他們配備的擴音器停止運作，可能是短路了。他們接收不到任何訊息，但還是可以發送。

「啊！太不可思議了，我們越往前走，人工建造的東西就越多。有一個拱頂，遠方看到有光。我們走吧。」

「等等，你說那底下有光？」索蘭芝．督孟喊啞了嗓子也沒回應。

「他們在那裡！」

「誰在那裡？該死的！是屍體嗎？回答我！」

「小心……」

對講機傳來一連串強勁的爆炸、喊叫聲，然後就斷訊了。

繩索沒再往下拉，但還是扯得很緊。地面的警察們猜想是繩索卡住了，於是抓緊之後用力拉。先是三名警察一起拉……接著是五個。突然間，繩索的另一頭整個鬆開了。

他們只好把繩索拉回來，捲好——不是在小小的廚房裡，而是在餐廳——因為收回來的繩索足以盤成一個巨大的捲盤。他們終於把斷裂的繩索末端拉上來了，斷裂處爛糊糊的，像被牙齒咬過。

「局長，現在怎麼辦？」一名警察低聲說。

「沒怎麼辦。什麼事都別做。千萬別做。什麼話都不要對媒體說，什麼話都不要對任何人說，然後你們立刻給我把這個地窖封死。調查結束。我回去就結案，不論是誰都別再跟我提起這個被詛咒的地窖了！走，動作快一點，去買磚塊和水泥。你呢，你去擺平那些憲兵留下來的寡婦。」

中午剛過，警察們正在砌上最後的幾塊磚，一陣沉悶的聲響從地窖裡傳來。有人上來了！大家七手八腳地清理了通道。一顆頭顱從黑暗中冒出來，然後是倖存者的整個身體。那是一名憲兵。這下終於可以搞清楚底下發生什麼事了。他的臉上烙印著絕對的恐懼。一些臉部肌肉還處於癱瘓狀態，像是受到了攻擊。那是一具活生生的殭屍。他的鼻尖被扯掉了，血流不止。他全身顫抖，翻著白眼。

「咕嗶嘰……」他說著。

一條長長的口涎從下垂的嘴角流淌下來，他用傷痕累累的手拂過自己的臉龐。在同事們看來，那些傷口似乎都是刀痕。

「發生了什麼事？你遭到攻擊了嗎？」

「咕噢－嗶咕噢！」

「下面還有其他人活著嗎？」

「嗶噢咕噢咕－嗶嗶咕嗶－！」

由於他沒辦法再多說什麼，他們只能替他包紮傷口，把他關進一家精神病療養中心，然後把地窖的門封死。

就連她們的腳在地面最輕微的摩擦都會觸動光的強度變化。光線微微抖動，彷彿聽到她們來了，彷彿光線是活生生的。

兩隻螞蟻停止移動，想搞清楚是怎麼回事。微光很快就放大了，大到可以照亮廊道上最細微的凹陷。兩名間諜趕緊躲起來，免得被奇怪的探照燈發現，然後再趁著光的強度突然變弱，拔腿往光源衝過去。

原來，是一隻會發出磷光的甲蟲。是一隻在發情的螢火蟲。一發現有入侵者，光就徹底熄滅了……但是既然什麼事也沒發生，一道微弱的綠光就又慢慢亮了起來，小心翼翼地點起一盞小夜燈。

一〇三六八三號釋出非侵略性氣味。雖然所有甲蟲都懂這種語言，但是螢火蟲沒有回應。綠光變得黯淡，轉黃，然後漸漸變紅。螞蟻們假設這個新顏色表達的是疑問。

我們在這座白蟻丘迷路了。老探險隊員發出訊息。

一開始，對方沒有回應。過了幾度－時間之後，對方開始閃爍，這可以表示喜悅，也可以表示惱怒。遇到懷疑的時候，螞蟻會等待。螢火蟲突然順著一條橫向的廊道離去，閃爍的速度越來越快。看來螢火蟲是想讓她們看看什麼東西。她們趕緊跟了上去。

她們來到一個更涼爽也更潮濕的地區。一陣陣淒慘的吱嘎聲不知從何處傳來，悲痛的哭嚎以氣味和聲音兩種形式擴散開來。

兩位探險隊員同感疑惑。光之昆蟲雖然不說話，但是聽力十分完美。牠像是要回應她們的疑問似的，先是亮了起來，繼而熄滅，明滅的節奏十分緩慢，彷彿在說：別怕，跟我來。

三隻蟲子深入異族的地底，越走越深，就這樣來到一個非常寒冷的區域，那裡的廊道寬闊得多。

吱嘎聲又傳來了，這次叫得更加慘烈。

當心！四〇〇〇號突然發出訊息。

一〇三六八三號轉過身來。螢火蟲照亮了一隻怪物，怪物越走越近，臉上滿是老人的皺紋，身上包著一層透光的白色裹屍布。年輕的兵蟻嘶喊出一股強烈的恐懼氣味，兩名同伴被這氣味壓迫到幾乎窒息。這具木乃伊繼續前進，簡直像是彎下腰，要和她們說話。事實上，木乃伊是失去平衡，重心前傾，整個身體猛然倒地。外殼打開了，怪物般的老人變形成了新生兒……

那是白蟻的蛹！

木乃伊原本應該安安穩穩待在角落裡的，現在開膛破肚了，只能繼續扭絞著，發出悲傷的吱嘎聲。這就是叫聲的起源。

而木乃伊不只一具，還有其他的，因為她們所在之地是一間育嬰室。數百個白蟻蛹靠牆垂直排列。四〇〇〇號檢查之後，發現有幾個已經因為缺乏照料而死去，倖存者則是釋放著悲痛的氣味在召喚保姆。這些蛹至少有兩度－時間沒被舔過，正在因為攝食不足而漸漸死去。

這太反常了。從來沒有一隻社會性的昆蟲會拋棄卵或幼蟲，哪怕只是一度－時間。不然就是……同樣的想法在兩隻螞蟻的腦海掠過。不然就是……因為所有的工蟻都死了，這裡只剩下蛹！

螢火蟲再次閃爍，召喚她們跟隨牠進入新的廊道。空氣中瀰漫著一股詭異的氣息。年輕的兵蟻不知踩到什麼堅硬的東西，她沒有紅外線單眼，在黑暗中看不到東西。活生生的光源靠了過來，照亮一〇三六八三號的腳邊。那是一具白蟻士兵的屍體！跟螞蟻還滿像的，只不過全身都是白色，而且沒有分離的腹錘……

這種白色的屍體鋪滿地面，看上去有數百具。這是多麼恐怖的殺戮！最怪異的是：所有屍體都完好無缺。沒有戰鬥！死亡一定是在電光石火之間發生的。城邦的居民們還凝結在日常工作的姿勢，有些白蟻似乎正在對話，或者在用大顎切木頭。究竟是什麼東西，可以導致如此的災難？

四〇〇〇號檢視著這些病態的雕像。每一具都散發著刺鼻的氣味。一陣寒顫竄過兩隻螞蟻全身。那是一種毒氣。所有事情都得到了解釋：第一支白蟻丘探險隊的消失；第二支探險隊的最後倖存者斷氣時，身上沒有任何傷口。

而她們之所以完全沒有受到傷害，是因為在過去這段時間裡，毒氣早已散去。可是又為什麼，那些白蟻蛹可以存活？老探險隊員釋放了一則氣息假設：或許是因為年幼的若蟲有特殊免疫防禦能力；也可能是繭的保護作用……她們這些若蟲現在應該等於是接種過抗毒疫苗了。這就是大家都知道的抗藥性，昆蟲可以產出突變的後代，藉這種方法來對抗所有的殺蟲劑。

但是有能力引入這種致命氣體的究竟是誰？這問題確實令人頭疼。在查訪祕密武器的路途上，一〇三六八三號再次遭遇了「其他東西」，而且同樣令人不解。

四〇〇〇號想要出去。螢火蟲眨眼表示同意。螞蟻們給了那些還救得活的白蟻幼蟲幾塊纖維素，然後動身去尋找出口。螢火蟲跟在她們後面。隨著前進的腳步，遍地的兵蟻屍體漸漸讓位給負責照顧白蟻蟻后的工蟻屍體，有些工蟻的大顎裡還夾著白蟻卵！

這座建築越來越複雜，三角形的廊道上刻著一些標誌。螢火蟲改換顏色，開始發出藍光，應該是感覺到了什麼。事實是，廊道的盡頭傳來一陣陣喘息聲。

三隻昆蟲來到一處由五名體型巨碩的衛兵保護的聖殿前。這些衛兵都死了。入口被約莫二十隻沒有生命跡象的小工蟻的身體堵住了。螞蟻們一腳一腳傳遞著，將屍體慢慢移開。

一個近乎完美的球形洞穴露了出來，這是蟻后的御所。奇怪的聲音就是從這裡傳出來的。

螢火蟲發出美麗的白光，照亮了一隻在御所中央的奇怪蛞蝓。那是白蟻的蟻后，像是螞蟻蟻后的誇張變形版。小小的頭顱和發育不良的胸廓接上長達五十顱的巨型腹部——這個肥碩的闌尾規律地抽搐著。

小小的頭顱疼動難耐，不斷晃動，發出聽覺和嗅覺嚎叫。先前，工蟻們的屍體把入口孔堵得密密實實，毒氣根本進不來，可是蟻后還是因為缺乏照料而瀕臨死亡。

看她的腹部！小蟲子是從裡面長出來的，她現在已經沒辦法靠自己的力氣把小蟲子生出來了。

螢火蟲上升到頂壁，天真無邪地發出橙色的光，像喬治・德拉圖爾（Georges de La Tour）畫作裡的那種光。

兩隻螞蟻同心協力，白蟻卵終於從碩大的生殖囊袋流瀉出來。那簡直就是一具如假包換的生命水龍頭。白蟻蟻后似乎鬆了口氣，停止嚎叫。

白蟻蟻后以通用的原始嗅覺語言詢問：是誰救了我？白蟻蟻后辨識出螞蟻氣味時，感到非常驚訝：妳們是偽裝蟻嗎？

偽裝蟻是一種在有機化學方面非常有天賦的物種。她們是大型的黑色昆蟲，生活在東北方。她們知道如何複製所有形式的費洛蒙：通行證、路徑、通訊……只要恰如其分地混合樹液、花粉和唾液。

一旦她們調配好所需的偽裝，就會設法混入像白蟻城邦這樣的地方，而不會被察覺。她們殺戮劫掠無所不為，卻沒有任何受害者辨識得出來！

不是，我們不是偽裝蟻。

白蟻蟻后向她們詢問：城邦是否有倖存者？螞蟻們答說：沒有。白蟻蟻后釋放了希望被殺的願望，希望螞蟻盡快結束她的痛苦。但在此之前，她要先告訴她們一些事。

是的，她知道為何她的城邦會被摧毀。白蟻最近發現了世界東邊的盡頭。星球的盡頭。那是一個黑色、光滑的國度，那裡的一切都被摧毀了。

那裡住著一些奇怪的動物，速度非常快，非常凶狠。牠們是世界盡頭的守護者。牠們配備著可以碾碎任何東西的黑色板甲，而現在牠們也會用毒氣了！

這不禁讓人想起碧－絲丹－葛蟻后昔日的野心。到達世界的盡頭。所以這是可能的囉？兩隻螞蟻依然目瞪口呆，不敢置信。

在此之前，她們一直相信地球如此遼闊，不可能到達邊緣。但是這個白蟻蟻后卻告訴她們，世界的盡頭並不遠！而且被一些怪獸守護著……碧－絲丹－葛蟻后的夢想有可能實現嗎？

這一整個故事對她們來說實在太龐大，她們不知該從何問起。

但是為什麼，這些「世界盡頭的守護者」一直推進到這裡？牠們想要入侵西方的城邦嗎？

這個問題，肥胖的白蟻蟻后就不知道了。現在她一心求死。她很堅持。她還沒學會如何停止自己心臟的跳動。必須有人殺了她。

於是，在白蟻蟻后指點通往出口的路徑之後，她們將她斬首，又吃了幾顆小小的卵，才動身離開這座氣勢宏偉卻宛如鬼域的邦城。她們在入口處放置了一種費洛蒙，敘述此地發生的悲劇。身為聯邦的探險隊員，她們絕對不能疏忽任何職責。

螢火蟲向她們道別。螢火蟲可能也只是為了躲雨才會在白蟻丘裡迷路。現在又放晴了，又要恢復單調的日常了：吃東西，發光吸引雌蟲，繁殖，吃東西，發光吸引雌蟲，繁殖……這就是螢火蟲的日常啊！

她們將目光和觸角對著東方。從這裡確實看不出什麼名堂，但她們知道，世界的盡頭不遠。世界的盡頭，就在那裡。

文明衝擊：兩個文明接觸的時刻一向非常微妙。在對於人類最嚴重的幾項質疑當中，我們可以注意到十八世紀非洲黑人被劫掠為奴隸的例子。

大多數被抓去當奴隸的是居住在內陸平原和森林裡的人口。他們從來沒見過海。突然之間，一個鄰國的國王無緣無故向他們開戰，然後對方並沒有將他們殺光，而是將他們俘虜，幫他們套上鐵鍊，要他們往海岸的方向行進。

在這趟長途步行的終點，他們發現了兩件無法理解的事：（一）浩瀚的大海，（二）白皮膚的歐洲人。而大海，就算他們不曾親眼見過，也在故事裡聽過，那是死者的國度。至於白人，對他們來說就像外星人，他們有一種奇怪的氣味，他們的皮膚是一種怪異的顏色，他們穿的衣服也很怪異。

很多人因為恐懼而死，有些人則是因為驚恐而跳船，被鯊魚吞噬。倖存者則會有越來越多的驚訝。他們後來看到了什麼？像是白人在喝葡萄酒。他們確信那是鮮血，是他們非洲人的血。

艾德蒙．威爾斯

《相對知識與絕對知識百科全書》

五十六號雌蟻飢腸轆轆。不只是她的身體，還有整個城邦的螞蟻，都在向她索求自己的一份卡路里。如何餵養她庇護於體內的整個族群？她最後決定爬出產卵的洞穴，爬過幾百顱的距離，帶回三根松針，然後貪婪地舔食，貪婪地咀嚼。

這樣其實還不夠。她應該要好好打個獵，但她已經筋疲力盡。附近有成千上萬的掠食者，說不定最後自己還成了別人的獵物。於是她縮回洞裡，等待死亡。

結果死亡並沒有出現，出現的是一顆蟻卵。這是她希﹣蔾﹣埔﹣崗的第一個邦民！她幾乎感覺不到卵的到來。痲木的腿顫顫巍巍，蟻后用全部的意志力擠壓自己的肚子。一定要成功，不然一切就完了。蟻卵滾了出來，很小，灰撲撲的，但已經差不多是黑色的了。

如果她任由這顆卵孵化，會生出一隻夭折的螞蟻。而且……直到孵化之前，她根本沒辦法提供養分給這顆卵。於是她吃掉了自己的第一個後代。

這立刻提升了她的能量。腹錘裡少了一顆卵，胃裡多了一顆。她在這樣的犧牲之中獲取了產下第二顆卵的力量。它和第一顆卵一樣黑，一樣小。

她嚐一嚐。覺得味道更好。第三顆卵也幾乎一模一樣，只是重量稍微輕一點。她還是一口把它吞了。

一直吞到第十次，蟻后才開始改變策略。她的卵變成灰色的了，大小跟她的眼球差不多。希藜－埔－霓生出三顆這樣的卵，吃掉一顆，讓另外兩顆活下去，她用身體幫蟻卵取暖。

就在她繼續產卵的時候，這兩個幸運兒蛻變成了長長的幼蟲，她們的頭依然僵在一張奇怪的鬼臉裡。她們開始哼哼唉唉地索求食物，於是主婦的算術變複雜了——現在，每次產下的三顆卵當中，她自己需要一顆，另外兩顆用來餵養幼蟲。

在這個封閉的迴路中，她想方設法從無到有，產出了一些東西。當一隻幼蟲夠大的時候，她會拿另一隻幼蟲來餵她……這是絕無僅有的唯一辦法，可以提供必要的蛋白質，讓幼蟲足以蛻變為一隻真正的螞蟻。

可是倖存的這隻幼蟲還是一直喊餓。她扭絞著身體，嚎叫著。妹妹大餐無法幫她解飢。最後，希藜－埔－霓吃了她初次嘗試育兒的成果。

我一定要成功，我一定要成功！她在心裡不斷地重複。她想起三二七號雄蟻，突然產下五顆輕了許多的卵。她吞了兩顆，讓另外三顆長大。

就這樣，從殺嬰到育嬰，生命接力前進。進三步，退兩步。這套殘酷體操終於走向第一隻完整螞蟻的原型。

這隻螞蟻非常小而且傻乎乎的，原因是營養不良。但蟻后總算是養成她的第一個希藜－埔－崗邦民了！為了城邦存活而同類相殘的競速比賽，現在已經贏了一半。這隻先天弱智的工蟻確實可以自由活動，而且可以從附近的世界帶回一些食物：昆蟲屍體、種子、樹葉、蘑菇……她做到了。希藜－埔－霓，終於得到正常的養分，產下顏色更淡也更結實的卵。堅硬的外殼保護蟻卵免於受寒。新一代孵化出來的這批幼蟲，身材十分標準，又大又強壯。她們即將成為建立希藜－埔－崗的基礎。

至於第一隻弱智的工蟻，在提供食物給產卵者之後，很快就被處死並且讓她的妹妹們分食。從此，城邦創建前的所有謀殺、所有痛苦都被遺忘。

希藜－埔－崗誕生了。

蚊子：蚊子是最有意願跟人類決鬥的昆蟲。我們每個人都有過這麼一天，穿睡衣站在床上，手裡拿著拖鞋，眼睛盯著潔白無瑕的天花板。

不解。然而，讓人發癢的只是牠口器裡的消毒唾液。如果沒有這種唾液，蚊子每叮一口都可能造成自己被感染。而且蚊子總是會採取預防措施，只叮在兩個疼痛接收點之間！

面對人類，蚊子的策略已經進化，牠學會在起飛時變得更快、更謹慎、更靈活，所以越來越難被發現了。最新的一代，有些大膽的蚊子還會毫不猶豫地躲在受害者的枕頭底下。牠們發現了愛倫坡小說《失竊的信》的原理：最佳的藏身之處就在眼前，因為我們總是想著要跑到大老遠的地方去找近在眼前的東西。

艾德蒙．威爾斯

《相對知識與絕對知識百科全書》

奧古斯塔外婆望著自己收拾好的行李，明天她就要搬到錫巴里斯人街了。事情實在有點令人難以置信，可是艾德蒙早就預想到喬納東失蹤的可能性，並且在遺囑中寫著：「如果喬納東過世或失蹤，如果他本人沒有立下遺囑，我希望由我的母親奧古斯塔．威爾斯來接收我的公寓。如果她本人過世了，或者如果她拒絕這項遺產，我希望由丹尼爾．侯松費爾來繼承這個住宅；而如果他本人拒絕或者過世，那麼傑森．布哈捷可以來住……」

不得不承認，依照最近發生的事情看來，艾德蒙預先指定了至少四位繼承人並沒有錯。但奧古斯塔並不迷信，而且她認為，就算艾德蒙再怎麼討厭人，也沒有任何理由希望外甥和母親死去。至於傑森．布哈捷，那可是他最好的朋友！

一個奇怪的想法從她腦中掠過。艾德蒙似乎一直在設法管理未來，彷彿……一切都從他死後才開始。

她們已經往太陽升起的方向行進了幾天。四〇〇〇號的健康狀況持續惡化，可是這隻老兵蟻毫無怨言，繼續前進。她的勇敢和好奇是貨真價實的打死不退。

一天傍晚，她們爬上一棵榛樹的樹幹，突然被一群紅螞蟻包圍了。又是這些想要出來遊歷的南方小蟲，她們細長的身體配備一根毒針，輕輕一碰就會讓人當場斃命。兩隻褐螞蟻真心希望自己不是在這裡。

除了母城有幾隻略為癡呆的紅螞蟻傭兵，一〇三六八三號還從來不曾在「大外界」見過紅螞蟻。果然，東方的大地值得探索……

觸角亂晃。紅螞蟻知道如何運用與貝－洛－崗邦民相同的語言進行溝通。

妳們沒有正確的費洛蒙通行證。滾出去！這是我們的領土。

褐螞蟻答說，她們只是路過，她們很想去東方世界的盡頭。紅螞蟻商議起來。

她們認出眼前的兩隻螞蟻來自褐螞蟻聯邦。這個聯邦或許很遙遠，但很強大（上次遷徙之前已經有六十四個城邦），軍隊的威名已經越過西方的大河。最好別幫她們製造衝突的藉口。總有一天，在命運的安排下，紅螞蟻這個隨季節遷徙的物種一定也要穿越褐螞蟻聯邦的領土。

觸角的動作逐漸緩和下來，是時候該進行綜合整理了。一隻紅螞蟻傳達了團體的意見：

妳們可以在這裡過一夜。我們已經準備好，要為妳們指示通往世界盡頭的道路，甚至可以隨行。作為交換，妳們要給我們留下一些妳們的識別費洛蒙。

交易很公平。一〇三六八三號和四〇〇〇號知道，餽贈費洛蒙就是為紅螞蟻提供珍貴的通行證，讓她們可以在聯邦遼闊的領土上通行無阻。可是能夠去世界盡頭再回來畢竟是無價的……

地主帶著賓客來到更高處樹枝上的營區。這裡跟她們見過的所有營區都不一樣，一些正在編織和縫紉的紅螞蟻已經將三大片榛葉縫在一起，搭造出讓她們臨時落腳的窩。一片當地板，另外兩片作邊牆。

一〇三六八三號和四〇〇〇〇號觀察到一群編織工蟻正忙著在入夜前將「屋頂」封閉起來。天花板的榛樹葉子選好了，而為了把這片葉子跟其他三片結合起來，她們排成一座活梯子，幾十隻工蟻疊羅漢，一直疊到造出一座可以搆到樹葉天花板的小山丘。

疊疊塌塌了好幾次。天花板實在太高了。

紅螞蟻於是換了方法。一群工蟻爬上天花板，串成鍊子，從葉片的尖端倒掛下去。鍊子往下垂，垂向一直還在底下努力的活梯子。但還是有一段距離，於是鍊子的末端又補上了一串紅螞蟻。

差不多就要連上了，葉子的梗已經彎了，右邊只差少少的幾公分。螞蟻鍊啟動了鐘擺運動，試圖讓間隙縮小。在每一次擺動的尾聲，螞蟻鍊都延展到彷彿就要斷裂，但是又拉住了。終於，高處和底部的特技演員用大顎完成了接合，喀喳！

第二階段行動：螞蟻鍊收縮。中間的幾隻工蟻小心翼翼地從隊伍裡抽身，爬到其他同僚的肩上，然後一起拉扯，讓兩片葉子靠近。榛葉天花板一點一點下降到新村落的上方，陰影終於覆蓋到地板上。

不過，就算盒子有了蓋子，現在還必須將蓋子封上。一隻年老的紅螞蟻衝進一旁的屋裡，揮舞著一隻肥大的幼蟲跑出來。編織的工具來了。

她們把葉子的邊緣好好對齊，保持貼合。接著把鮮嫩的幼蟲帶來。這個可憐的小女孩正在吐絲結繭，想要安安靜靜地蛻變，可是大家完全沒打算讓她閒著。一隻工蟻從這顆繭上抓出一根絲線，開始抽絲。她用一點唾液把絲線末端黏在葉子上，然後把繭遞給她旁邊的工蟻。

幼蟲感覺自己的絲被抽走時，會繼續吐絲來彌補。繭被剝得越多，她就越覺得冷，就會吐出越多的絲。工蟻利用的就是這一點，她們用大顎傳遞這支活紡錘，她們對絲線的用量毫不吝惜。等這個小孩漸漸死去，氣力耗盡，她們就再去拿另一個。就這樣，為了這麼一個工程，十二隻幼蟲犧牲了。

她們封上榛葉屋頂的第二道邊；新村落現在看起來像個鑲了白邊的綠盒子。一〇三六八三號散步到了那裡，像在自己家。她好幾次在紅蟻群裡瞥見幾隻黑螞蟻，不禁問道：

她們是傭兵嗎？

不是，她們是奴隸。

可是她從沒聽說過紅螞蟻有蓄奴的風俗……旁邊一隻紅螞蟻熱心地解釋說，她們最近遇到一個向西方移動的蓄奴蟻遊牧部落，蓄奴蟻用一些黑蟻卵跟她們交換了一個可以攜行的編織巢。

一〇三六八三號可沒這麼容易放過對話者，她又問了：

那次相遇沒有變成一場戰鬥？

對方答說：

沒有，那些可怕的螞蟻已經吃飽了，她們的奴隸太多了；而且，她們害怕紅螞蟻致命的毒針。

以物易物換來的卵孵化成黑螞蟻，她們早已接受主人的氣味通行證，她們服侍這些主人，簡直把她們當成自己的父母。她們怎麼可能知道自己的遺傳基因會讓她們成為掠食者而非奴隸？除了紅螞蟻想告訴她們的事，她們對這世界一無所知。

妳們不怕她們反抗嗎？

是的，確實發生過一些動盪。一般來說，預防方式就是消滅那些個別的頑固分子。只要黑螞蟻不知道她們是從蟻窩裡被偷出來的，不知道她們屬於另一個物種，她們就不會有真正的動力……

夜色和寒冷降臨榛樹。兩位探險隊員分配到一個角落，她們在那裡度過了夜間的迷你冬眠。

希藜—埔—崗日漸茁壯。她們先建造了皇城。基地不是樹樁，而是埋在土裡的一個怪東西；其實，那是個生鏽的錫罐，從前裝過三公斤的糖漬水果，是附近一家孤兒院的廢棄物。

希藜—埔—霓在這座新宮殿裡瘋狂產卵，同時也被糖、脂肪和維生素餵得飽飽的。

第一批女兒在皇城下方建造了一個育嬰廳，利用腐殖土分解時產生的熱能提供熱源。這是眼前最實際的做法，畢竟要等到細枝穹頂和日光浴嬰室完工，那可是整座城邦建築工事的尾聲了。

希藜—埔—霓希望她的城邦可以好好運用所有現存的技術：蘑菇場、水罐蟻、蚜蟲家畜、常春藤支架、蜜露發酵室、穀粉製造室、傭兵廳、間諜廳、有機化學室……等等。

這樣的想法傳遍新城邦的每一個角落。年輕的蟻后有能力傳達她的熱情和希望。她不會讓希藜—埔—崗成為聯邦裡一般的女兒城。她的野心是要讓它成為一個前衛的園區，成為螞蟻文明的先驅。她滿腦子都是新想法。

譬如，在地下十二層附近發現了一條地下溪流。依照她的說法，水這種元素還沒有被徹底研究過，我們應該可以找出在水面行走的方法。

一開始，有個團隊負責研究生活在淡水中的昆蟲：水蚤、龍蝨、劍水蚤……這些昆蟲可以食用嗎？有朝一日可以養在我們設置的水坑裡嗎？

她的第一場著名的演講，講的就是關於蚜蟲的主題：

> 我們正在走向充滿戰亂的動盪時期。武器越來越精密。我們無法隨時跟上。或許有一天，戶外狩獵會變得不可靠。我們必須做最壞的打算。我們的城邦必須盡可能往深處延伸。我們必須以蚜蟲養殖作為維生糖分最優先的供應方式。這些牲畜將被安置在最低層的畜欄裡……

她的三十個女兒出城一趟，帶回兩隻即將生產的蚜蟲。幾小時後，她們得到了一百隻蚜蟲，並且將翅膀全數切除。她們將這第一批牲畜安置在地下二十三層，避開瓢蟲的侵擾，她們也為這些牲畜提供大量的新鮮樹葉和汁液飽滿的莖梗。

希藜－埔－霓向四面八方派遣探險隊。有些帶回了一些傘菌孢子，然後種在蘑菇場。蟻后極為嚮往新事物，甚至決定要實現母后的夢想：在東方邊界播下一整排食蟲花卉的種子。她希望這麼一來，萬一白蟻用祕密武器發動攻擊，至少可以放慢她們的攻勢。

因為希藜－埔－霓沒有忘記祕密武器的謎團，也沒忘記三二七號王子被暗殺，還有藏在花崗岩下的糧食儲備。

她派了一批使節前往貝－洛－崗，官方任務是向她的母后報告第六十五號城邦的建立，並且請求加入聯邦。但是使節團還有檯面下的任務，就是要找機會去貝－洛－崗地下五十層進行調查。

門鈴響起，奧古斯塔正在把她珍貴的烏賊照片釘上灰色的牆壁。她確認安全鍊扣上了，才把門打開一條縫。

外頭站著一位中年紳士，看起來很乾淨清爽，外套翻領上甚至沒有頭皮屑。

「您好，威爾斯夫人。請容我自我介紹：我是勒杜克教授，是令郎艾德蒙的同事。我講話不會拐彎抹角，我知道那個地窖已經害您失去了孫子和曾孫，而且八名消防員、六名憲兵和兩名警察也在那裡消失了。然而夫人……我希望您讓我下去。」

奧古斯塔不確定自己是不是聽錯了。她把助聽器的音量調到最大。

「您是侯松費爾教授嗎？」

「不是。勒杜克。我是勒杜克教授。看來您聽說過侯松費爾囉。我和艾德蒙、侯松費爾，我們三個都是昆蟲學家，我們有一個共同的專長，就是研究螞蟻。但是艾德蒙的成就領先我們太多了，不拿來造福人類實在太可惜了……府上的地窖，不知道我能不能下去一趟。」

一個人聽力不好的時候，視力就特別好。奧古斯塔仔細檢視了這位勒杜克的耳朵。人類的外型一種特殊性，會將自身最遙遠過去的形狀保留在身上。就這方面來說，耳朵代表的是胎兒，耳垂象徵頭顱，耳廓可以看出脊椎的形狀……等等。這位勒杜克從前一定是個瘦弱的胎兒，而奧古斯塔不怎麼喜歡瘦小的胎兒。

「您要去地窖裡找什麼？」

「一本書。一本百科全書，艾德蒙有系統地記錄了他的所有研究。他很喜歡裝神弄鬼，他一定是把所有東西都埋在那底下了，還設了陷阱要殺死或擊退那些沒文化的傢伙。可是我，我是有備而來的，而一個有備而來的人……」

「……很可能會被殺死！」奧古斯塔幫他把話說完。

「請給我一個機會。」

「進來吧，您說您是……什麼先生來著？」

「勒杜克，國家科學研究中心三五二實驗室的羅宏．勒杜克教授。」

她領他走到地窖。警察砌起來的牆上用大大的紅字寫著：

永遠不要下去這座該死的地窖!!!

她努了努下巴，指著那句話。

「勒杜克先生，您知道這棟樓的住戶是怎麼說的嗎？他們說這地窖是地獄之口，他們說這棟房子是肉食性的，會把那些來搔它喉嚨的人吃掉……還有人希望我們用混凝土灌進地窖裡。」

她上上下下打量了他。

「您不怕死嗎，勒杜克先生？」

「我當然怕。」他一臉奸詐，笑著說：「我怕死，我害怕愚蠢地死去，卻不知道這座地窖裡有什麼。」

一〇三六八三號和四〇〇〇號離開紅編織蟻的蟻窩好幾天了，陪伴她們的是兩隻帶毒針的兵蟻。在這條幾乎沒有氣味路徑費洛蒙的小路上，她們一起走了好久，距離榛樹上的編織蟻窩也有好幾千顱的距離了。一路上遇到了各種各樣甚至不知其名的異族動物。狀況不明的時候，她們就一律避開。

夜幕降臨時，她們盡可能往地下挖深，把自己埋進去，借用肥沃大地的溫暖和保護。

今天，兩隻紅螞蟻帶她們來到一座山丘的頂峰。

世界盡頭還很遠嗎？

就在那裡。

從她們所在的懸崖上，褐螞蟻發現，往東方看去，是一片陰暗灌木的宇宙，一望無際。紅螞蟻向她們表示，任務結束，她們不會再陪她們前進了。有些地方並不歡迎她們的氣味。

貝－洛－崗邦民必須繼續往前直走，直到收割蟻的田野，這些螞蟻一直生活在「世界邊緣」那裡，一定可以為她們提供一些資訊。

在離開兩名嚮導之前，褐螞蟻交付了珍貴的聯邦識別費洛蒙，這是這趟行程議定的代價。告別之後，她們大步下山，直奔著名的收割蟻耕種的田野。

骨骼：骨骼在體內好，還是在體外好？

骨骼如果包覆在體外，會形成一個保護殼。肌肉不會受外界危險的影響，但會變得鬆弛，幾乎會是液態。萬一有尖刺穿透了甲殼，那些傷害是無法彌補的。如果骨骼只在身體裡形成一個細瘦堅硬的長條，那麼顫動的肌肉就會暴露在所有攻擊之下。傷口到處都是，永遠都有。可是也正因為如此，這個明顯的弱點迫使肌肉變硬，纖維耐力變強。肌肉因此進化。

我見過一些人透過他們的心靈，鍛鍊「心智外殼」來保護自己免於受挫。這些人似乎比一般人堅強，他們總是說「我不在乎」，並且嘲笑一切。可是萬一有個挫折穿透了他們的甲殼，造成的損害是很可怕的。

我見過一些人為了最小的挫折、最輕微的碰觸而痛苦，可是他們的心靈並沒有關閉，他們對一切保持敏感，他們在每一次攻擊中學習。

艾德蒙．威爾斯

《相對知識與絕對知識百科全書》

蓄奴蟻來襲！

希藜－埔－崗陷入恐慌。精疲力盡的偵察兵在年輕的城邦裡傳播這個消息。

蓄奴蟻！蓄奴蟻！

她們的恐怖惡名早已遠播。一如某些螞蟻會優先採行特定的發展之道——畜牧、儲備、種植蘑菇或化學——蓄奴蟻的專精領域是戰爭。

她們只會這個，但她們把戰爭當成一種絕對的藝術來實踐。她們整個身體的演化都為了適應戰爭。她們最小的關節末梢是一根彎曲的尖刺；甲殼厚度是褐螞蟻的兩倍；窄小的頭顱呈完美的三角形，沒有任何爪子抓得住她們的頭；大顎是兩把彎刀，像兩根倒懸的象牙，揮舞起來靈活無比，令人生畏。

至於蓄奴的風俗，是因為過度發展戰爭專業而自然衍生的。這個物種甚至因為全心追求強大而瀕臨滅絕。這些螞蟻不停地戰鬥，到後來已經不知如何築巢、養育幼兒，甚至……養活自己。她們的軍刀大顎在戰鬥中所向披靡，但是要正常進食卻極為不便。然而，儘管非常好戰，蓄奴蟻並不愚蠢，既然她們已經無能從事基本生存不可或缺的家務……那就找其他螞蟻來代勞。

蓄奴蟻特別喜歡攻擊中小型的黑螞蟻、白螞蟻或黃螞蟻的巢穴——這些螞蟻都沒有毒針或蟻酸腺體。她們先是包圍她們覬覦的村莊。等被圍困者發現所有外出的工蟻都被殺死的時候，她們會決定封鎖出入口。這時，蓄奴蟻就會發起第一波攻擊。她們輕而易舉就攻破防禦工事，在邦城裡打開一道道缺口，在廊道裡散播恐慌。

這時，受到驚嚇的工蟻會想要逃出去，把蟻卵送去避難所，而這恰恰是蓄奴蟻預見的。她們守住所有的出口，逼迫工蟻丟下她們寶貴的包袱。她們只殺那些不願意服從的；螞蟻的世界從來沒有無故殺戮這回事。

戰鬥結束後，蓄奴蟻包圍巢穴，要求倖存的工蟻將蟻卵放回原處並且繼續照顧蟻卵。等蟻蛹蛻變之後，幼蟻受到的教育是為入侵者服務，而由於對過去一無所知，她們會認為服從這些大螞蟻是正確而且正常的生活方式。

在突襲期間，長久服侍蓄奴蟻的奴隸們留在後方，隱身於草叢中，等待主人清理戰場。一旦戰鬥勝利，她們就化身為善良小主婦，就地安頓，將原本的蟻卵戰利品和新蟻卵混在一起，教育那些戰俘和她們的孩子。於是，隨著這批盜匪的遷徙，被劫掠的螞蟻進行了世代融合。

一般來說，每隻蓄奴蟻需要三個奴隸來服侍。一個餵她（她只會吃交哺的食物，而且要一口一口地餵）；一個幫她清洗身體（她的唾腺已萎縮）；一個幫她清理糞便（不然這些糞會積聚在盔甲周圍並且腐蝕盔甲）。

這些專橫的兵蟻有可能遭遇的最糟狀況，當然就是被僕役拋棄。這時，她們會風風火火地衝出她們盜用的巢穴，尋找下一個要征服的城邦。如果在入夜之前沒有找到，她們就有可能因為飢寒而死。對這些輝煌的戰士來說，這是最可笑的死亡方式。

希蔾－埔－霓聽過無數蓄奴蟻的傳說。有個說法是：奴隸暴動已經發生，而這些熟識主人特性的奴隸並沒有成功。也有一說是：有些蓄奴蟻是在收集蟻卵，她們想要收藏各種體型和各種各類的螞蟻。

她想像一個廳裡擺滿五顏六色、有大有小的蟻卵。在每一個白色卵殼之下……是一種特別的螞蟻文化，隨時準備甦醒，服侍這些粗暴無知的野獸。

她把自己抽離痛苦的幻想。當務之急是要迎戰。據悉，蓄奴蟻的遊牧部落從東方遷徙而來。希蔾－埔－崗的偵察兵和間諜確認她們的規模是四十萬到五十萬隻兵蟻，利用莎苔港的地下隧道渡河。而且她們似乎很「惱火」，為了通過隧道，她們必須丟下樹葉編織的移動式蟻巢。現在住所也沒了，如果攻不下希藜—埔—崗，就得在外頭過夜了！

年輕的蟻后試著靜下心來思考：如果她們對自己的攜行式編織巢這麼滿意，為什麼會覺得非渡河不可呢？她當然知道答案。

蓄奴蟻憎恨那些城市，這種憎恨發自內心，無法解釋。每座城市對她們來說都是一種威脅，是一種挑戰。這是遊牧民族和城市居民的永恆對抗。蓄奴蟻知道，大河對岸有幾百座螞蟻城邦，一座比一座更富裕、更精緻。

不幸的是，希藜—埔—崗還沒準備好要承受這樣的攻擊。當然，在過去幾天，這座城市已經塞滿上百萬的居民：確實，她們在東方邊界已經造了一大片食蟲植物牆……但這永遠不夠。希藜—埔—霓知道她的城邦還太年輕，還沒受過戰爭的洗禮。而且，她還沒收到她派去貝—洛—崗表達加入聯邦意願的使節團的消息，所以她也無法指望鄰近城邦的支援。就連瓜耶邑—堤悠洛也有幾千顱的距離，她們來不及去通知這座夏巢的螞蟻……

在這種情況下，城邦之母會怎麼做？希藜—埔—霓決定召集最優秀的幾名獵手（她們還沒有機會證明自己是戰士），找她們來進行絕對溝通。刻不容緩，她們必須立即制定作戰策略。

駐守在希藜—埔—崗上方灌木叢的守衛回報了，她們察覺一支軍隊加速前進的氣味，這時，皇城還在進行作戰會議。

所有邦民都在備戰，但城邦還沒完成任何作戰策略，大家只能見機行事了。城邦下達命令，各就各位，所有軍團勉勉強強集合了起來（她們根本不知道什麼是戰鬥隊形——這是跟侏儒蟻對戰時得到的寶貴經驗）。大多數兵蟻其實都對那片食蟲植物牆寄予厚望。

在馬利：在馬利共和國，多貢族人認為在天空與大地最初的婚配裡，大地的生殖器是一座蟻丘。當這種交配所產生的世界完全成形時，外陰部變成了一張嘴，從嘴裡發出語言，而其物質基礎則是：編織技術，由螞蟻傳給人類。

時至今日，多貢族的繁殖儀式仍然與螞蟻有所連結。不孕婦女會坐在蟻丘上祈求阿瑪神讓她們可以生育。

可是螞蟻對人類的意義不僅如此，螞蟻還為人類示範了如何造屋。最後，還為人類指引水源地。因為多貢族人明白，必須往蟻丘底下挖掘才找得到水。

艾德蒙．威爾斯

《相對知識與絕對知識百科全書》

蚱蜢開始四處亂蹦亂跳。這是警訊。就在那裡，眼力最好的螞蟻已經看到遠方揚起一片沙塵。

平常怎麼討論蓄奴蟻都沒用，等看到她們發起攻擊，那真的又是另一回事。她們不需要座騎，她們就是自己的座騎。她們全身上下又靈活又結實，腿又粗又壯，肌肉發達，頭顱又細又尖，還有一對會動的犄角——其實就是她們的大顎。

因為流線的體型，頭顱破風前進時沒有嘶啞的風聲，只有一路飛奔。

她們經過時，野草低頭，土壤震動，沙浪翻湧。她們的觸角向前，釋放出刺鼻的費洛蒙，聞起來像在吶喊。

該把自己關在城裡對抗圍城，還是出去迎戰？

希藜－埔－霓猶豫了，她害怕了，甚至不敢冒險提出建議。所以自然而然，褐螞蟻士兵做了她們不該做的事，大家各自為政，一半出城迎戰，毫無掩蔽，其他螞蟻閉鎖在城裡，作為後備抵抗的戰力，以備因應圍城之需。

希藜－埔－霓試著回想她僅知的一場戰役——罌粟花丘之戰。她記得，對敵軍造成最大傷害的似乎是蟻酸砲。她立刻下令在第一線部署三排砲兵。

蓄奴蟻軍團現在衝進了食蟲植物牆。她們經過時，植物野獸們受到溫熱的肉味吸引，紛紛低頭探望，可是捕蠅草的速度太慢，連一隻兵蟻都還沒夾到，敵軍就全數通過了。

城邦之母錯了！

敵軍攻城時，希藜－埔－崗的第一線砲兵發動了一輪還算整齊的蟻酸砲同步齊發，只消滅了大約二十名進犯的敵軍。第二線砲陣還來不及架設，砲手就已經全數被掐喉斬首，連一滴蟻酸都來不及發射。

專攻頭部是蓄奴蟻的必殺技。她們大開殺戒，年輕的希藜－埔－崗邦民身首異處。無頭的身體有時還會繼續盲戰或四處逃竄，嚇壞了倖存的邦民。

十二分鐘後，褐螞蟻戰士所剩無幾。後半部軍隊封鎖了所有出入口。希藜－埔－崗的穹頂工程還沒完工，地表上看到的是十來個小火山口，周圍布滿細碎的礫石。

所有邦民都嚇呆了，她們千辛萬苦建造了一座現代邦城，現在卻只能眼睜睜看它任由蠻族宰割，而這幫蠻族原始至極，連自己吃頓飯都不會！

希藜－埔－霓不斷進行絕溝，可是徒勞無功，她找不出對抗敵人的方法。在出入口堆放石塊頂多只能撐個幾秒。至於廊道的巷戰，希藜－埔－崗邦民也還沒做好準備，只能赤手空拳上陣迎敵。

城外，最後的幾名褐螞蟻士兵發狂般奮力廝殺。有些兵蟻還來得及回頭，但大多數都看到出入口在她們背後堵上了。對她們來說，一切都完了。她們的頑抗於是更激烈了，因為已經沒什麼可以失去了，而且她們心想，能將入侵者的速度拖得越慢，出入口的封閉工事就會越堅固。

終於，最後一名希藜－埔－崗邦民被斬首了，她的身體在神經反射作用下，移動到一個出入口的前方，並且將細爪子嵌入其中，形成一塊無足輕重的盾牌。

希藜－埔－崗城裡，是等待。

邦民們死氣沉沉，聽天由命，等著蓄奴蟻進城。純粹的身體力量終於展現了科技還無法超越的效能……

可是蓄奴蟻並沒有攻城。她們就像漢尼拔（Hannibal）兵臨羅馬城下，面對即將征服的時刻卻躊躇不前。這一切似乎來得太容易。城裡一定有陷阱。雖然她們擅長殺戮的惡名遠播，但是褐螞蟻的名氣也不小。在蓄奴蟻的陣營裡，常聽說褐螞蟻善於發明巧妙的陷阱，還聽說她們知道如何跟傭兵結盟，而這些傭兵會在最意想不到的時刻出現在敵人眼前，也有人說她們知道如何馴服兇猛的動物，她們還會製造讓人痛到無法忍受的祕密武器。然後還有一點，蓄奴蟻在露天的環境裡有多自在，她們被牆壁包圍的時候就有多厭惡。

總之，她們並沒有破壞出入口的路障。她們也在等待。反正時間非常充裕，還要過十五個小時，黑夜才會降臨。

蟻丘裡，邦民們都很驚訝。

她們為什麼沒有發動攻擊？

希藜－埔－霓不喜歡這樣。她擔心的是「對手的行事超乎她的理解範圍」，敵人是比較強的一方，實在沒理由這麼做。她的幾個女兒靦腆地釋放出看法：或許她們想讓希藜－埔－崗邦民挨餓。這樣的可能性再次激勵了褐螞蟻：因為她們只要倚賴地下室的畜欄、她們的蘑菇場、穀粉糧倉、裝滿蜜露的水罐蟻，就足以撐過兩個月的圍城。

但是希藜－埔－霓不相信敵人會圍城，她知道那些在上面的螞蟻想要的就是一個可以過夜的巢穴。她想起城邦之母的名言：如果對手比妳強大，就以超乎她理解範圍的方法行事。是的，面對這些蠻族，尖端科技就是得救之道。

五十萬名希藜－埔－崗邦民正在進行絕溝。一場有意思的辯論終於出現。發出訊息的是一隻小工蟻：

我們犯下的錯誤，是想要複製貝－洛－崗的前輩們使用的武器或策略。我們不能複製，我們必須發明我們自己的解決方案，來解決我們自己的問題。

這樣的費洛蒙一釋放出來，各種想法百花齊放，很快就做出了決策。於是所有邦民都開始工作了。

禁衛軍：西元十四世紀，蘇丹穆拉德一世創建了一個有點特別的軍團，命名為「禁衛軍」（Janissaire，來自土耳其文yeni tcheri，意為「新民兵」）。禁衛軍有個特點：全部由孤兒組成。事實上，土耳其士兵在劫掠亞美尼亞或斯拉夫村莊之後，會將那些最年幼的孩子集合起來，關在一所特殊的軍事學校裡。他們待在那裡，對世界的其他事物一無所知。這些孩子時時刻刻都在接受格鬥技藝的訓練，成了整個鄂圖曼帝國最強的戰士。他們毫無羞恥地蹂躪他們真正的家人居住的村莊。這些禁衛軍從未想過要跟父母並肩作戰，對抗綁架他們的人。另一方面，禁衛軍的勢力日漸坐大，終於讓蘇丹馬赫穆特二世感到擔憂，他在一八二六年將禁衛軍屠殺殆盡，並且放火燒毀他們的學校。

艾德蒙．威爾斯

《相對知識與絕對知識百科全書》

勒杜克教授帶了兩只大皮箱。他從其中一只皮箱裡拿出一具汽油鑿岩機，奧古斯塔外婆看得目瞪口呆。勒杜克沒浪費一分鐘，立刻動手開鑿警察砌的水泥牆，直到鑿出一個可以讓人通過的圓洞。

鑿牆噪音停了，奧古斯塔祖母也來了。她問勒杜克要不要喝馬鞭草茶，勒杜克拒絕了。他不疾不徐地解釋，這可能會讓他有尿意。他轉向另一只皮箱，從裡頭拿出探勘洞穴專用的全套防護衣。

「您認為有那麼深嗎？」

「不瞞您說，親愛的夫人，來拜訪您之前，我對這棟建築做過研究。文藝復興時期，有幾位信仰新教的科學家住在這裡，他們修建了一條祕密通道。我幾乎可以確定，這條密道通到楓丹白露森林。那些新教徒就是從這裡逃離了迫害者的追殺。」

「可是如果下去的那些人會從森林出來，我不懂為什麼他們就沒再出現了？我孫子、我曾孫……我的孫媳婦，再加上十幾個消防員和憲兵，這些人都沒有任何理由躲起來。他們有家人、有朋友。他們又不是新教徒，而且現在也沒有宗教戰爭了。」

「您這麼確定嗎，夫人？」

勒杜克用奇怪的眼神看著她。

「宗教有了新的名字，這些宗教大言不慚，自詡為哲學或是……科學。但是教條始終沒有改變。」

勒杜克走進隔壁房間，穿上探勘洞穴的防護衣。再次出現時，他因為自己的裝扮感到尷尬——頭上還戴一頂附頭燈的鮮紅頭盔——奧古斯塔差點噗嗤一聲笑出來。

勒杜克強作鎮定，假裝什麼事也沒發生。

「在新教徒之後，這間公寓被各式各樣、五花八門的教派占用過。有些是醉心於古老異教信仰的，有的是崇拜洋蔥，或是黑皮小蘿蔔，我其實也搞不懂。」

「洋蔥和黑皮小蘿蔔對健康非常有益。有人崇拜這些東西我完全可以理解。健康是最重要的……您看，我耳朵聾了，很快就衰老了，而且我每天都在死去一點點。」

勒杜克想要安慰她。

「別這麼說，不要悲觀，您看起來氣色還是挺好的。」

「好了，那您猜猜看我幾歲？」

「我不知道……六七十歲。」

「一百歲，先生！我上禮拜滿一百歲，我全身上下都是病，我的日子一天比一天難過，特別是在失去所有我愛的人之後。」

「夫人，我明白您的感受，老年生活是一種艱苦的考驗。」

「您還有很多這種刻薄的句子嗎？」

「可是夫人……」

「別說了，快下去吧。如果明天我沒看到您上來，我會報警，他們一定會幫我砌一堵厚厚的牆壁，再也沒有人敲得破……」

四〇〇〇號長期受姬蜂幼蟲啃噬，即便在最冰冷的夜晚，她也無法入眠。於是她平靜地等待死亡，同時投身充滿熱情與冒險的活動。這樣的活動，如果不是遭遇現在的處境，她永遠不可能有足夠的勇氣去應付，譬如去發現世界的邊緣。

她們走在前往收割蟻的田野的路上。這趟旅途讓一〇三六八三號回想起保姆們教過她的一些課。她們曾經教過她，大地是個立方體，只有向上的那一面有生命。

如果她最終到達世界的盡頭，來到世界的邊緣，她會看到什麼？水？另一片天空的空無？她和她延遲死刑的同伴會比開天闢地以來的所有探險隊員、所有褐螞蟻知道的還多！

在四〇〇〇號驚訝的目光下，一〇三六八三號的腳步突然變成堅定的步伐。

到了下午，蓄奴蟻決定強行攻破入口，她們很驚訝沒有遭遇任何抵抗。但是，她們很清楚，就算城邦的規模再小，她們也還沒全數殲滅褐螞蟻的軍隊。太可疑了……

她們前進時比平日更謹慎，因為她們早已習慣露天的生活，在陽光下視力極佳，在地底卻成了睜眼瞎子。那些沒有生殖能力的褐螞蟻在地底也看不見，但她們至少已經習慣在這個黑暗世界的羊腸小徑裡變換位置。

蓄奴蟻來到皇城。蟻去樓空。一堆堆食物都還好好的擱在那裡，沒被破壞！她們繼續往下走；穀倉滿滿的，不久前還有螞蟻在這些大廳裡，錯不了的。

到了地下五層。蓄奴蟻發現了新鮮的費洛蒙。她們試圖解譯在那裡發生的對話，但是褐螞蟻留下一枝百里香，它散發的香氣會干擾所有的氣味。

到了地下六層。蓄奴蟻不喜歡那種被封閉在地底的感覺。這個小城太黑了！褐螞蟻怎麼能忍受永遠待在這種像死亡一樣黑暗的密閉空間？

到了地下八層。蓄奴蟻發現了更新鮮的費洛蒙。她們加快了腳步，褐螞蟻應該就在附近。

到了地下十層。蓄奴蟻發現一群高舉著蟻卵的工蟻。這些工蟻在入侵者眼前逃走。原來如此！她們終於明白了，全城的居民都往下跑到最深的樓層，希望能拯救她們寶貴的後代。

這樣所有事情就串起來了。蓄奴蟻將所有的謹慎都拋到腦後，放肆狂奔，在廊道裡發出著名的戰鬥吶喊費洛蒙。希藜－埔－崗的工蟻甩不掉蓄奴蟻，轉眼已經來到地下十三層。

突然，搬運蟻卵的工蟻都離奇消失了。蓄奴蟻跟著工蟻跑進去的廊道通往一間寬闊的大廳，地上到處都是一灘灘的蜜露。蓄奴蟻基於本能，爭先恐後地舔個不停，深怕這些珍釀滲到土裡。

其他戰士也在後面擠成一團，不過大廳真的很大，不論是空間還是遍地的蜜露，都足夠讓每個戰士盡情享用。多麼甜美，多麼甜蜜！這肯定是她們的水罐螞蟻廳，一隻蓄奴蟻聽過這種設施：那是所謂的現代技術，強迫一隻可憐的工蟻一輩子倒吊在那裡，腹錘被撐大到極限。

再一次，她們一邊大口大口地吃著蜜露，一邊嘲笑那些邦民。但是有個細節突然引起一隻蓄奴蟻的注意。她非常驚訝，這麼重要的大廳竟然只有一個入口……

但她已經來不及多想了。褐螞蟻完成了挖掘工事，一股湍急的水流從頂壁冒出來。蓄奴蟻想從廊道逃命，但此刻已經被一個大石塊堵住了。水位不斷上升。還沒被巨大渦流沖昏的戰士都在拚命掙扎。

這個主意是提醒大家不能複製前輩做法的那隻工蟻想出來的。她後來又丟出一個問題：我們的城市有什麼特別之處？眾口同聲，發出同一種費洛蒙：地下十二層的地下溪流！

於是她們在地下溪流引了一道水渠，用油性的葉子做水道的防水層，剩下的就是蓄水槽方面的技術問題了。她們在一間廂室裡建造了一個大型蓄水池，然後用一根樹枝在水池中心鑽洞。最困難的部分顯然是要讓這根鑽洞的樹枝持續指向水面。最後是幾隻螞蟻懸吊在廂室的頂壁，完成了這項壯舉。

蓄水池下方，只見垂死掙扎的蓄奴蟻拳打腳踢。大多數都溺斃了，但是等到上層的水全部灌進下層的大廳，水位持續上升，倖存的蓄奴蟻因此得以從頂壁上的洞爬到上層。但是褐螞蟻早就架好蟻酸砲，毫不費力地將她們擊斃。

一小時後，這鍋蓄奴蟻清湯沒有任何動靜了。希蓉－埔－霓蟻后獲勝了。她發出她的第一句歷史性名言：障礙越高，就越會逼迫我們超越自己。

一陣沉悶而規律的撞擊聲吸引奧古斯塔走進廚房，這時勒杜克教授正扭動著身體從牆上的破洞鑽出來。竟然，在二十四小時之後！曾經有個討厭鬼，就算失蹤了她也不會在乎，而她竟然這麼期待他回來！

他的連身防護衣破破爛爛的，但他安然無恙。他也是一無所獲。這種事就像鼻子長在臉的中間，不必看也知道。

「怎麼樣？」

「什麼怎麼樣？」

「您找到他們了嗎？」

「沒有⋯⋯」

奧古斯塔其實非常激動。這是第一次有人活著走上來，而且沒有因為這個洞而發瘋。所以這趟探險是有可能活著回來的！

「到底下面有什麼？是不是像您想的那樣，通往楓丹白露森林？」

他脫下頭盔。

「請先給我一點東西喝。我已經把所有存糧都吃完了，從昨天中午到現在，我連一滴水都沒喝。」

她用保溫杯端來一杯馬鞭草茶。

「您要我告訴您下面有什麼是嗎？有一座很陡的螺旋梯，一直往下好幾百米。那裡有一扇門。有一段走廊，那裡有紅色的反光，那裡到處都是老鼠，然後走到最後有一堵牆，應該是您的孫子喬納東做的。這堵牆非常堅固，我試過要用電鑽打洞，可是沒有成功。其實這堵牆應該是可以旋轉或移動的，因為有個輸入密碼的字母鍵盤。」

「輸入密碼的字母鍵盤？」

「是的，應該是要輸入一個單詞來回答一個問題。」

「什麼問題？」

「如何用六根火柴棒做出四個等邊三角形？」奧古斯塔忍不住笑出來。這反應深深激怒了科學家。

「您知道答案嗎！」

在笑不可遏的空隙裡，奧古斯塔還是設法表達了：

「不！不知道！我不知道答案！但我很早就知道這個問題！」然後她還在笑，繼續在笑。勒杜克教授咕噥著：

「我待在那裡幾個小時找答案。顯然，有個解法把V當成三角形，但這其實不算等邊三角形。」

他一邊講，一邊收拾他的裝備。

「如果您不介意，我先去問一個數學家朋友，晚點再回來。」

「不行！」

「什麼？為什麼不行？」

「機會只有一次，就這麼一次。如果您沒好好把握，它就過去了。請把這兩個行李箱都帶走。再見了，先生！」

她甚至沒幫他叫計程車。她的厭惡感凌駕一切，勒杜克很明顯有一種氣味，讓她聞了就是不爽。

她坐在廚房裡，面對破了大洞的牆壁。現在情況有變，她決定打電話給傑森・布哈捷，還有那位侯松費爾先生。她決定要在死前找點樂子。

人類費洛蒙：一如昆蟲透過氣味進行溝通，人類也有一種嗅覺語言，人類可以透過這種語言和其他同類進行低調的溝通。

由於我們沒有觸角可以發射，所以我們會從腋窩、乳頭、頭皮和生殖器官將費洛蒙投放到空氣裡。

這些訊息是在無意識的情況下被感知的，但同樣有效。人有五千萬個嗅覺神經末梢；五千萬個細胞可以識別數千種氣味，而我們的舌頭只認得四種味道。

這種溝通方式我們用在哪些地方？

首先是性方面的吸引力。一個人類男性被一個人類女性吸引，很可能只是因為欣賞對方的天然氣味（而且這氣味經常還藏在人工氣味底下！）。同樣的，人類男性也可能會被一個人類女性排斥，原因是對方的費洛蒙跟他「說不上話」。

這個過程非常微妙。兩個生物甚至不會察覺他們之間進行了嗅覺對話。我們只會說「愛情是盲目的」。

人類費洛蒙的這種影響也有可能出現在攻擊的關係裡。就如同在狗的世界一樣，人如果嗅到傳遞對手「恐懼」訊息的氣味，就會自然產生攻擊對手的欲望。

最後，人類費洛蒙所引發的效應當中，最引人注目的一種，應該是月經週期的同步化。有人發現，幾位一起生活的女性會散發出一些氣味，這些氣味會調整她們的生理機制，從而導致所有人的月經都同時開始。

艾德蒙．威爾斯
《相對知識與絕對知識百科全書》

他們在金黃的田野上看到她們的第一批收割蟻。其實，我們應該稱她們為伐木蟻；每一株穀物都比她們高大得多，她們得將穀物的稈子從底部剪斷，才能讓她們要吃的穀粒掉落。

除了採收之外，她們的主要活動是清除所有生長在她們作物周圍的其他植物。為此，她們使用自製的除草劑：吲哚乙酸，用她們腹部的腺體噴灑。

收割蟻幾乎沒有注意到一○三六八三號和四○○○號的到來。她們從沒見過褐螞蟻，對她們來說，這兩隻昆蟲頂多就是兩個逃跑的奴隸，或是兩隻在找隱翅蟲分泌物的螞蟻。總之，流浪女或是藥癮婆。

不過，終於有一隻收割蟻察覺到紅螞蟻的氣味分子。在一名同伴的陪同下，她放下工作走了過來。

你們遇到過紅螞蟻嗎？她們在哪？

在交談的過程中，貝－洛－崗邦民得知紅螞蟻在幾星期前襲擊了收割蟻的巢穴。她們用毒針殺死了一百多隻工蟻和生殖蟻，然後偷走她們貯藏的所有穀粉。收割蟻大軍為了尋找新的種子遠赴南方戰場，當她們回來時，只看到被劫掠一空的城邦。

褐螞蟻承認她們確實遇到過紅螞蟻，是紅螞蟻指點了正確的方向，她們才能找到這裡。有螞蟻向她們提問，於是她們述說了自己的大冒險。

妳們在尋找世界的盡頭嗎？

她們點頭。這時其他螞蟻爆出一陣透露歡樂氣味的笑聲費洛蒙。她們為什麼哈哈大笑？難道世界盡頭並不存在？

當然存在，世界盡頭存在，而且妳們已經到了那裡！除了收割作物，我們的主要工作就是嘗試越過世界的盡頭。

收割蟻提議次日早晨帶兩名「觀光客」造訪這個形而上的地方。她們待在收割蟻在山毛櫸樹皮上挖出的小窩裡，整個晚上都在聊天中度過了。

那麼世界盡頭的守護者呢？一〇三六八三號問道。

別急，妳們很快就會看到的。

他們是不是真的擁有可以瞬間毀滅整個軍隊的武器？

收割蟻很驚訝，這些異邦螞蟻竟然知道這些細節。

確實如此。

所以一〇三六八三號終於可以解開祕密武器之謎了！

這夜，她做了一個夢，她看到大地旋轉九十度停在那裡，垂直的水牆高聳入雲，一群藍螞蟻從水牆裡走出來，拿著幾根破壞力極強的洋槐樹枝。只要被這些魔法樹枝輕輕一碰，不論任何東西都會化為粉塵。

Quatrième
Chapitre

路的盡頭

LE BOUT DU CHEMIN

奧古斯塔在六根火柴前面度過了一整天。這堵牆的心理意義高過它的實質存在，這一點她是明白的。這就是艾德蒙最愛說的「你必須以不同的方式思考！」……她兒子一定是發現了什麼，這是肯定的，而他用他的聰明才智把自己的發現隱藏起來。

她記得艾德蒙童年時期的「巢穴」。或許是因為那些巢穴都被大人毀了，他才會想要幫自己造一個無法進入的巢穴，一個永遠不會有人來打擾的地方……那像是一個內在的世界，反映的就是艾德蒙的與世無爭……以及不想被世界看見。

奧古斯塔抖落在身上蔓延的麻木感。童年的記憶湧現。那是個冬日的夜晚，她還很小，她明白了零以下也有可能存在一些數字……3、2、1、0然後是-1、-2、-3……。數字的順序顛倒了！就好像數字的想法被翻轉過來。所以「零」並不是一切的結束或開始。另一邊存在著另一個無限的世界。就好像「零」的這面牆被打破了。

當時她應該是七歲或八歲，這個發現讓她心煩意亂，整夜不能成眠。

數字顛倒了……這是另一個維度的開口。第三個維度。立體！

天啊！

她的手因為激動而顫抖，她在哭泣，但她還有力氣拿起火柴棒。她把三根火柴排成三角形，然後在三個角各放一根火柴，接著她立起這三根火柴，讓它們在上方的一個點結合起來。

這樣就形成了一個「金字塔」——一個角錐和四個等邊三角形。[1]

這就是大地的邊界。一個令人難以置信的地方。這裡已經沒有什麼是自然的，沒有什麼是跟土地有關的了。這和一〇三六八三號的想像不一樣。世界的邊緣是黑的，是她從未見過的一種黑！世界的邊緣是硬的、光滑的、溫熱的，而且聞起來有礦物油的味道。

這裡沒有垂直的海洋，只有前所未見的兇猛氣流。

她們在那裡待了很久，想了解這裡到底是怎麼回事。她們不時感覺到振動，強度呈指數增長。突然間，地面震動了，一陣狂風揚起她們的觸角，地獄般的聲響讓她們脛節上的鼓膜聽器砰砰作響。看來是免不了一場狂風暴雨了，可是暴風雨的前兆才剛出現，一切卻又戛然而止，只剩幾縷塵埃以螺旋方式落下。

很多收割蟻探險隊員都想越過這邊界，可是守護者們就在那裡。這種聲響，這種風，這種振動，就是牠們：世界邊緣的守護者，牠們打擊所有試圖踏上黑色大地的生物。

以前有人見過守護者嗎？

褐螞蟻還沒來得及得到答案，另一次爆裂聲又炸開了，然後消失。陪伴她們的六隻收割蟻當中有一隻聲稱，走上「被詛咒的土地」之後，從來沒有誰還能活著回來。守護者會碾碎一切。守護者……襲擊拉－秀拉－崗和三二七號雄蟻遠征隊的應該就是牠們。但牠們為什麼要離開世界的盡頭而往西方移動呢？牠們想入侵這個世界嗎？

這方面，收割蟻所知的還沒有褐螞蟻多。

可以描述一下守護者嗎？

她們只知道，所有靠近守護者的螞蟻都被碾死了。她們甚至不知道要將守護者歸類為哪一種生

1 埃及金字塔是四方錐，奧古斯塔用火柴棒排成的是三角錐。法文裡「金字塔」和「角錐」是同一個單詞（pyramide）。

物：巨型昆蟲？還是鳥？還是植物？收割蟻只知道牠們非常迅速，非常強大。那是一種超越她們的力量，完全不像任何已知的東西……

就在這時候，四〇〇〇號突然做出一個意想不到的行動。她丟下了這個團隊，冒險闖入禁地。要死就死吧，放膽去做，她想試試就這樣越過世界的盡頭。其他螞蟻睜大眼睛看著她，神色駭然。

她慢慢前進，透過腳底敏感的末端感受著最輕微的振動、最微弱的宣告死亡的氣味。就這樣……她跨越了五十顱，一百顱，兩百顱，四百顱，六百顱，八百顱。沒事。毫髮無損！其他螞蟻在對面為她歡呼。從她所在之處，她看到一些白色長條的東西斷斷續續地流過，忽左忽右。黑色的土地上，一切都死氣沉沉；沒有一隻昆蟲，也沒有一株植物。地面那麼黑……那不是真正的土地。

她察覺有植物存在，在遙遠的前方。難道在世界的邊緣之外還有一個世界？她向留在邊界內的同伴們發出一些費洛蒙，告訴她們這一切，但是距離如此遙遠，對話很難進行。

她才掉過頭，巨大的振動跟聲響就再次發動了。守護者回來了！她竭盡全力奔跑，想回去跟同伴們會合。

一個嚇人的龐然大物在巨大的轟鳴聲裡橫空而過，有那麼一瞬間，同伴們呆住了。守護者出現了，散發著礦物油的氣味。而四〇〇〇號消失了。

螞蟻們往邊緣靠近了一點，她們明白了。四〇〇〇號已經被壓得如此密實，身體的厚度只剩十分之一顱，彷彿嵌入了黑色的地面！

貝－洛－崗的老探險隊員什麼也沒留下，姬蜂卵帶來的苦刑也同時結束了。不過倒是可以看見一隻姬蜂幼蟲剛剛刺穿了她的背部，在壓扁的紅褐色身體中間留下一個幾乎難以察覺的白點……

所以這就是世界盡頭守護者的攻擊方式。只聽到一陣噪音，接著是一股氣流，然後一切被瞬間摧毀、輾壓、粉碎。一〇三六八三號還沒分析完這個現象，另一次爆炸就響起了。就算沒人越過門檻，死神也會出手的。塵土落回了地面。

儘管如此，一〇三六八三還是想要穿越看看。她想起了莎苔。這裡的問題跟那裡是類似的。如果上面行不通，那就必須從下面走。我們得把這片黑土地當成一條大河，而渡河的最佳方式就是在底下鑽出一條隧道。

她跟六隻收割蟻說了這個想法，她們立刻發出熱烈的回應。當然是要這麼做，她們不明白，為什麼她們沒有早一點想到！於是大家舉起大顎，開始猛挖。

傑森．布哈捷和侯松費爾教授從來都不是馬鞭草茶的狂熱愛好者，但他們正走上馬鞭草茶真愛之路。奧古斯塔細說從頭，向他們娓娓述說她兒子指定他們兩人作為這公寓的繼承人，順位在她之後。或許大家哪天想不開都會想要下去探索一下——像她就一直想要。所以她覺得不如大家把能量聚集起來，發揮最大效力。

奧古斯塔為大家提供事前的必要資料之後，三個人都不怎麼說話了。他們不需要靠說話來理解對方。一個眼神、一個微笑……沒有誰曾經感受過如此直接的心智滲透，而且這超越了單純的理解力；他們彷彿生來就是為了彼此互補，他們的基因排序相互嵌合，相互融合。這根本就是魔法。奧古斯塔已經很老了，而另外兩人卻覺得她格外美麗……

他們憶起了艾德蒙；沒有人的心裡藏有一絲一毫不可告人的動機，他們都因為彼此對死者的愛感到驚訝。傑森．布哈捷沒有談他的家庭，侯松費爾教授沒有說他的工作，奧古斯塔沒有提她的病。他們決定當晚就下去。他們知道這是他們當下唯一要做的事。

長久以來：長久以來，人們都認為一般的電腦科學，特別是人工智慧的程式會以新的角度來混合並且呈現人類的概念。簡言之，我們期待電子技術有一種新的哲學。但就算以不同的方式呈現，原始的材料還是一樣：都是人類的想像力生產出來的想法。這是死路一條。創新思想的最佳途徑是跳出人類的想像。

艾德蒙．威爾斯

《相對知識與絕對知識百科全書》

希－莉－岡的規模和智力都在增長，它現在是「青少年」城邦了。她們繼續發展水利工程技術，在地下十二層打造了一整套運河網路。這些水道可以將食物從城邦的一端快速運輸到另一端。

希－莉－岡邦民有非常充裕的時間來精進她們的水路運輸技術。終極成果是一片漂浮的越橘葉。順流而下，可以在河道上航行數百顱，譬如從東邊的蘑菇場到西邊的畜欄。

她們希望有一天能成功馴服龍蝨。這些大型水生甲蟲的鞘翅下有氣囊，游得非常快。如果能訓練龍蝨幫忙在水裡推越橘葉，她們的樹葉小舟就會比水流的推動模式更容易掌控。

希－莉－埔－霓自己提出了另一個充滿未來性的想法。她記得將她從蜘蛛網上解救出來的犀角金龜。那是多麼完美的戰爭機器！那些犀角金龜不僅前額有巨型的犄角，不僅身上有堅固的甲殼，牠們的飛行速度更是驚人。蟻后想像由這樣的野獸所組成的軍團，每隻犀角金龜的頭頂配備十名砲兵。她眼裡已經看到這些近乎刀槍不入的部隊勇猛地向敵軍衝鋒，讓敵軍淹沒在蟻酸之中……

唯一的障礙是：犀角金龜跟龍蝨一樣難以馴服，因為螞蟻甚至無法理解牠們的語言！於是數十隻工蟻費盡苦心破譯牠們的嗅覺排放，並且試著讓牠們理解螞蟻的費洛蒙語言。

儘管一時之間成效不彰，希藜－埔－崗邦民還是可以透過餵食蜜露而得到犀角金龜的支援。食物終究還是昆蟲最佳的共同語言。

儘管城邦的集體動力旺盛，希藜－埔－霓還是憂心忡忡。為了確定她們可以成為第六十五號城邦，她已經派出三個使節團前往聯邦，至今依然音訊全無。難道貝洛－裘－裘霓拒絕她們的結盟請求嗎？

希藜－埔－霓越想越覺得她的間諜特使一定是出了什麼差錯，要不是遭到岩香兵蟻半路截擊，就是被地下五十層隱翅蟲的迷幻氣息給迷惑住了……還是，有什麼其他可能嗎？

她想把事情搞清楚。她沒打算放棄聯邦的認可，也不想放棄追查事情的真相！她決定派出她最優秀也最敏捷的八〇一號兵蟻。為了將所有重要資訊都交付給她，蟻后和年輕的兵蟻進行了一次絕溝，這麼一來，八〇一號對這個謎團的了解就會和蟻后一樣多。她將成為：

希藜－埔－崗張望的眼睛

感覺的觸角

發動攻擊的利爪。

老太太準備了一個裝滿口糧和飲料的背包，裡頭還有三個保溫瓶，裝著熱騰騰的馬鞭草茶。最重要的是，千萬別跟那個討人厭的勒杜克一樣，因為沒考量食物的因素，過沒多久就不得不上來了……可是就算考慮周全，勒杜克就想得出密碼嗎？奧古斯塔很懷疑。

在諸多裝備當中，傑森．布哈捷特別帶了一大罐催淚瓦斯和三副防毒面具；丹尼爾．侯松費爾則是帶了一臺最新款、附閃光燈的相機。

現在，他們在這座石頭旋轉木馬裡轉呀轉的。跟之前的所有人一樣，不斷地往下降，這會讓他們塵封已久的記憶、想法突然出現。幼兒期、父母、最初的痛苦、犯過的錯、受挫的愛、自私、驕傲、後悔……

他們的身體機械性地移動，超越了所有疲勞的可能。他們正在沉入這個星體的血肉之中，他們正在沉入自己的前世。啊！生命多麼漫長，生命的破壞性可以有多大，而破壞性遠比創造性更容易……

他們終於來到一扇門前。那裡刻著一段文字。

死亡時刻的靈魂和那些領悟偉大奧祕的人感受到相同的印象。
先是盲目的奔跑，在痛苦的迷途，在令人不安的無盡旅程中，穿越黑暗。
繼而，在結束之前，恐懼達到頂峰。寒顫、發抖、冷汗、痛苦主導一切。
這個階段之後，幾乎是立即上升，迎向光明，迎向突如其來的一片光亮。
奇妙的微光映入眼簾，他穿越純淨之地和迴盪著聲音與舞蹈的草原。
神聖的話語激發宗教的崇敬。完美的、領悟的人自由了，他歡慶偉大的奧祕。

丹尼爾拍了一張照片。

「我知道這段文字，」傑森說：「是普魯塔克[2]寫的。」

「這文字確實漂亮。」

「你們看了不會害怕嗎？」奧古斯塔問道。

「怕是會怕，但這是刻意安排的。無論如何，那上面都說了，恐懼過後就是光亮。所以我們就一步一步來吧。如果一點恐懼是必要的，那我們就恐懼吧。」

「沒錯，那些老鼠……」

彷彿說鬼鬼到，老鼠已經在那裡了。三位探險隊員感覺到老鼠鬼鬼祟祟的存在，他們的鞋子一抬高，鞋底就會感受到那種觸感。丹尼爾又拍了一張照片。閃光燈照亮了一幅令人作嘔的畫面，一大片宛如地毯的灰色絨球和黑色耳朵。傑森急忙分發防毒面具，然後向四周大量噴灑催淚瓦斯。囓齒動物一哄而散……

他們繼續往下走，走了很久。

「要不要停下來野餐，兩位先生？」奧古斯塔提議。

於是他們停下來野餐。老鼠的插曲似乎被遺忘了，三人的心情好到不能再好。因為地下有點冷，他們又喝了一大口酒和一杯咖啡為他們的野餐畫下句點。一般來說，馬鞭草茶只有下午吃點心的時候才會提供。

2 普魯塔克（Plutarque，約四六－一二五）：羅馬帝國的希臘作家，著有《希臘羅馬名人列傳》。

她們挖了很久，才從一個土壤鬆軟的地區挖了上去。一對觸角終於像潛望鏡一般從地底浮現；陌生的氣味淹沒了這對觸角。

自由的空氣。這就是了，這是世界盡頭的另一邊。這裡依然沒有垂直的水牆，而是跟另一個世界看起來真的完全不同的宇宙。雖然還是看得到幾棵樹和幾處草地，但緊接著就是一片灰色、堅硬、光滑的沙漠，沒有任何蟻丘或白蟻丘的蹤跡。

她們走了幾步。但是一些巨大的黑色物體正在她們周圍敲擊著。有點像是守護者，只是那些東西掉落的方式很隨機。

而這還不是全部。遙遠的前方矗立著一塊巨大的石碑，高到她們的觸角也無法感知它的極限。它遮蔽了天空，它壓碎了大地。

這應該就是世界盡頭的牆了，後面有水。一〇三六八三號心想。

她們又前進了一點，結果碰上了一群蟑螂，糊成一團……不知該如何形容的東西。牠們的透明甲殼讓人看見裡頭所有的內臟、器官，甚至血管裡搏動的血液！太醜陋了！大家正要掉頭的時候，三隻收割蟻被一大團墜落的東西壓得粉碎。

一〇三六八三號和她僅存的三名同伴決定不顧一切，繼續往前。她們穿過幾處充滿孔隙的矮牆，依舊朝著那塊無限大的石碑的方向走。她們突然發現自己所在之處越來越令人困惑了。地面是紅色的，還有像草莓外皮的種子顆粒。她們發現了一處像井的地方，正想下去找個陰涼處，突然，一個直徑至少十顱的白色大球從天而降，在地上彈跳，追逐她們。她們飛身躍入井裡……才剛剛貼緊井壁，大球就墜入井底，開始碾壓。

她們爬了出來，魂飛魄散，趕緊逃命。井的周圍，地面是藍色、綠色或黃色，到處都有這種井和這些白色的球體追著妳跑。這次她們受夠了，勇敢也是有極限的。這個宇宙太不一樣了，根本讓人無法忍受。

於是她們逃跑，上氣不接下氣，她們逃回地道，趕快回到正常的世界。

文明（續）：另一場文明的大衝擊：西方與東方的相遇。

中國史書記載，大約在西元一一五年，一艘可能來自羅馬的船抵達中國。這艘船受暴風雨重創，經歷數日的偏航，最後擱淺在海岸上。

但是船上的乘客都是特技演員和雜耍演員，他們一上岸就想要以表演來安撫這個陌生國度的居民。中國人就這樣——目瞪口呆地——看到這些大鼻子的外國人在噴火、縛住手腳再掙脫、把青蛙變成蛇……等等。

於是中國人理所當然地得出結論，西方人都是小丑和食火者。幾百年後，才出現了更正誤解的機會。

艾德蒙．威爾斯

《相對知識與絕對知識百科全書》

他們終於來到了喬納東的牆壁前面。如何用六根火柴棒做出四個等邊三角形？丹尼爾不忘拍照。奧古斯塔在鍵盤摁下pyramide[3]這幾個字母，牆緩緩轉動了。她為她的孫子感到驕傲。

他們通過了，沒多久就聽到牆回歸原位的聲響。傑森照亮了牆壁；到處都是岩石，但跟剛才已經不一樣了。在那面牆之前，牆是紅色，現在變成黃色，到處都是硫磺礦脈的紋路。

不過空氣還是可以呼吸。甚至還會感覺到一絲細細的氣流。勒杜克教授說的沒錯嗎？隧道盡頭的出口真的是楓丹白露森林嗎？

突然間，他們又遇到了一群老鼠，比先前遇到的那群更有攻擊性。傑森明白接下來會發生什麼事，但是根本來不及向其他人解釋：他們只能重新戴上防毒面具並且噴灑催淚瓦斯。每次牆壁轉動——這種情況確實不常發生——有些「紅色區域」的老鼠就會越界來「黃色區域」覓食。但就算紅色區域的老鼠勉強活得下去，其他地方的老鼠——移居者——找不到可以果腹的東西，也只好互相吞噬。

傑森和他的朋友遇上的正是這些倖存者，換句話說，是最凶狠的。對付這些老鼠，催淚瓦斯證明完全無效。牠們發動攻擊！牠們躍起，想要抓住這些人的手臂……

丹尼爾已經在歇斯底里的邊緣了，他用刺眼的閃光燈掃射，但這些重達數公斤的野獸像惡夢一般，牠們根本不怕人。最初的幾道傷口出現了。傑森拿出小刀刺死兩隻老鼠，然後把牠們扔給其他老鼠分食。奧古斯塔拿一把小左輪手槍開了幾槍……他們就這樣脫身了。槍響正是時候！

當我還……：當我還小的時候，我常趴在地上看蟻丘，一看就是好幾小時。對我來說，這比電視更「真實」。

蟻丘帶給我的奧祕當中，有一個是這樣的：為什麼每次我下手破壞之後，牠們都會帶一些受傷的螞蟻回去，然後任由其他螞蟻死去。這些螞蟻的大小都一樣……牠們是根據什麼標準來做選擇，牠們如何認定某一隻螞蟻是應該關注的，而另一隻則可以忽略不管？

艾德蒙・威爾斯
《相對知識與絕對知識百科全書》

他們在黃色條紋的隧道裡奔跑。

接著來到一道鋼網柵的前面。網柵中央有個開口，使得整體看起來像個魚簍。網柵越縮越窄，呈圓錐狀，可以讓中等身材的人體通過，但是因為圓錐末端出口設置了一些尖刺，並沒有返回的可能性。

「這是最近才DIY的……」

「嗯，看來製作那扇門和這個魚簍的人是不希望大家往回走了……」

「看！」

奧古斯塔認出這又是喬納東的作品，他是門和金屬材質的大師。

丹尼爾照亮了一句銘文：

3 法文 pyramide 兼有「角錐」和「金字塔」二義。

意識到此結束
您想要進入潛意識嗎？

他們面面相覷。
「我們要怎麼做？」
所有人都在同一時間想著同樣的事。
「都走到這了，放棄太可惜了。我建議大家繼續走下去！」
「我先進去了。」丹尼爾邊說邊把馬尾塞進衣領，免得頭髮被勾到。
三個人陸續爬過鋼網魚簍。
「這感覺很有趣，」奧古斯塔說：「我覺得好像以前就有過這種經驗。」
「您曾經在一個魚簍裡，它會變窄而且會阻止您往回走嗎？」
「是啊，很久很久以前的事了。」
「您說的很久以前是多久……」
「噢！是我還很小的時候，應該才……出生一兩秒吧。」

收割蟻回到她們的城邦講述她們在世界另一邊的冒險，那是一個怪獸橫行的國度，充滿難以理解的現象。蟑螂、黑色板子、巨大的石碑、井、白色的大球……不勝枚舉！在如此怪誕的世界裡，要建立一個村莊是不可能的。
一〇三六八三號在一旁休息，讓體力恢復。她反覆思索。等姊妹們聽了她的故事，所有的地圖就得重畫了，而且行星知識的基礎原理也要重新思考了。她心想，該是返回聯邦的時候了。

從魚簍開始，他們應該走了十公里左右……其實也沒人知道走了多遠，但是無論如何，大家應該都覺得累了。

他們來到一條與隧道交錯的細小溪流，那裡的水特別熱，富含硫磺。

丹尼爾突然停下來，他以為水面上出現一艘樹葉小舟，上頭都是螞蟻！仔細一看，應該是磺煙瀰漫害他「產生幻覺」……

他們又走了幾百米，傑森踩到了一個鬆脆的東西。他用手電筒一照。是一副胸腔的骨架！他大叫一聲。丹尼爾和奧古斯塔也用手電筒在附近掃了一圈，又發現兩具骷髏，其中一具的身形像是小孩。會不會是喬納東一家三口？

他們又上路了，而且很快就被迫開始奔跑，因為一大片窸窸窣窣的聲音宣告著老鼠的到來。牆壁的黃色轉變成白色。那是石灰。他們筋疲力盡，終於走到隧道的盡頭。眼前是一座往上的螺旋樓梯！

奧古斯塔往老鼠的方向射出最後兩發子彈之後，一行人衝上了樓梯。傑森的腦袋還是很清醒，他注意到這裡跟第一座樓梯相反，也就是說，上升和下降都是依順時針方向旋轉的。

消息引起了轟動。一個貝－洛－崗邦民剛剛抵達了城邦。消息一傳十，十傳百，大家都說應該是聯邦特使來宣布正式併入希藜－埔－崗為第六十五城。

希藜－埔－霓不像女兒們那麼樂觀。她對這位訪客。有沒有可能是貝－洛－崗派來的岩香兵蟻，目的是要滲透、破壞這個離經叛道的蟻后建立的城邦？

她看起來怎麼樣？

看起來非常疲憊！應該是從貝－洛－崗一路跑來，在幾天之內完成了這趟行程。

是放牧蟻看到她疲憊不堪，在附近晃蕩。到目前為止她都還沒有發出任何費洛蒙，就被直接帶到水罐螞蟻廳，讓她補充能量。

帶她來這裡，我想單獨和她說話，但我希望守衛留在御所的入口待命，依我的信號行動。

希－莆－霓一直想聽到來自母城的消息，可是現在有個代表突然上門，她腦子裡閃過的第一個念頭卻是將她視為間諜，而且要將她處死。她等著要見她，但如果她嗅出一絲岩石香氣的分子，她會毫不猶豫地處決她。

貝－洛－崗邦民被帶上來了。她們一認出對方，就在彼此的身體跳上跳下，張開大顎，開始進行……最溫潤的交哺。她們的情緒如此強烈，以至於無法立即釋放費洛蒙。

希－莆－霓發出第一個費洛蒙訊息。

調查結果如何？是白蟻嗎？

一〇三六八三號述說她渡過東方大河，造訪白蟻城；而白蟻城被徹底摧毀，沒有任何白蟻倖存。

那麼，這一切的幕後黑手是誰？

依照一〇三六八三號的說法，真正應該為這一切無法理解的事件負責的是世界東方邊緣的那些守護者。這種動物怪異至極，我們根本看不見也感覺不到牠們。突然，牠們從天而降，大家就死光了！

希藜－埔－霓仔細聽著。不過，還有一件事無法解釋，一〇三六八三號補了一句，世界盡頭的守護者是怎麼利用那些岩香兵蟻的？

關於此事，希藜－埔－霓有自己的見解。她說，那些岩香兵蟻既非間諜也不是傭兵，而是城邦的地下祕密武力，負責監控城邦機體的壓力水平。她們負責扼殺所有可能讓城邦焦慮不安的訊息……她講述了這些殺手如何謀殺三二七號雄蟻以及她們如何試圖暗殺她。

還有岩石地板底下的糧食儲備呢？花崗岩裡的廊道呢？

這個部分希藜－埔－霓沒有任何答案，所以她派出間諜使節團，試圖解開雙重的謎團。

年輕的蟻后向她的朋友提議，帶她去參觀城邦。一路上，她向她解釋了水可以提供各種奇妙的可能性。譬如東方的大河，它一直被認為是致命的，但它其實只是水，蟻后掉進河裡並沒有死。或許有一天，我們可以乘著樹葉在這條大河上順流而下，發現世界北方的邊緣……希藜－埔－霓的語氣激昂：北方邊緣的守護者或許存在，我們可以煽動牠們去對抗東方邊緣的那些守護者。

一〇三六八三號也留意到希藜－埔－霓滿腦子都是一些大膽的計畫。並非所有計畫都現實可行，但是已經實施的幾項確實令人印象深刻：一〇三六八三號從未見過如此遼闊的蘑菇場或畜欄，也從未見過漂浮在地下運河上的小舟……

但是最讓她感到驚訝的還是蟻后最新的一則費洛蒙訊息。

她申明，如果使節團在兩週之內沒有返回，她將向貝－洛－崗宣戰。依照她的說法，母城已經跟這個世界脫節了。光是岩香兵蟻的存在，就說明這是一個無法面對現實的城市，這是一個像蝸牛一樣膽小怕事的城市。母城曾經充滿革命性，但現在過時了，我們需要有人來接班。在這裡，在希藜－埔－崗，螞蟻的進步快得多。希藜－埔－霓相信，如果由她擔任聯邦首腦，她可以讓聯邦快速進化。對於聯邦轄下的六十五個城邦，她的創新做法可以帶來十倍於現在的成果。她已經在考慮征服河流，並且利用犀角金龜建立一支飛行軍團。

一〇三六八三號猶豫了。她原本想要回到貝－洛－崗講述她的大冒險，但是希蔾－埔－霓要她放棄這個打算。

貝－洛－崗已經建立一支「拒絕知道」的祕密武力，妳別去強迫母城知道它不想知道的事。

螺旋樓梯最上面的幾階是鋁製的，這可不是文藝復興時期就有的！這幾階鋁梯通往一扇白色的門。門上又是一段銘文：

> 而我來到一堵被火舌包圍的水晶牆附近。而我因此開始恐懼。
> 接著我穿越火舌，來到一座水晶砌造的大宅附近。
> 大宅的牆壁像水晶海，地基是水晶。
> 頂壁宛如燦爛星河。
> 而祂們之間是火的象徵。
> 而祂們的天清澈如水。
> 《以諾一書》

他們推開門，走上一條非常陡的廊道。地面突然在他們的腳底往下沉——地板可以往下掀！墜落的時間如此漫長……以至於害怕的時間都過了，他們已經可以感覺自己在飛翔。他們飛起來了！

一張空中飛人的安全網接住他們的墜落。網子巨大，網眼細密。他們手腳並用，在黑暗中摸索前進。傑森．布哈捷發現了一扇新的門……不需要新的密碼，門上有簡單的把手。他低聲呼喚同伴們，然後把門打開。

老人：在非洲，人們對老人死亡的哀悼之情甚於新生兒的死亡。老人經驗豐富，可以惠及部落的每一個人，而新生兒還沒活過，甚至不會意識到自己的死亡。

在歐洲，人們為新生兒哀悼，因為我們認為，如果新生兒活下來，肯定會做出一些很了不起的事。相對的，人們對老人的死亡不太在意，反正老人已經享受過人生了。

艾德蒙．威爾斯

《相對知識與絕對知識百科全書》

這地方沐浴在藍色的光裡。

這是一座沒有畫像、沒有雕像的聖殿。

奧古斯塔又想起勒杜克教授說的，從前宗教迫害太過激烈的時候，新教徒肯定來過這裡避難。寬闊的拱頂是大石塊砌的，寬敞的大廳方方正正，非常漂亮。唯一的裝飾性元素是一架古老的小型管風琴，在大廳正中央。管風琴前面是一座讀經臺，上頭蓋著厚厚的布套。

牆上覆滿銘文，其中有許多文字即使從外行人的眼睛來看，也會覺得更接近巫術而非法術。勒杜克說得對，這個地下避難所前前後後肯定來過各式各樣的教派。而從前，一定沒有那堵會轉動的牆，沒有那個像魚簍的入口，也沒有那個活動門和安全網。

不知何處傳來某種像是水流的聲音。他們一時找不到聲音的源頭。淡藍色的光來自右側，那裡有個像實驗室的地方，裡頭都是電腦和試管，所有機器都還在運作；正是電腦螢幕產生的光暈照亮了這座聖殿。

「你們對這個很感興趣，是嗎？」

他們互看了一眼，三個人都沒說話。這時頂壁亮了一盞燈。

他們轉過身，只見喬納東・威爾斯穿著白色浴袍向他們走來。他是從實驗室另一邊的那扇門走進來的。

「妳好，奧古斯塔外婆！您好，傑森・布哈捷！您好，丹尼爾・侯松費爾！」

被他叫喚的三人依然目瞪口呆，無法應答。所以他沒有死！他在這裡活得好好的！這個地方怎麼能住人？他們不知道要從何問起。

「歡迎光臨我們的小社區。」

「這裡是哪裡？」

「你們所在的地方是尚－安德魯衛・杜謝爾索（Jean Androuet Du Cerceau）在十七世紀初建造的一座新教教堂。安德魯衛是因為一手打造了巴黎聖安東尼街的蘇利酒店（hôtel Sully）而聞名，但我覺得這座地下教堂才是他真正的傑作。大石塊砌成的隧道綿延好幾公里，你們都看到了，而且沿途要有空氣。他的設計必須安排一些通風管，或是他知道如何利用天然坑道裡的那些氣室。我們甚至搞不清楚他是怎麼做到的。這還不是全部，地道裡不只有空氣，還有水。你們一定已經留意到，隧道有些地方有溪流穿過。你們看，這裡就有一條流出來。」

他指著淙淙水聲的源頭，那是設置在管風琴後面的一座雕刻湧泉。

「這些年來，很多人陸續隱居在這裡尋求和平與寧靜，來從事需要……這麼說吧……需要高度專注力的工作。我的舅舅艾德蒙在一本古老的魔法書裡發現了這個巢穴的存在，他工作的地方就在那邊。」

喬納東又靠近了一點；他的身上散發出一種不尋常的溫柔與放鬆。奧古斯塔簡直不敢相信。

「不過你們一定累壞了。請跟我來。」

他推開他剛才現身的那道門，帶他們走進一個房間，裡頭放著幾張圍成圓形的沙發。

「露西，」喬納東用兩手圈在嘴邊叫道：「我們有客人！」

「露西？她跟你在一起？」奧古斯塔開心地大叫。

「嗯，你們這裡有多少人？」丹尼爾問道。

「目前為止是十八人：露西、尼古拉、八個消防員、一個刑警、五個憲兵，加上探長，還有我。總之，就是所有努力走下來的人。你們很快就會見到他們。真是不好意思，但我必須告訴各位，對我們社區來說，現在是凌晨四點，所有人都在睡覺，只有我被你們的來訪驚醒。你們到底在地道裡做了什麼？怎麼會這麼吵……」

露西出現了，她也穿著浴袍。

「大家好！」

她微笑著走上前，跟三位訪客貼了臉頰。在她身後，幾個穿睡衣的身影從門縫探出頭來，看著這些「新來的」。

喬納東從湧泉裡汲了一大壺水，拿了幾只玻璃杯過來。

「我們先失陪一下，去換個衣服，做點準備。所有新來的人，我們都會辦個小派對來歡迎，但我們不知道你們會在半夜出現……待會見囉！」

奧古斯塔、傑森和丹尼爾愣在那裡沒動。這整個故事太令人驚訝了。丹尼爾突然捏了自己手臂一把，奧古斯塔和傑森覺得這主意很棒，也照做了。不是做夢，現實有時比夢更誇張。他們互相看著，困惑極了，然後笑了出來。

幾分鐘後，所有人重新聚集，各自坐在沙發上。奧古斯塔、傑森和丹尼爾已經回神，現在他們渴望得到更多資訊。

「您剛才提到通風管，我們離地面很遠嗎？」

「不遠，頂多三或四公尺。」

「那我們可以到外面露天的地方嗎？」

「不行，沒辦法。尚－安德魯衛．杜謝爾索在一塊巨大扁平的岩石下方找到這裡，建造了他的教堂——花崗岩堅硬的質地經得起任何考驗！」

「不過它還是被鑿了一個洞，直徑跟手臂一樣。」露西補充說明：「這個洞過去一直是通風的管道。」

「過去？」

「是的，現在這個管道有其他用途了。不過沒關係，還有其他側面的通風管。您也看到了，我們在這裡不會窒息……」

「我們出不去嗎？」

「是的。或者說，沒辦法從上面出去。」

傑森似乎極為擔心。

「可是喬納東，你為什麼要做那個會轉動的牆，還有那個魚簍，那個活動地板，那張網？……把我們困死在這裡！」

「這就是我想要的。這麼做要花很多錢，還要花很多力氣。但這是必要的。第一次來到這座教堂的時候，我看到這個讀經臺，上面除了《相對知識與絕對知識百科全書》之外，還有我舅舅寫給我的一封親筆信。就在這裡。」

他們一起讀了信：

「我親愛的喬納東，

你不顧我的警告，決定下來，所以你比我想像的要勇敢。做得好。在我看來，你有五分之一的成功機率。你媽媽跟我說過你有黑暗恐懼症。如果你人在這裡，那表示你克服了這個障礙，你的意志得到了淬煉。這是我們將來需要的。

你會在這個檔案夾裡找到《相對知識與絕對知識百科全書》。在我寫這封信的那天，這部百科全書一共有兩百二十八章，寫的都是我的研究成果。我希望你繼續做下去，這些研究絕對是值得的。

這些研究的重點集中在螞蟻文明。總之，你讀了就會理解。但是首先，我要向你提出一個非常重要的請求。你之所以可以來到這裡，是因為我來不及完成這些機關來保護我的祕密（如果我完成了，你就不會看到現在這封信了）。

我要請你建造這些機關。我這些草圖只是初步的構想，但我相信你可以依你的專業知識改良這些提議。這些機關的目的很簡單，就是絕對不能讓人輕易進入我的巢穴，而那些進得來的人絕對不能再回去告訴別人，說他們發現了什麼。

我希望你能成功，希望這個地方能帶給你『財富』，就像它帶給我的一樣。

艾德蒙」

「喬納東加入了這場遊戲，」露西解釋道：「他建造了所有設計好的陷阱，你們都看到了，這些陷阱都很有用。」

「那些屍體呢？那些人是被老鼠咬死的嗎？」

「不是。（喬納東露出微笑。）我向你們保證，自從艾德蒙搬到這裡以後，這個地下室裡沒死過半個人。你們發現的屍體至少是五十年前的。不知道當時這裡發生了什麼慘劇。不知道是什麼教派……」

「可是這樣的話，我們就永遠上不去了嗎？」傑森憂心忡忡。

「永遠。」

「要搆得到網上面的那個洞（有八公尺高！），還要從反方向穿越那個魚簍，這根本不可能，我們也沒有任何可以把它焊開的東西，而且還要通過那面牆（而喬納東根本沒在牆的這邊設定開啟的系統）……

「更別提還有老鼠了……」

「你是怎麼把老鼠弄到那底下的？」丹尼爾問道。

「這是艾德蒙的主意。他在一個岩石縫隙裡放了一對體型特別肥大、攻擊性特別強的褐鼠，留了大量食物給牠們。他知道這是一顆定時炸彈。老鼠餵得飽飽的時候，會以指數速度繁殖。每個月六隻小老鼠，再過兩週小老鼠自己也可以生育了……為了保護自己不受攻擊，他對這些囓齒動物使用了一種難以忍受的攻擊性費洛蒙噴霧劑。」

「所以是牠們殺了瓦爾扎扎特？」奧古斯塔問道。

「很不幸，是的。而喬納東也沒料到，老鼠穿過『金字塔牆』之後會變得更兇猛。」

「我們的一個同事，本來就很怕老鼠了，當這些肥胖的小野獸當中的一隻跳到他臉上，並且啃掉他的一塊鼻子，他的神經都斷線了。他立刻往上跑，『金字塔牆』甚至還來不及歸位。你們在上面有他的消息嗎？」一個警察問道。

「我聽說他瘋了，被關到一家精神病院。」奧古斯塔回答他：「不過這些都是『人家說的』。」

奧古斯塔去拿她水杯，但是發現桌上有很多螞蟻。她叫了一聲，本能地用手背把螞蟻掃掉。喬納東整個人跳起來，抓住外婆的手腕。嚴厲的目光和前一刻眾人極其安詳的氣氛形成鮮明的對比；喬納東的老毛病原本好像已經好了，現在嘴角又開始抽搐了。

「永遠……絕對……不要……再這樣了！」

貝洛—裘—裘霓獨自在御所裡，心不在焉地吞了一些蟻卵；這竟然是她最喜歡的食物。

她知道，這個自稱八〇一號的傢伙不僅僅是新城邦的使節，五十六號雌蟻——或者該說是蟻后希藜—埔—霓，既然她想這樣稱呼自己——派她來是要繼續進行調查。

貝洛—裘—裘霓沒什麼好擔心，她的岩香兵蟻應該可以解決此事，沒有問題。特別是那個小瘸子，她在消除生活重量的技藝方面極有天賦，根本就是個藝術家！

不過，這已經是希藜—埔—霓第四次派遣使節了，每一批使節都有點過於好奇。第一批在找到隱翅蟲房間之前就被擊殺。第二批和第三批則是死於隱翅蟲的迷幻劑。

至於這個八〇一號，似乎一晉見完城邦之母就拔腿往下跑。這些使節肯定是越來越等不及想死了！但是每一次，她們也都越來越深入這座城邦。萬一她們發現了通道怎麼辦？萬一她們發現了這個祕密呢？萬一她們把這個祕密的費洛蒙傳播出去怎麼辦？……

蟻邦是不會明白的。反壓力兵蟻不太可能及時遏止訊息擴散。蟻邦的女兒們到時會如何回應？

一隻岩香兵蟻匆匆忙忙地跑進來。

間諜成功地戰勝隱翅蟲了！她在下面！

來了，該來的終於來了……

六六六是野獸的名字（《若望啟示錄》）。

但誰會成為誰的野獸？

艾德蒙・威爾斯

喬納東鬆開外婆的手腕。為了避免尷尬場面，丹尼爾試著轉移話題。

「那入口這邊的實驗室是做什麼用的？」

「這是我們的羅塞塔石碑[4]！我們所有的努力只有一個遠大的目標，就是跟牠們溝通！」

「牠們……牠們是誰？」

「牠們就是螞蟻。請跟我來。」

他們離開大廳往實驗室走。喬納東顯然對自己作為艾德蒙接班人的角色感到非常自在，他在實驗臺上拿起一支裝滿螞蟻的試管，拿到視線的高度。

「你們看，這是一些生物。完完全全的生物。牠們不只是不起眼的小蟲子，這件事，艾德蒙舅舅馬上就明白了……螞蟻構成地球第二大的文明。艾德蒙是另類的哥倫布，他在人類的腳趾之間發現了另一個新大陸。他是第一個明白……要去太空邊緣尋找外星人之前，應該先跟……『內星人』接上線。」

沒有人接話。奧古斯塔想起來，幾天前，她在楓丹白露森林散步，突然感覺有細細小小一團團的東西在鞋底裂開，原來是踩到了一群螞蟻。她俯身去看，所有螞蟻都死了，但是有個謎——牠們排成一列，像個箭頭，箭頭的尖端是反的……

4　羅塞塔石碑（Pierre de Rosette）：西元一九六年埃及祭司製作的石碑，刻著以三種不同語言表述相同語意的文字，後世考古學家得以參照這些不同語言的版本，解讀出失傳千餘年的埃及象形文字。

喬納東放下試管，繼續他的演說：

「艾德蒙舅舅從非洲回來，發現了這棟建築，還有它的地下室，然後是教堂。這是理想的地點，他在這裡建立了實驗室……他第一階段的研究是破譯螞蟻的對話費洛蒙。這臺機器是質譜儀。正如它的名字所暗示的，它可以做質譜分析，它可以透過列出組成某種物質的原子來分析任何一種物質……我讀了舅舅的筆記。起初，他把他做實驗的螞蟻放在玻璃鐘罩裡，透過一根吸管連接到質譜儀。他讓螞蟻接觸一塊蘋果，這隻螞蟻後來遇到另一隻螞蟻，牠一定會說：『那裡有蘋果。』總之，這是最初的假設。他用吸管把螞蟻釋放的費洛蒙收集起來，破譯這些費洛蒙，得出一個化學式……譬如『北邊有蘋果』是這麼說的：『4-甲基-2-甲基吡咯羧酸酯』。費洛蒙的量很少，每句話大約都是二到三皮克（一萬億分之一克）……但這已經夠了。這樣我們就會說『蘋果』和『北邊』了。他繼續用大量各式各樣的物體、食物或情況來進行實驗。於是他得出了一本貨真價實的『法語-螞蟻語詞典』。他才破譯了一百種水果、三十種花、十幾個方位的名詞，就開始學習各種警戒費洛蒙、愉悅費洛蒙、暗示費洛蒙、描述費洛蒙；甚至他還遇到了一些生殖蟻，牠們教他如何表達第七節觸角的『抽象情緒』……然而，對他來說，知道如何『聆聽』螞蟻還不夠，他還想對牠們說話，建立真正的對話。」

「不可思議！」侯松費爾教授忍不住低聲說。

「他先是把每個化學式跟一組多音節形式的聲響配對。譬如『4-甲基-2-甲基吡咯羧酸酯』（Méthyl-4 méthylpyrrole-2 carboxylate）先簡寫成MT4MTP2CX，每個字母或數字再以單一音節轉換成Miticamitipidicixou[5]。最後他在電腦的記憶體裡存入：Miticamitipi＝蘋果；dicixou＝位於北方。之後電腦就可以進行雙向翻譯。當電腦感知到『dicixou』時，會翻譯成文字的『位於北方』。而輸入『位於北方』的文字時，電腦會把這幾個字轉換成『dicixou』，然後觸發這個發射器釋放羧酸酯……」

「發射器？」

「是的，就是這臺機器。」

他展示了一座由數千只小燒瓶組成的書櫃，每只小燒瓶都接出一根管子，連到一個電動泵浦上。

「每只小燒瓶裡的分子都可以由這具泵浦吸出來，然後投放到這個儀器裡。這個儀器會將它們分類，並且校準到電腦詞典指示的精確劑量。」

「太了不起了。」侯松費爾教授再次讚嘆：「只能說真是太了不起了。它真的可以對話嗎？」

「嗯……就這個階段來說，我最好是把艾德蒙舅舅在《百科全書》裡的筆記讀給你們聽。」

對話摘錄：摘自與一隻紅褐山蟻（類型：兵蟻）的第一次對話。

人類：你接收到我嗎？

螞蟻：crrrrrrrr。

人類：我在傳送，你接收到我嗎？

螞蟻：crrrrrrrrrrrrrrrrrr。求助。

5 法文4（quartre）的起首子音是[k]，轉換成[ca]；2（deux）的起首子音是[d]，轉換成[di]。

（注意：若干調節設定已修改。特別是，發射量太強，會令實驗主體窒息。必須將發射量的調節設定為「1」。另一方面，接收調節設定必須放大到「10」，以免漏接分子。）

人類：你接收到我嗎？

螞蟻：哺咕。

人類：我在傳送，你接收到我嗎？

螞蟻：吱咕努。求助。我被關了。

第三次對話摘錄。

（注意：這次的詞彙量擴充到八十字。發射量還是太強。新的調節設定，發射量必須放在非常接近零的位置。）

螞蟻：什麼？

人類：你說什麼？

螞蟻：我都聽不懂。求助！

人類：我們說慢點！

螞蟻：你發射的訊息太強！我的觸角飽和了。求助！我被關了。

人類：你那邊還好嗎？

螞蟻：不好，所以你不知道怎麼對話？

人類：嗯……

螞蟻：你是誰？

人類：我是一種大型動物。我的名字是艾－德－蒙。我是人－類。

螞蟻：你在說什麼？我都聽不懂。求助！求助！我被關了！……

（注意：這次對話結束後，實驗主體在五秒後死亡。釋放分子是否毒性還是太強？牠害怕嗎？）

喬納東讀筆記的聲音停了。

「我們可以知道，這並不容易！光靠積累詞彙還不足以跟牠們交談。除了詞彙之外，螞蟻語言的運作方式也跟我們很不一樣，牠們感知到的不只是單純對話的傳輸，還包括其他十一節觸角的傳輸。觸角的傳輸提供的是個別螞蟻的認同、牠的關注重點、牠的心理狀況……一種整體的精神狀態，這是良好的『蟻際溝通』所必需的。這就是艾德蒙不得不放棄的原因。我讀他的筆記給你們聽。」

我真是太蠢了：我真是太蠢了！

就算真的有外星人，我們也無法理解他們。這是一定的，因為我們參照的事物不可能是一樣的。

我們可能會向他們遞出我們的手，而這對他們來說，這有可能意謂一個威脅的手勢。

我們甚至無法理解日本人的儀式自殺，或印度人的種姓。身為人類，我們都無法在人類之間進行理解……我怎麼能妄想要理解螞蟻！

八〇一號只剩一小截腹錐。雖然她及時將隱翅蟲擊殺，但是跟蘑菇場的岩香兵蟻們對戰時，她整個變短了。也罷，或者該說也好：沒有腹錐，她更輕盈。

她得從花崗岩裡挖出來的寬闊通道遁走。螞蟻的大顎究竟是怎麼鑿出這條隧道的？

在下面，她發現了希藜－埔－霓告訴她的：一個裝滿食物的大廳。她才在這個廳裡走了幾步，就找到另一個出口。她走進去，很快就發現自己置身於一座城市，整座城市都充滿岩石的氣味！城邦地底的城邦。

「所以他失敗了嗎？」

「他花了很長時間反覆咀嚼這次失敗。他認為根本沒有出路，種族中心主義蒙蔽了他的雙眼。後來是一些煩人的事把他喚醒了，他長期跟人難以相處是導火線。」

「發生了什麼事？」

「教授，您還記得吧，您告訴過我，他在一家叫做『甜奶集團』的公司工作，他和同事們有過爭執。」

「沒錯！」

「他的一位上司搜查了他的辦公室，而這位上司不是別人，他叫做馬克·勒杜克，是羅宏·勒杜克教授的弟弟！」

「那位昆蟲學家？」

「就是他。」

「太不可思議了……他來找過我，自稱是艾德蒙的朋友，然後他也下來了。」

「他來過地窖嗎？」

「噢！不過你別擔心，他沒有走太遠。他過不了『金字塔牆』，所以又回來了。」

「嗯，他也來找過尼古拉，想把《百科全書》騙走。好……所以馬克．勒杜克留意到艾德蒙充滿熱情，整天在畫機器的草圖（其實就是『羅塞塔石碑』實驗室的第一批草圖）。他設法打開艾德蒙辦公室的櫃子，發現了一個檔案夾，內容是《相對知識與絕對知識百科全書》。他在裡頭看到第一部可以跟螞蟻溝通的機器的所有計畫。他搞懂這個裝置的用途之後（裡頭有足夠的註解可以幫助他理解），就跑去告訴他的哥哥。他的哥哥顯然很感興趣，立刻要他去把文件偷出來……但是艾德蒙也發現他的東西被人翻過了，為了不讓手稿再被不速之客造訪，他在抽屜裡放了四隻姬蜂。等到馬克．勒杜克又來重施故技，就被姬蜂螫了。這種昆蟲有一種習慣會讓人很不舒服，牠們會透過毒針，將牠們貪婪的幼蟲注入寄主的身體裡。第二天，艾德蒙發現了螫痕，想要把偷竊犯公開揪出來。剩下的事情你們都知道，最後是他被趕走了。」

「那勒杜克兄弟呢？」

「馬克．勒杜克活該！姬蜂幼蟲從體內吞噬他。這樣的情況持續了很長的時間，好像過了好幾年。由於幼蟲無法從人類巨大的身體裡出來蛻變成姬蜂，結果只能到處亂挖，尋找出路。最後馬克．勒杜克疼痛難忍，縱身跳到一列地鐵列車的車輪下。這是我偶然在報上看到的。」

「那羅宏．勒杜克呢？」

「他想盡辦法要找到機器……」

「您說這又讓艾德蒙很想要重新投入研究。這些陳年老事跟他的研究有什麼關係？」

「後來，羅宏．勒杜克直接找上了艾德蒙舅舅。他坦承，他知道他的機器可以『跟螞蟻聊天』。他說他很有興趣，想跟他一起做研究。艾德蒙沒有很排斥這個想法，反正他的研究一直沒有進展，他心想，也許來自外界的幫助不是壞事。《聖經》不是說嗎：『時候到了，你不能獨自往前走。』艾德蒙決定要帶勒杜克去參觀他的巢穴，但他想多了解他一點再說。他們聊個沒完。有一天，羅宏開始讚揚螞蟻的秩序和紀律，強調跟螞蟻交談肯定可以讓人類模仿牠們，這時艾德蒙發怒了，他大發雷霆，要他永遠不要再踏進他家。」

「我不覺得驚訝。」丹尼爾嘆了口氣：「勒杜克那幫人是做動物行為學的，是德國學派裡頭最糟的一幫人，他們想以某個角度複製動物的習俗，藉此改變人類。譬如地盤的意識、蟻丘的紀律……等等。他們的主張常常會讓人產生幻想。」

「不過這麼一來，艾德蒙又有了投入研究的藉口。他打算拿……政治觀點去跟螞蟻對話；他認為螞蟻的生活信念是無政府主義，他想要請螞蟻確認。」

「當然是這樣！」畢爾斯海姆低聲說。

「這簡直成了人類的一大挑戰。我舅舅想了半天，覺得最好的溝通方式就是製造一隻『機器螞蟻』。」

喬納東揮舞著畫滿設計圖的紙張。

「這些都是圖稿。艾德蒙為它取名為『利明斯通（Livingstone）博士』。它是塑膠做的。我不會告訴你們製作這個小奇蹟有多麼費工，那簡直就是鐘錶匠的工作！利明斯通博士的所有關節都仿造螞蟻，而且是由微型電動發動機驅動的，電源來自腹部的電池。它的觸角實際上有十一節，能夠同時釋放十一種不同的費洛蒙！……利明斯通博士和真螞蟻之間的唯一區別是：它連接了十一根管子，每根管子只有一根頭髮那麼粗，這些管子又再聚集成一條像繩子一樣的臍帶。」

「太神奇了！真的太神奇了！」傑森激動地說。

「可是利明斯通博士在哪裡？」奧古斯塔問道。

岩香兵蟻們緊緊追趕，八〇一號正在大步狂奔的時候，突然發現一條寬闊的廊道，她立刻衝進去。那是個巨大的廳室，中央站著一隻奇怪的螞蟻，體型明顯大過平均值。

八〇一號小心翼翼地靠近她。這隻奇怪的孤獨螞蟻，氣味只對了一半，她的眼睛無神，皮膚像塗了一層黑色染料……八〇一號想知道，她怎麼有辦法這麼不像螞蟻？

但是那些兵蟻已經追上來了。小瘸子一馬當先，找她決鬥。小瘸子撲向她的觸角，準備狠狠地咬下去。兩隻螞蟻在地上滾成一團。

八〇一號想起她母后的忠告：看對手喜歡攻擊妳哪裡，那經常就是她自己的弱點……確實，她才抓住小瘸子的觸角，小瘸子就瘋狂扭動，她的觸角一定超級敏感，可憐的傢伙！八〇一號將她的觸角連根斬斷，隨即轉身逃逸——現在是一群五十多隻兵蟻在追殺她了。

「你們想知道利明斯通博士在哪裡嗎？順著質譜儀的電線……」

他們看到，確實有一根透明管子沿著實驗臺連到牆上，再往上一直連到天花板，最後插進一個懸吊在教堂正中央的大木箱，就在管風琴的正上方。箱子裡很可能是裝滿了泥土，這些「新來的」伸長了脖子想看清楚。

「可是你們說過，我們頭頂上有一塊堅硬的岩石，經得起任何考驗。」奧古斯塔提醒他。

「沒錯，但我也提醒妳了，那裡頭有一個不再使用的通風管……」

「而我們之所以不再使用，」伽朗探員接著說：「不是因為我們把它堵起來了！」

「所以，如果不是你們……」

「……那就是牠們囉！」

「那些螞蟻？」

「完全正確！一群褐螞蟻在這塊石板上建立了巨大的城邦，你們知道的，這些昆蟲會在森林裡用樹枝建造大型穹頂……」

「根據艾德蒙的估計，上面有超過一千萬隻螞蟻！」

「一千萬？牠們可以把我們通通殺了！」

「不會，不要驚慌，沒什麼好擔心的。首先，因為牠們跟我們交談，而且認識我們。再者也因為不是城邦裡的所有螞蟻都知道我們的存在。」

就在喬納東說這話的時候，一隻螞蟻從天花板的木箱掉了下來，落在露西的額頭。露西想接牠下來，可是八〇一號太驚慌了，一下子就在她的紅髮裡迷了路，接著滑到她的耳垂上，然後滾到頸背，再鑽進上衣，繞過乳房和肚臍，快步奔上大腿細嫩的皮膚，再跌落到腳踝，然後從那裡撲向地面。找了一下方向……然後往通風口衝過去。

「牠怎麼了？」

「誰知道。不管怎麼樣，排風管的新鮮空氣吸引牠，牠要走出去是絕對沒有問題的。」

「但是往那裡出去，牠會找不到自己的城邦，牠那個方向會通往聯邦的東方，對吧？」

間諜成功逃脫！再這樣下去，我們就要攻打那個自稱是第六十五號的城邦了……

岩香兵蟻們放低觸角，進行彙報。她們退出之後，貝洛－裘－裘霓反覆思索，為何她的保密政策遭遇如此嚴重的挫敗。她非常疲憊，她記得這一切是怎麼開始的。

她還很年輕的時候也遇過一次這種可怕的現象，會讓人因而推想，是不是存在一些巨大的實體。事情就發生在她離開城邦之後，她見過一塊黑色的板子壓碎了幾隻生殖力旺盛的蟻后，而且沒把她們吃掉。後來，她的城邦誕生後，她還為此召開過一場會議，大多數蟻后——有的是母親，有的是女兒——都出席了。

她記得。最先發言的是卒碧－卒碧－霓。她說她的幾支探險隊都遭遇了粉紅色的大球雨，造成百隻兵蟻死亡。

其他姊妹也爭相發表自己的經驗。大家都提出粉紅色大球和黑色大板子造成的死傷清單。年邁的蟻后裘爾哺－嘎伊－霓指出，根據生還者的證詞，粉紅色大球似乎只能以五個為一組移動。

另一個姊妹瑚革－啡藜－霓則是在距離地面約莫三百顱的地底，發現一個靜止不動的粉紅色大球。粉紅色大球被一種氣味相當強烈的柔軟物質拉長了。然後，我們用大顎鑽了進去，最後要鑽出來的時候遇到一些堅硬的白色莖梗……好像這些動物的體內長了一個甲殼，而不是長在外面。

會議結束時，每位蟻后都同意這種現象超出一般螞蟻的理解範圍，她們決定絕對保密，以免在蟻丘造成恐慌。

至於貝洛－裘－裘霓，她很快就想到要建立自己的「祕密警察」，這是一隊五十隻兵蟻組成的工作小組。她們的任務是：消除粉紅色大球或黑色大板子現象的目擊者，避免城邦出現任何瘋狂恐慌的危機。

可是有一天，不可思議的事情發生了。

一隻來自不知名城邦的工蟻被她的岩香兵蟻俘虜了。城邦之母饒她不死，因為她所說的，比我們聽過的任何說法都更離奇。

工蟻宣稱被粉紅色大球綁架過！這些大球把她跟其他幾百隻螞蟻一起扔進一座透明監獄。她們在那裡經歷了各種各樣的實驗。大多數情況下，她們被放在一個玻璃罩子底下，接收到濃度非常高的氣味。一開始非常痛苦，後來氣味漸漸稀釋，最後還變成了一些話！

總之，藉由那些氣味和那些玻璃罩，粉紅色大球對她們說話了，牠們自我介紹說牠們是名為「人類」的巨型動物。牠們宣稱在城邦地底的花崗岩裡挖了一條通道，牠們想和蟻后說話。這隻工蟻說她可以肯定，蟻后不會受到任何傷害。

後來，一切都進行得很快。貝洛－裘－裘霓見到牠們的「螞蟻大使」利明斯通博士。那是一隻奇怪的螞蟻，身上接著透明的腸子，但是我們可以跟她交談。

她們交談了很久。起初，她們完全不明白對方在說什麼。但顯然雙方都共享同樣的興奮，而且似乎有很多話要跟對方說……

人類隨後在通風口的那頭設置了一個裝滿泥土的木箱。城邦之母在這座新的城邦播下她的卵，而她的子民們都不知情。

可是貝－洛－崗二號不只是岩香兵蟻之城，它還成了連結螞蟻世界和人類世界的樞紐之城。利－明－思－通－博－士（這名字還真是可笑）就永久留駐在那裡了。

對話摘錄：摘自第十八次與蟻后貝洛－裘－裘霓的對話：

螞蟻：輪子？我們沒有使用輪子的想法，真教人無法相信。想到我們都看過那些糞金龜在推牠們的球，竟然沒有一隻螞蟻從那當中發想出輪子。

人類：你打算如何處理這些信息？

螞蟻：目前，我不知道。

摘自第五十六次與蟻后貝洛—裘—裘霓的對話：

人類：應該是我的氣味管風琴沒有調整好。自從我增加了情感語言，機器似乎就失靈了。

螞蟻：你聽起來很傷心。

螞蟻：你聽起來很傷心。

人類：……

螞蟻：你不再釋放了？

人類：我認為這純粹是巧合。不過我確實很難過。

螞蟻：怎麼了？

人類：我有一個雌性生物。在我們的世界裡，雄性活得很久，所以我們配對生活，一雌一雄。我有一個雌性生物，幾年前我失去她。我愛她，我沒辦法忘記她。

螞蟻：「愛」是什麼意思？

人類：就是我們有相同的氣味，也許吧？

城邦之母想起人—類—艾—德—蒙的結局。事情發生在第一次對抗侏儒蟻的戰爭期間。艾德蒙想幫助她們。牠從地下走了出來。但是因為長期操作費洛蒙，牠全身都浸染了費洛蒙的氣息。於是，在沒有察覺的情況下，牠為了……一隻聯邦的褐螞蟻去了森林。當那些冷杉黃蜂（當時褐螞蟻也正在跟黃蜂交戰）認出牠的氣味通行證的時候，全數都向牠撲過去。

牠們誤以為牠是貝－洛－崗邦民，因而殺了牠。牠應該死得很快樂。

後來，這個喬納東和牠的社區又開始跟我們接觸了……

他又為三個「新來的」在他們的杯子裡加了一點蜂蜜酒。他們則是不斷向他提問：

「所以，利明斯通博士在上面的時候，能把我們說的話都謄寫下來嗎？」

「可以，而且我們也可以聽牠們在說些什麼。我們會看到牠們的回答出現在這個螢幕上。艾德蒙舅舅真的是成功了！」

「可是之前艾德蒙跟螞蟻互相說了什麼？你們跟螞蟻之間又說了什麼？」

「嗯……艾德蒙舅舅成功之後，筆記變得有點模糊，看起來他不想把所有事情都記下來。像是一開始，他們互相為對方描述了自己，也描述了自己的世界。我們就是這樣得知他們的城邦叫做貝－洛－崗，是好幾億隻螞蟻組成的聯邦的樞紐。」

「真是不可思議！」

「之後，雙方都認為，要讓他們各自的民眾知道這件事還為時太早。因此，他們達成了一項協議，絕對要保守他們『接觸』的祕密。

「所以艾德蒙才會這麼堅持，要喬納東去弄那些古怪的機關。」一名消防員也加入了。「他很不希望人們太早知道。他想到就害怕，不知道電視、廣播或報紙會拿這樣的一條新聞來製造多大的混亂。螞蟻成為一種潮流！他的眼裡已經看到電視廣告、鑰匙圈、T恤、搖滾明星秀……所有可以圍繞這個發現而生的各種蠢事。」

「至於蟻后貝洛－裘－裘霓，牠認為牠的女兒們會想要立刻對抗這些危險的異邦人。」露西補充道。

「這兩個文明還沒準備好要互相認識，真的還沒有，而且我們不要做夢，這兩個文明也還沒準備好要互相理解……螞蟻既不是法西斯主義者，也不是無政府主義者，也不是保皇黨……牠們就是螞蟻，所有跟牠們世界有關的事都跟我們不同。而這正是螞蟻的研究工作這麼豐富又美好的原因。」

這段慷慨激昂的宣言的作者是畢爾斯海姆探長；自從離開地面——還有他的長官索蘭芝．督孟——之後，他整個人都變了。

「德國學派和義大利學派都錯了。」喬納東說：「因為他們試圖把螞蟻放進『人類』的理解體系裡。這種擬人化的分析一定還是很粗略的，這就好像螞蟻試圖透過跟牠們的對照來理解人類的生活。「擬蟻化」，或許我們可以這麼說……可是，不論多小的特殊性，螞蟻都讓人十分著迷。我們不了解日本人、圖博人或印度教徒，但是他們的文化、他們的音樂、他們的哲學令人著迷——就算是被我們的西方精神扭曲之後！而我們這塊土地的未來，要靠混血雜交。事情再清楚不過了。」

「可是就文化而言，螞蟻能帶給我們什麼？」奧古斯塔覺得很驚訝。

喬納東沒有回答，只對露西做了個手勢；露西溜走幾秒之後，帶了一罐像果醬的東西回來。

「你們看，光是這個就夠了，這根本就是寶藏！蚜蟲蜜露。來吧，來嚐嚐看！」

奧古斯塔小心翼翼地伸出一根食指。

「嗯，很甜……但是好吃得要命！跟蜂蜜的味道完全不同。」

「妳看！妳有沒有想過，在地底下這個進退不得的僵局裡，我們每天是怎麼養活自己的？」

「對呀，你們是……」

「是螞蟻用牠們的蜜露和穀粉養活我們的。牠們在上面幫我們儲存糧食。不過這還不是全部，我們還複製了牠們的農業技術來種蘑菇。」

他掀開一個大木箱的蓋子。裡面都是白色的蘑菇，生長在一層厚厚的發酵樹葉上。

「伽朗是我們的蘑菇專家。」

伽朗謙虛地笑了笑。

「我還有很多東西要學。」

「但是蘑菇、蜂蜜……你們還是缺乏蛋白質吧？」

「蛋白質的話，要問馬克斯。」

一名消防員指著天花板。

「我呢，我就負責把螞蟻放在箱子右邊那個小盒子裡的所有昆蟲都收集起來。先把牠們燙過，讓角質層脫落；剩下的部分就像很小很小的蝦子，而且連味道和外觀都一樣。」

「你們要知道，在這裡，只要好好想辦法，我們就可以過我們想要的好日子。」一名憲兵補充說：「這裡是用一個迷你核電廠發電，使用年限是五百年。艾德蒙在他抵達的第一天就安裝好了……空氣經過通風管，食物經過螞蟻來到我們這邊，我們有乾淨的水源，而且，我們還有令人鼓舞的事情要做。我們覺得自己是開路先鋒，正在做一件非常重要的事。」

「其實我們就像永遠住在太空基地的太空人，有時會跟附近的外星人對話。」

他們笑了。一陣好心情的電流通過脊髓。喬納東邀大家回到客廳。

「你們知道，長久以來，我一直在尋找一種讓身邊的朋友共存的方法。我嘗試過社區，我占據過廢棄空屋，創立過共產村……但是我從來沒有成功過。最後我也只能說自己就是個溫和的烏托邦信仰者，不然就是個傻瓜。但是在這裡……這裡有些事情正在發生。我們不得不共同生活，發揮互補的作用，一起思考。我們別無選擇：如果我們不好好相處，我們就會死。而且這裡沒有逃脫的可能。不過，不知道是來自艾德華舅舅的發現，還是來自螞蟻透過牠們在我們頭頂上的單純生活給我們的教導，總之目前我們社區的運作十分完美！」

「真的運作得不錯，我們自己也沒想到……」

「有時候我們會覺得我們產生了一種共同的能量，每個人都可以自由取用。這種感覺很怪。」

「我以前聽過這種事，關於玫瑰十字會和一些共濟會的團體。」傑森說：「他們把這種東西叫做『共魂』（*egregor*），這是『群體』的精神資本。就像在一個盆子裡，每個人都把自己的力量倒進去，煮出一碗人人都可以享用的湯……而通常的情況是，總會有個小偷會利用別人的能量來謀取私人的利益。」

「我們這裡沒有這種問題。我們是住在地底下的小團體，不能有個人的野心……」

一陣沉默。

「然後我們說的話越來越少，我們不再需要這樣來互相理解。」

「是的，這裡正在發生一些事情。但我們還不了解這些事，也還不能控制這些事。我們還沒到目的地，我們才走了一半的旅途。」

再度沉默。

「好吧，總之，希望大家在我們的小社區會覺得開心……」

八〇一號回到母城已經精疲力竭。她成功了！她成功了！希藜－埔－霓立即進行絕溝，瞭解事情的經過。關於花崗岩板下所隱藏的祕密，她所聽到的證實了她的猜測，而且是最壞的猜測。

她立刻決定發兵攻打貝－洛－崗。徹夜不眠，她的兵蟻都在整理裝備。新成立的犀角金龜飛行軍團已準備就緒。

一〇三六八三號發出一個作戰計畫的建議訊息。就在一部分的部隊於前線作戰的同時，十二個軍團將悄悄繞過城邦，襲擊皇城所在的樹樁。

宇宙走向……：宇宙走向複雜。從氫到氦，從氦到碳。事物演變的方向總是越來越複雜，越來越精細。

在所有已知的行星當中，地球是最複雜的。它位在一個溫度會變化的區域裡。它被海洋和山脈覆蓋。但是，即便地球上有無窮無盡的生命形式，還是有兩種生命形式的智慧比其他生命形式更勝一籌，那就是螞蟻和人。

有人會說，上帝用地球在做實驗。祂推出了兩個物種參加意識競賽，看誰跑得快，而這兩個物種的哲學是完全對立的。

競賽的目標應該是要達到一種行星的集體意識：融合一個物種的所有大腦。在我看來，這是意識冒險的下一步，具有更高一級的複雜性。

然而，這兩個領導物種採取了平行的發展路徑：
——為了變得更聰明，人類膨脹了他的大腦，直到變成龐然巨物，某種肥大的粉紅色花椰菜。
——同樣也是為了變得更聰明，螞蟻選擇使用幾千個小小的腦，透過非常輕巧的通訊系統結合在一起。

就絕對價值而言，螞蟻的捲心菜屑堆裡的物質或智力跟人類的花椰菜裡的物質或智力一樣多。這是條件平等的對戰。

但是，如果這兩種智慧的形式不是平行賽跑，而是合作，結果會是如何？……

艾德蒙·威爾斯

《相對知識與絕對知識百科全書》

尚恩和菲利普只喜歡看電視，不然頂多就是去打電動彈珠臺。就連最近才花大錢整修的全新迷你高爾夫球場，他們也沒興趣了。至於去森林散步……對他們來說，沒有比舍監強迫他們呼吸新鮮空氣更糟糕的事了。

上星期，他們把蟾蜍開腸剖肚當然好玩，但這種樂趣持續不了太久。

不過今天，尚恩似乎發現了一個真正讓人感興趣的活動。一群孤兒傻乎乎地正在撿拾落葉，要用葉子做那種老掉牙又可笑的畫。尚恩把他的死黨從孤兒堆裡拖出來，拿了一個像水泥錐的東西給他看——是一個白蟻丘。

他們立即開始用腳踢呀踹的，但是什麼也沒踹出來，白蟻丘是空的。菲利普趴下去用鼻子嗅了嗅。

「這個已經被養路工人毀了。你看，有殺蟲劑的味道，牠們都死在裡面了。」他們垂頭喪氣，正準備回頭加入其他孤兒時，尚恩發現小河對岸的一叢灌木底下，有個若隱若現的金字塔。

這次不會錯了！是一座宏偉的蟻丘，穹頂至少有一公尺高！一列列長排的螞蟻進進出出，成千上萬的工蟻、兵蟻、探險蟻。DDT還沒噴到這裡。

尚恩興奮得跳了起來。

「喂，你有沒有看到那個？」

「噢不！你該不會又想吃螞蟻了吧……上次那幾隻噁心死了。」

「誰跟你說要吃！你看到的是一座城市，沒有比這更厲害的了，那就像紐約或墨西哥。你還記得他們在節目裡說的嗎？裡面滿滿的都是那些笨昆蟲。你看，全都是一些像傻瓜一樣在工作的笨蛋！」

「是啦……你有沒有看到尼古拉因對螞蟻太著迷，最後就消失了？我敢說他們家地窖底下一定有螞蟻，牠們把尼古拉給吃了。我可告訴你，我不喜歡待在這玩意的旁邊，我討厭這樣！該死的螞蟻，昨天我還看到幾隻從迷你高爾夫球場的洞裡鑽出來，說不定牠們想在那裡面做蟻窩呢……該死的混帳白癡蠢螞蟻！」

尚恩搖晃菲利普的肩膀，對他說：

「很好，就是因為你不喜歡螞蟻，我也不喜歡，所以殺了牠們吧！讓我們為好朋友尼古拉復仇！」

這麼一說，菲利普的興趣來了。

「殺了牠們？」

「沒錯！殺殺殺殺殺殺殺！放火燒了這座城市吧！你可以想像嗎，墨西哥起火了，只是因為我們高興？」

「ＯＫ，我們去放火。耶！為尼古拉復仇……」

「等一下，我還有更好的主意：我們往裡面灌除草劑，這樣的話，可以放一場真正的煙火。」

「太棒了……」

「好，現在是十一點，我們兩小時後準時在這裡集合。這樣所有人都在食堂，舍監也不會來煩我們。我先去找除草劑。你去想辦法弄一盒火柴，那比打火機好用。」

「說走就走！」

步兵軍團快速行進，途經聯邦所屬的其他城邦，問到她們要往哪去，希藜－埔－崗邦民答說西部地區發現一隻蜥蜴，中央城邦已經向她們求援。

在她們的頭頂，犀角金龜嗡嗡作響，砲兵們在牠的頭頂躁動著，她們的重量幾乎沒有減緩牠的飛行速度。

下午一點。貝－洛－崗邦民正忙著工作，趁現在有足夠的熱量，她們要把卵、蛹和蚜蟲堆放在日光浴嬰室裡。

「我帶了工業酒精，這樣火可以燒得更大。」菲利普說。
「太好了，」尚恩說：「我也買到除草劑了。一罐要二十法郎，那些混蛋！」

城邦之母正在和她的食蟲植物玩。自從它們被種在那裡，她就經常問自己，為什麼她一直沒把它們種成一道保護牆，就像她一開始的構想。

然後她想起了輪子。這個絕妙的想法要如何運用？或許可以製造一個大水泥球，用腳尖去推動它，把敵人碾碎。她應該要提出這項計畫。

「好了，我全倒進去了，工業酒精和除草劑都倒了。」
尚恩說話的時候，一隻螞蟻探險隊員爬到他身上，用觸角的尖端在他褲子的布上拍打。

你看起來像一個巨大的生命結構，可以提供你的身分證明嗎？

他掐住那隻螞蟻，用拇指和食指把牠捏碎。噗！黑黑黃黃的汁液順著他的手指流下。
「已經有一隻掛了，」尚恩宣布：「好，現在你退開一點，會有火星噴出來！」
「超級火烤螞蟻全餐。」菲利普大叫。
「最後的審判，末日啟示錄！」尚恩不懷好意地笑著。
「裡面會有多少螞蟻？」
「一定有幾百萬隻。去年好像有螞蟻襲擊了附近的一棟別墅。」

「我們也要為他們復仇。」尚恩說：「去，躲到那棵樹後面。」

城邦之母想到了人類。下次要問牠們更多問題。看牠們是怎麼使用輪子的？

尚恩劃了一根火柴，扔向細枝和松針構成的穹頂，接著拔腿就跑，怕被高溫爆裂的星火和碎片打到。

到了，希藜—埔—崗的部隊看到中央城邦了。多麼宏偉壯麗啊！

飛行的火柴棒在空中劃出一道下彎的曲線。

城邦之母決定不等了，她要自己去找人類談。她也該告訴牠們，她可以提高蜜露的供應量，沒有問題；今年預估產量的數字極佳。

火柴落在穹頂的細枝上。

希藜—埔—崗的部隊已經夠近了。她們要發動攻擊了。

尚恩跳到大松樹後面，菲利普已經躲在那裡。

火柴沒有燒到任何浸泡到工業酒精或除草劑的區塊，結果熄滅了。

兩個男孩又站了起來。

「可惡，搞屁呀！」

「我知道怎麼做了。我們在那裡放一張紙，這樣火焰比較大，一定會燒到酒精。」

「你身上有紙嗎？」

「呃……我只有一張地鐵票。」

「給我。」

穹頂的哨兵發現了一個神祕現象：已經好一陣子了，有好幾個地區聞得到酒味，而且剛剛還出現了一個黃色的大木片[6]，插在城邦的穹頂。哨兵立刻聯絡一個工作小組去將樹枝的酒味清洗乾淨，並且移除那個黃色的大木片。

一名哨兵快步跑到五號門。

警戒！警戒！一群褐螞蟻向我們發動攻擊！

小紙片燒了起來。男孩們再次躲到松樹後面。

第三名哨兵則是看到黃色木頭的一端冒出大火。

希藜－埔－崗邦民快步衝鋒，就像她們看過的蓄奴蟻所做的。

第一次爆炸。

整個穹頂瞬時燃燒起來。

爆燃，星火。

雖然火焰和高溫不斷擴散，尚恩和菲利普還是睜大了雙眼。這場演出沒讓他們失望。乾燥的樹枝燒得很快，等火焰抵達除草劑的小水坑，就是一連串爆炸了。一陣陣巨響夾雜著綠色、紅色、淡紫的光束在「迷途螞蟻之城」的上方閃現。

希藜－埔－崗的部隊陷入停頓。日光浴嬰室最先起火，所有蟻卵、所有牲畜一起遭了火吻，火勢接著蔓延到整個穹頂。

災難才發生幾秒，皇城的樹樁就被火焰吞噬了。守門蟻被炸得粉碎。兵蟻們火速趕來，想要營救唯一的產卵者。但是為時已晚，蟻后已經吸入毒氣窒息了。

警報全速擴散。一級警戒：興奮費洛蒙釋放；二級警戒：不祥的敲打聲在所有廊道響起；三級警戒：「瘋子」在廊道裡奔跑，傳達她們的恐慌；四級警戒：所有最珍貴的（蟻卵、生殖蟻、牲畜、食物等）都往最底下的樓層送，而往反方向走的，是向上迎戰的兵蟻。

穹頂裡的螞蟻努力嘗試各種解決之道。成群砲兵發射出濃度低於百分之十的蟻酸，成功撲滅了

6 巴黎當年的地鐵票是黃色。

某些地區的火勢。這些臨時成軍的消防隊發現她們的方法有效，於是開始往皇城噴灑——或許把樹樁弄濕了，就可以把它保住。

但火焰還是獲勝了。受困的邦民吸入毒煙窒息而死。白熾化的木頭拱架碎落在呆滯的蟻群上，一塊塊甲殼融化、扭曲變形，像熱鐵鍋裡的塑膠。

沒有任何東西可以抵抗這種熾熱的衝擊。

插曲：我錯了。我們不是平等的，我們不是競爭的對手。人類的存在只是牠們在地球上全面統治的一個短暫「插曲」。

牠們的數量比我們多，無限多。牠們擁有更多的城邦，占據更多的生態區。牠們生活在沒有任何人類能夠生存的乾燥、冰冷、炎熱或潮濕的地區。我們眼睛看得到的地方，處處都有螞蟻。

牠們比我們早一億年出現，而且牠們是少數可以抵抗原子彈的有機體，從這個事實看來，在我們滅絕一億年之後，牠們肯定還在。我們只是牠們三百萬年歷史中的一個意外。而且，如果有一天外星人降落在我們的星球，也不會找錯對象。毫無疑問，外星人會去找螞蟻交換意見。牠們才是地球真正的主人。

艾德蒙．威爾斯

《相對知識與絕對知識百科全書》

第二天早上，穹頂完全消失了。黑色的樹樁還是插在邦城的中央，一整個光禿禿的。

五百萬邦民死亡。也就是穹頂及其周邊的所有螞蟻。

所有來得及逃下去的，都毫髮無傷。

生活在城邦底下的人類完全不知道發生了什麼事。巨大的花崗岩板讓他們一無所悉。而這一切都發生在他們自己設定的夜晚時分。

貝洛—裘—裘霓的死亡依然是最具威脅性的大事；少了產卵者，蟻邦顯然飽受威脅。

不過，希蔾—埔—崗的部隊倒是加入了滅火的工作。兵蟻們一得知貝洛—裘—裘霓的死訊，就立刻派出信差回報城邦。幾小時後，犀角金龜載著希蔾—埔—霓親自前來查訪貝—洛—崗的災情。來到皇城時，消防蟻還在灰燼上灑水。火已經完全撲滅了。希蔾—埔—霓提問，她們向她述說這場難以理解的災變。

由於多產的蟻后已經不在了，希蔾—埔—霓自然而然成為新的貝洛—裘—裘霓，接收了皇城的御所。

喬納東第一個醒來，聽到印表機噼噼啪啪的聲音嚇了一跳。

螢幕上亮著一個單詞。

為什麼？

所以，螞蟻在他們這邊的夜裡釋放了訊息。牠們想要對話。在每次對話之前，喬納東都會儀式性地打出這個句子。

人類：問候，我是喬納東。
螞蟻：我是新的貝洛－裘－裘霓。為什麼？
人類：新的貝洛－裘－裘霓？舊的在哪裡？
螞蟻：你們殺了她。我是新的貝洛－裘－裘霓。為什麼？
人類：發生了什麼事？
螞蟻：為什麼？
然後談話被切斷了。

現在她什麼都知道了。
是牠們，人類，是牠們做的。
城邦之母認識牠們。
她一直都認識牠們。
她保守了這個祕密。
她下令處決了所有可能揭發任何線索的邦民。
她甚至支持牠們，對付自己城邦的細胞。
新的貝洛－裘－裘霓凝望她失去生命的母親。守衛進來要搬運遺體扔到垃圾場的時候，她嚇了一跳。
不，這具屍體不能扔。
她細細凝視過去的貝洛－裘－裘霓，她的身體已經散發出死亡的氣息。

她建議用樹脂將殘壞的肢體黏合，將身體裡柔軟的肌肉清除，填入沙子替代。

她想把她留在她自己的御所。

希藜－埔－霓（新的貝洛－裘－裘霓）召集了幾隻兵蟻。她提議以更現代的方式重建中央城邦。依照她的說法，穹頂和樹樁太脆弱了，而且城邦必須投注全力去尋找地下河流，甚至要開鑿運河，連通聯邦的所有城市。對她來說，馴服了水，就可以掌握未來。我們可以有更好的保護措施，讓自己免受火災的傷害，同時也可以快速又安全地旅行。

那麼人類呢？

她釋放了一個含糊的答覆：

牠們沒那麼重要。

兵蟻追問：

如果牠們又用火攻擊我們呢？

對手越強，就越會逼迫我們超越自己。

那些住在大岩石底下的人類呢？

貝洛－裘－裘霓沒有回答，只是要求讓她獨處。她轉身面對過去的貝洛－裘－裘霓的屍體。

新蟻后微微低頭，將觸角抵在母后的前額，動也不動，停留了很長的時間，彷彿陷入一次永恆的絕溝。

完

螞蟻的詞彙

ㄅ

貝－洛－崗：褐螞蟻聯邦的中央城邦。

貝洛－袤－袤寬：貝－洛－崗的蟻后。

蝙蝠：生活在洞穴中的飛行怪獸。危險。

捕蠅草：貝－洛－崗周圍常見的植物猛獸。危險。

白蟻：螞蟻的敵對物種。

波：所有生物或移動的物體以某種形式發出的最小共同意見粒子。

編織：藉由操作幼蟲來執行的工作。

八〇一號：希藜－埔－寬的女兒，被派作間諜。

ㄆ

瓢蟲：掠食者，掠食對象是畜養的蚜蟲。可食用。

ㄇ

密度：在歐洲，平均每平方公尺有八萬隻螞蟻（不分種類）。

螞蟻的武器：大顎軍刀、毒針、吐膠器、蟻酸噴射囊、細爪。

麵包：切碎再搗碎的穀物丸子。

風：會把妳扯離開地面，然後再把妳扔到另一個地方，沒人知道會是哪裡。

ㄈ

費洛蒙：液態的句子或單詞。

糞金龜：推球者。可食用。

非生殖蟻壽命：褐螞蟻的工蟻或兵蟻一般可以活三年。

飛行傳訊兵：侏儒蟻的技術，利用小蠓傳送訊息。可食用。

蜉蝣：一種尾巴分叉的小蜻蜓。幼蟲壽命為三年，成蟲存活三到四十八小時。可食用。

糞便：螞蟻的糞便比身體輕一千倍。

ㄉ

冬眠：十一月至三月的深度睡眠。

度－時間：溫度時間和時序時間的單位。天氣越熱，度－時間就越短；天氣越冷，度－時間就會延展。

大顎格鬥：螞蟻的運動。

罌粟花丘戰爭：發生在一○○○○○六六六年，聯邦第一次在戰爭中遭遇細菌武器和坦克。
毒腺：儲存蟻酸的囊袋。特殊的肌肉可以在非常高的壓力下噴射毒液。
杜氏腺體：分泌路徑費洛蒙的腺體。
毒性植物：秋水仙、紫藤、夾竹桃、常春藤。危險。
堆肥池：邦民糞便的盆狀集中地。
地球：立方體行星。

ㄊ

蛻變：過渡到第二種生命形態，常見於大多數昆蟲。
通行證：傭兵的原生或僱傭巢穴的氣味。
坦克：戰鬥技術，由六隻移動的小型工蟻運送一隻擁有巨型大顎的工蟻。
蝗蟲：毫無節制喜歡做愛和吃東西的昆蟲。危險。

ㄋ

霓朝：貝－洛－崗歷代蟻后的王朝。
鳥：飛行怪獸。危險。

ㄌ

顱：螞蟻度量單位。相當於三毫米。

聯邦：同物種城邦的結盟。一個褐螞蟻聯盟平均由九十個巢穴組成，占地六公頃，包括七・五公里的行路徑和四十公里的氣味路徑。
拉－秀拉－崗：聯邦最西邊的城邦。
卵：非常年輕的螞蟻。
垃圾場：蟻丘入口處的土墩，螞蟻在這裡傾倒廢棄物和屍體。
龍蝨：水生甲蟲。可食用。
力量：一隻褐螞蟻拉得動體重六十倍的重量，所以可以產生三・二乘以十的負六次方馬力。

ㄍ

高度：巢穴位置越高（越冷），城邦就會追求越大的日照面積。在炎熱地區，蟻丘完全埋在地底。
蝸牛：蛋白質礦場。可食用。
瓜耶邑－堤悠洛：春天的小巢。

ㄎ

空調：透過位於穹頂的日光浴嬰室、糞便和新鮮空氣的通風口，調節大型城邦內部的溫度。
抗藥性：某些社會物種適應致命毒藥的能力，因為這樣的能力，產下的卵會帶有對抗這種毒性的基因。

ㄏ

紅外線單眼：三隻小眼睛，三角排列於生殖蟻的前額，讓生殖蟻在完全黑暗的環境裡也可以看得見。

黑：城邦居民喜歡生活在黑暗裡。

皇城：保護蟻后御所的城堡。有用木頭、水泥甚至空心岩石建造的皇城。

火：禁忌的武器。

寒冷：昆蟲界的萬能鎮靜劑。

黃蜂：螞蟻的原始表親，有毒。危險。

紅編織蟻：東方的遷徙蟻，用自己的幼蟲當紡錘。

ㄐ

階級：一般來說，有三個階級：生殖蟻、兵蟻、工蟻。其下又有附屬階級：像是農蟻、砲兵蟻……等等。

甲殼素：構成螞蟻胸甲的材質。

交哺：兩隻螞蟻之間的食物餽贈。

酒：螞蟻知道如何讓蚜蟲蜜露和穀物汁發酵。

絕對溝通（絕溝）：透過觸角的接觸，全面溝通想法。

姬蜂：一種黃蜂，會在妳身體裡產下飢餓的卵。危險。

禁食：螞蟻在冬眠狀態下不吃東西可以活六個月。

軍團：可以同時機動調度的大量士兵。

疾病：褐螞蟻最常見的疾病是分生孢子（由寄生真菌引起）、埃格瑞特氏菌（甲殼質腐爛）、腦蟲（寄生在食道下神經節的蠕蟲）、腺體肥大（幼蟲階段就會出現的胸廓異常腫脹）、鏈格孢菌（致命的孢子）。

ㄒ

雄蟻：未受精卵孵化的昆蟲。

希藜－埔－霓：貝洛－袠－袠霓的女兒。

希藜－埔－崗：由希藜－埔－霓建造的超現代城邦。

心臟：由幾個梨形囊袋相互嵌合而成。心臟位於背部。

畜養：某些物種發展出這種技藝，馴服蚜蟲和介殼蟲，並且收集牠們的肛門分泌物。夏季，一隻蚜蟲一小時可以提供三十滴蜜露。

蓄奴蟻：沒有僕役的協助就無法生存的兵蟻物種。

嗅覺：非生殖蟻的每根觸角有六千五百個感覺細胞。生殖蟻的觸角有三十萬個感覺細胞。

行走速度：十度的時候，褐螞蟻以每小時十八公尺的速度在移動。十五度的時候，時速達五十四公尺。二十度的時候，時速可以到一百二十六公尺。

蜥蜴：螞蟻文明裡的惡龍。危險。

犀角金龜：額頭有大犄角的甲蟲。

ㄓ

重量：螞蟻的重量在一到一百五十毫克之間。

蟑螂：白蟻的祖先。地球上最早的昆蟲。

蜘蛛：怪獸，會一小塊一小塊吞食獵物，還會在每次肢解之間讓獵物睡著。危險。

種子：褐螞蟻喜歡種子的脂質體，也就是種子裡油脂含量最豐富的那一小塊。每個巢穴平均每季收穫七萬顆種子。

侏儒蟻：褐螞蟻的主要敵人。

ㄔ

重生節：生殖蟻的交尾飛行通常從第一次發情開始。

城邦的方位：為了在一日之初獲得最大量的日照，褐螞蟻建造城邦時，會將最寬的部分朝向東南方。

巢穴溫度：褐螞蟻城邦依據樓層，將溫度調節在二十到三十度之間。

除草劑：吲哚乙酸。

ㄕ

視覺：螞蟻就像是透過柵欄在看東西。生殖蟻看得到顏色，但是所有色彩都往紫外線偏移。

身長：褐螞蟻平均身長為兩顱。

施－蓋－埔：西北方侏儒蟻的城邦。

社會嗉囊：慷慨的器官。
食蟲植物：捕蟲堇、捕蠅草、毛氈苔。危險。
守門蟻：頭顱又圓又扁的附屬階級，負責封鎖戰略廊道。
收割蟻：東方的農蟻。
屍體：空的角質層。
水罐：儲存花蜜、露水、蚜蟲蜜露的容器。
蛇：危險。
食物：褐螞蟻常見的食物搭配方式：百分之四十三的蚜蟲蜜露、百分之四十一的昆蟲肉、百分之七的樹液、百分之五的蘑菇、百分之四的穀粉。
十二進位：螞蟻的數值模式，以十二計數，因為螞蟻有十二根細爪（每條腿兩根）。

ㄖ

人類：現代傳說中提到的巨型怪獸。我們對牠們馴服的粉紅色動物（手指）特別了解。危險。
蠑螈：危險。

ㄗ

卒碧－卒碧－崗：東方城邦，以畜養大量蚜蟲著稱。

ㄘ

草莓戰爭：發生於九九九九九八八六年，黃螞蟻與褐螞蟻之間的戰爭。

ㄙ

三二七號：年輕的貝－洛－崗雄蟻。

四〇〇〇號：生活在瓜耶邑－堤悠洛的褐螞蟻，狩獵隊員。

一

眼睛：眼球上所有小眼面的總和。每個小眼面由兩片水晶體組成，一個大的外鏡片和一個小的內鏡片。每個細胞都與大腦直接相連。螞蟻只能感知附近的物體，但距離遠的時候，螞蟻還是會發現所有細微的動作。

蟻后信條：從觸角傳到觸角，從蟻后母親傳到蟻后女兒，代代相傳的整套珍貴訊息。

蟻后壽命：褐螞蟻蟻后平均壽命為十五冬。

蟻酸：發射型武器。最具腐蝕性的蟻酸濃度為百分之四十。

蟻蛉的幼蟲：肉食性流沙。危險。

吲哚乙酸：除草劑。

油酸：螞蟻屍體散發的蒸氣。

蚜蟲：牲畜。可食用。

隱翅蟲：甲蟲，致命藥物的傳播者。危險。

螢火蟲：家蟲，會產生磷光。可食用。
音樂：蟋蟀和蟬藉由摩擦鞘翅所產生的聲音或超音波。蘑菇蟻也知道如何用腹部關節製作音樂。
一〇三六八三號：貝－洛－崗兵蟻。

ㄨ

溫度：褐螞蟻必須在溫度到達八度以上才能移動。生殖蟻有時會早一點醒來，大約六度。
王朝：蟻后將同一領土傳承給女兒的世襲系統。
偽裝蟻：在有機化學方面極有天賦的物種。
蚊子：雄性吸食植物汁液。不清楚雌性以什麼為食。可食用。
五十六號：希蓩－埔－霓還是少女時的名字。

ㄩ

傭兵：孤獨的螞蟻，為了食物和城邦身分而為其他巢穴的螞蟻戰鬥。
雨：致命的天氣。
運輸：要搬運另一隻螞蟻時，搬運者會用大顎將對方夾起，被搬運的螞蟻則是捲成一團，將地面的磨擦降到最小。
育種室：蟻后產卵的地方，也就是御所。

本書「角色」的原名如下（依出場序排列）

褐螞蟻　紅褐山蟻（Formica rufa）
侏儒蟻　阿根廷螞蟻（Iridomyrmex humiliis）
行軍蟻　異常軍蟻（Dorylíne annoma）
蘑菇蟻　六孔切葉家蟻（Atta sexdens）
碎穀蟻　原生收割家蟻（Messor barbarus）
水罐蟻　梅利捷蜜瓶家蟻（Myrmecocystus melliger）
放牧蟻　黑褐毛蟻（Lasius niger）
偽裝蟻　黑失能家蟻（Anergates atratulus）
紅編織蟻　長節編葉山蟻（Œcophylla longinoda）
蓄奴蟻　紅悍山蟻（Polyergus rufescens）
收割蟻　研磨收割家蟻（Pogonomyrmex molefaciens）

螞蟻
Les Fourmis

作　　者　貝納・維貝（BERNARD WERBER）
譯　　者　尉遲秀
責任編輯　劉憶韶

版　　權　黃淑敏、吳亭儀
行銷業務　周丹蘋、周佑潔、賴正祐、黃崇華
總 編 輯　劉憶韶
總 經 理　彭之琬
事業群總經理　黃淑貞
發 行 人　何飛鵬
法律顧問　元禾法律事務所　王子文律師
出　　版　商周出版　台北市104民生東路二段141號9樓
電話：(02)25007008　傳真：(02)25007759
Email：bwp.service@cite.com.tw
發　　行　英屬蓋曼群島商家庭傳媒股份有限公司城邦分公司
台北市中山區民生東路二段141號2樓
書虫客服服務專線：02-25007718　02-25007719
24小時傳真專線：02-25001990　02-25001991
服務時間：週一至週五 9:30-12:00　13:30-17:00
劃撥帳號：19863813　戶名：書虫股份有限公司
讀者服務信箱Email：service@readingclub.com.tw
香港發行所　城邦（香港）出版集團有限公司　香港灣仔駱克道193號東超商業中心1樓
Email：hkcite@biznetvigator.com
電話：(852)25086231　傳真：(852)25789337
馬新發行所　城邦（馬新）出版集團　Cite (M) Sdn Bhd
41, Jalan Radin Anum, Bandar Baru Sri Petaling, 57000 Kuala Lumpur, Malaysia.
Tel：(603) 90578822　Fax：(603) 90576622　Email：cite@cite.com.my

封面、章名頁設計　劉孟宗
紅褐山蟻繪圖　小瓶仔
排　　版　藍天圖物宣字社
印　　刷　卡樂彩色製版印刷有限公司
總 經 銷　聯合發行股份有限公司　新北市231新店區寶橋路235巷6弄6號2樓

2022年5月5日初版
定價420元

ISBN 978-626-318-264-6

讀者回函卡

國家圖書館出版品預行編目（CIP）資料

螞蟻/貝納・維貝（Bernard Werber）作；尉遲秀譯. -- 初版. -- 臺北市：商周出版：英屬蓋曼群島商家庭傳媒股份有限公司城邦分公司發行, 2022.05
面；　公分
譯自：Les fourmis.
ISBN 978-626-318-264-6（平裝）

876.57　　111005239